Ranka Nikolić

MORD IM FELSENMEER

Autorin

Ranka Nikolić wurde 1966 in Rijeka geboren, kam im Alter von drei Jahren nach Deutschland und lebt heute mit ihrer Familie in München – allerdings nicht, ohne ihrer Heimat Kroatien, der sie sich nach wie vor sehr verbunden fühlt, mindestens drei Besuche im Jahr abzustatten. Sie begann bereits als Jugendliche mit dem Schreiben von Gedichten und Kurzgeschichten und gibt ihre Erfahrung heute als Leiterin von Schreibseminaren weiter. In ihrer Krimireihe um Ermittlerin Sandra Horvat spürt man in jeder Zeile die Liebe zu ihrer kroatischen Heimat.

Von Ranka Nikolić bereits erschienen
Mord mit Meerblick • Mord im Olivenhain

Besuchen Sie uns auch auf www.facebook.com/blanvalet
und www.instagram.com/blanvalet.verlag

Ranka Nikolić

MORD
IM
FELSENMEER

Ein Kroatien-Krimi

blanvalet

Penguin Random House Verlagsgruppe FSC® N001967

2. Auflage
Copyright © 2018 by Ranka Nikolić
Dieses Werk wurde vermittelt durch die
Literaturagentur Kai Gathemann.
© 2019 by Blanvalet
in der Penguin Random House Verlagsgruppe GmbH,
Neumarkter Str. 28, 81673 München
Redaktion: Ulrike Gallwitz
Umschlaggestaltung: www.buerosued.de
Umschlagmotiv: mauritius images/imageBROKER/Val Thoermer
Karte: © Jürgen Speh
JaB · Herstellung: sam
Satz: KompetenzCenter, Mönchengladbach
Druck und Bindung: GGP Media GmbH, Pößneck
Printed in Germany
978-3-7341-0727-6

www.blanvalet.de

Ljudi praštaju sve osim iskrenosti.
Die Menschen verzeihen alles, außer Ehrlichkeit.

Antun Gustav Matoš (1873–1914),
kroatischer Schriftsteller

Slowenien

Nationalpark Risnjak

RIJEKA

OPATIJA

ZAGREB
160 km

DUBROVNIK
607 km

Naturpark
"UCKA"

CRIKVENICA

ZAGORJE

POROZINA

SILO

KRK

KRK

CRES

CRES

LOPAR

Nationalpark
SJEVERNI VELEBIT

RAB

N
W O
S

PAG

DIE KVARNER BUCHT
IN KROATIEN

Alle Orte im Buch sind real, auch der Ort Šilo auf Krk. Allerdings habe ich mir die Freiheit genommen, das eine oder andere schmückend hinzuzufügen oder abzuändern, so gibt es dort kein Café namens *Sklonište*.

Die Handlung und sämtliche Personen im Buch entspringen meiner Fantasie. Sollte es Ähnlichkeiten mit lebenden oder verstorbenen Personen geben, so ist dies rein zufällig und hat nichts mit der Geschichte im Buch zu tun.

Personenregister

Sandra Horvat, die ermittelnde Inspektorin der Mordkommission in Rijeka. Sie liebt ihren Job und ihre Stadt, erledigt ihre Arbeit rational, trotzdem nicht ohne Empathie.

Danijel Sedlar, im vorigen Jahr aus Pula nach Rijeka gezogen. Er ist attraktiv, intelligent und sehr an seiner Vorgesetzten interessiert. Da er das Kino liebt, vergleicht er Menschen gerne mit Schauspielern oder Filmfiguren.

Mihajlo Zelenika, Sandras exzentrischer Kollege serbischer Abstammung. Sein derber Humor lockert so manche Situation auf.

Jakov Milić, ein weiterer Kollege von Sandra, der seinem Kollegen Zelenika nie einen bissigen Kommentar schuldig bleibt. Er ist ein Muttersöhnchen, weshalb er keine Beziehung lange aufrechterhalten kann.

Vladimir Mandić, Sandras eigenwilliger, aber fairer Vorgesetzter.

Ika, die Putzfrau im Präsidium: eine gute Seele, die ihre eigene Art hat, mit dem Leben fertigzuwerden.

Dragović, ein junger Kollege bei der Kriminalpolizei.

Es ist schwer, mit ihm konkurrieren zu wollen, in jeder Hinsicht.

Nataša Horvat, Sandras Schwester, die mit ihr nicht viel gemeinsam hat, außer die komplizierte Mutter.

Irma Horvat, Sandras Mutter, die es nicht lassen kann, an ihren Kindern herumzunörgeln und sie weiterhin zu erziehen.

Pavle Horvat, Sandras Vater, ein Mann weniger Worte, der zu seinen Kindern nie eine Verbindung aufbauen konnte.

WEITERE PERSONEN:

Jelena Jurić, Freundin und Nachbarin von Sandra, ist in München aufgewachsen, arbeitet als Kellnerin und hat für Sandra stets ein offenes Ohr.

Tamara Ibrahimović, Schreibkraft bei der Mordkommission, spricht überwiegend im Telegrammstil.

Ilija Perica, Gerichtsmediziner, lässt sich gerne um seine Meinung bitten und weiß um seine Kompetenzen.

Sikirica arbeitet bei der Spurensicherung, mit seinen gerade mal einssechzig kann man ihn schnell übersehen.

Mirta Car, ehrgeizige und hartnäckige Journalistin, und seit ein paar Monaten Milićs neue Freundin. Ist Mirta endlich die Richtige?

SOWIE:

Nika Vukelić, Mordopfer

Tin Vukelić, Ehemann der Toten, wird für faul und

arrogant gehalten. Er erfüllte seiner Frau jeden Wunsch, sagen alle.

Lana Škalamera, Nikas Schwester, die sich nach deren Tod um ihren Schwager kümmert.

Petra Škalamera, Nikas Mutter, eine pensionierte Zahnärztin, die keine Schwäche duldet. Das hat auch bei ihren Kindern Spuren hinterlassen.

Tomislav Škalamera, Nikas Vater, ein pensionierter Ingenieur, der für seine Kinder immer das Beste wollte und sie damit überforderte.

Matej und **Valeria Kosić,** Nachbarn der Vukelićs. Die beiden Paare liegen wegen eines Stücks Land schon lange miteinander im Clinch. Valeria ist eine temperamentvolle Venezolanerin. Ihr Mann ist der ruhende Pol in der Beziehung.

Feliks Vidas, ein Musiker und Songwriter, mit dem Nika eine Affäre hatte.

Branimir Toić, der Postbote, lebt bescheiden und zurückgezogen in seinem Häuschen.

Ivanka und **Dragutin Prendivoj,** ein altes Pärchen, das gerne das Geschehen in der Nachbarschaft beobachtet.

Domagoj Buneta, besitzt ein Café in der Nähe des Tatorts.

Lovro Šprem, Nikas Psychotherapeut, ein heiterer, alter Mann, mit langjähriger Erfahrung. Er scheint der Einzige zu sein, der Nika wirklich verstanden hat.

Sanja Fućak, Nikas Chefin und Filialleiterin bei der Bank. Eine Frau, die weder lächelt noch viel von Floskeln hält.

I

Sie schlug die Bettdecke um, direkt auf seinen Oberkörper und sein Gesicht. Davon wachte er auf, wurde darüber ein wenig wütend, aber nur ganz kurz. Tin konnte seiner Frau nicht lange böse sein. Sie wusste das, und er hasste die Tatsache, dass sie es wusste. Es war Nika egal, ob er davon aufwachte. Es war Nika egal, was er fühlte. Tin würde immer für sie da sein, egal, was sie tat. Und Nika hatte schon vieles getan, das ihn verletzte.

Er hörte, wie sie ins Bad ging, auf der Toilette saß und sich danach die Zähne putzte. Dann kam sie zurück ins Zimmer, um sich den Bikini anzuziehen, wie sie es jeden Tag zwischen April und Oktober tat. Wenn er wach war, sah er ihr gerne dabei zu. Nach neun Jahren Ehe hatte er sich an ihr immer noch nicht sattgesehen. Er liebte ihren Körper, alles an ihr war so fein und hatte Klasse. Das lange, dunkelbraune Haar und diese graugrünen Augen brachten ihn immer noch dazu, ihr jeden Wunsch zu erfüllen und ihr alles zu verzeihen.

Tin hob den Kopf und sah sie an.

Nika wandte ihm kurz das Gesicht zu, während sie sich das Bikinioberteil überzog. Dieses typische Nika-Lächeln umspielte ihren sinnlichen Mund. Es war kein echtes Lächeln, wie meistens. Genau genommen, hatte er selten ein ehrliches Lächeln bei ihr gesehen, noch seltener ein herzliches Lachen.

»Was ist?«, fragte sie, fast etwas gelangweilt. »Willst du mitkommen?«

»Ha, ha«, machte er, noch schlaftrunken. »Dieser Tag wird wahrscheinlich niemals kommen.«

»Ja, wahrscheinlich nicht.« Manchmal hatte sie einen sarkastischen Unterton, den man kaum wahrnahm, wenn man sie nicht kannte. Aber Tin kannte sie gut, und deshalb wusste er, wie es gemeint war. Mittlerweile musste sie doch begriffen haben, dass er kein Frühaufsteher war und niemals einer werden würde. Tagtäglich, sogar am Wochenende, stand sie um halb sechs auf, ging hinunter zur Bucht und schwamm eine halbe Stunde. Immer, außer im Spätherbst und Winter. Gegen halb sieben kam sie zurück, frühstückte und fuhr zur Arbeit nach Rijeka. Wenn sie jetzt zur Tür hinausging, würde er sich wieder schlafen legen, wie jeden Morgen.

»Bis später«, murmelte Nika, ohne ihn anzusehen. Sie nahm ein Badetuch aus dem Schrank und ließ die Tür hinter sich zuschnappen. Nie machte sie sich die Mühe, die Tür leise zu schließen, auch nicht, wenn er noch schlief.

Tin ließ den Kopf wieder aufs Kissen sinken. Ja, er liebte seine Frau. Aber manchmal, wenn sie so war ... so kalt ..., wenn sie keine Rücksicht auf ihn nahm, auf seinen Schlaf oder seine Gefühle, dann hasste er sie. Er spürte diesen Hass körperlich, wie er sich in rasender Geschwindigkeit ausbreitete, seine Lippen aufeinanderpressen und die Muskeln anspannen ließ. Und dann, in seiner Fantasie, nahm er ihren Kopf zwischen die Hände und knallte ihn gegen die Wand, immer fester und immer schneller. Wenn er dann endlich von ihr abließ, weil sie sich entschuldigte, knallte er ihr mit der flachen Hand ins Gesicht. Danach fühlte er sich besser, erleichtert und befreit. Manchmal atmete er nach dieser Fantasie sogar hörbar aus.

Es war nur eine Fantasie, die er auslebte. Er würde es nicht in der Realität tun, und er hatte noch nie jemandem Gewalt angetan. Was wohl andere Menschen so fantasierten, von dem niemand etwas ahnte? Wäre es nicht faszinierend zu erfahren, was in den Köpfen der anderen so alles vor sich ging? Wovon fantasierte Nika, von einem anderen Mann etwa?

Er spürte wieder die Wut und den Hass. Das Bedürfnis, ihren Kopf gegen die Wand zu knallen. So lange, bis sie beteuerte, wie leid ihr alles tat. Er würde ihr verzeihen. Natürlich. Wie er es immer getan hatte.

2

»Guten Morgen«, rief Sandra Tamara Ibrahimović im Vorbeigehen zu. Wie es aussah, war die Sekretärin des Chefs gerade angekommen, denn sie trug noch ihre Jacke. Für Anfang Mai war es morgens noch ungewöhnlich kühl. Tamara war Muslima und kam aus Bosnien-Herzegowina, was sich auch in ihren Accessoires niederschlug, wie der Handyhülle mit Fahne und der Aufschrift BiH (Bosna i Hercegovina), die sie gerade auf ihrem Schreibtisch ablegte.

Sandra war heute etwas später dran als sonst, sie baute gerade ihre Überstunden ab, da es keinen allzu dringlichen Fall zu bearbeiten gab. Momentan war sie in eine Brandermittlung involviert, außerdem ermittelte sie in einer Vermisstensache, die bedauerlicherweise schon zu lange andauerte, als dass noch Hoffnung bestand, die Person lebend zu finden.

»Guten Morgen, Inspektor Horvat«, grüßte Tamara zurück. »Hab's vor zwei Minuten erfahren.«

Sandra blieb stehen und drehte sich um. »Was denn?«

»Ein Anruf von der Polizei auf Krk kam rein. Auf der Insel ist eine tote Frau gefunden worden.« Tamara nahm einen großen Schluck Kaffee aus dem Pappbecher, den sie sich mitgebracht hatte. »Rein zum Chef, bitte«, fügte sie dann noch hinzu.

Heute war Montag, und an einem solchen war der Chef normalerweise schlecht gelaunt. Tamara waren seine Launen allerdings egal. Sie informierte die Kollegen jeweils in ihrem abgehackten Telegrammstil über Mandićs Befinden, weil sie wusste, dass es die anderen interessierte. Sie selbst hatte sich in den Jahren so etwas wie ein Pokerface zugelegt.

»Sind die anderen schon da?«, fragte Sandra.

Tamara gähnte und hielt sich die Hand vor den Mund. »Milić und Zelenika sind schon beim Chef. Sedlar ist bei Dragović im Büro. Er wollte mit ihm über seinen letzten Fall sprechen, das hat Sedlar wohl interessiert.« Tamara zog sich die Jacke aus, und plötzlich hatte sie die Spur eines dreckigen Grinsens im Gesicht. »Wenn ich nicht verheiratet wäre, würde ich sagen, da sind die zwei Sahneschnitten in einem Raum.«

»Tamara! Also bitte!« Als es schon raus war, wurde Sandra bewusst, dass sie sich anhörte wie eine Lehrerin. Möglicherweise hatte der Beruf ihrer Eltern doch Spuren bei ihr hinterlassen. Sandra lächelte, um die Belehrung abzumildern. »Ich weiß gar nicht, was alle an Dragović so toll finden.« Sicher, er war attraktiv, aber weil er nie lächelte und für sein noch junges Alter generell zu ernst war, fehlte irgendwie das Charisma. »Ich geh dann mal zum Chef«, sagte sie und setzte sich in Bewegung.

»Ist ja interessant.« Tamara tat so, als habe sie ein kurzes Selbstgespräch geführt, aber es war offensichtlich, dass sie gefragt werden wollte.

Sandra tat ihr den Gefallen, ein bisschen neugierig war sie jedoch auch – eine Eigenschaft, die sie gerne auf ihren Beruf schob. »Was ist denn so interessant?«

Mit einer geschickten Handbewegung zog Tamara zwei Mappen von der Ablage und ließ sie vor sich auf den Schreibtisch fallen. Sie hob den Kopf und sah Sandra grinsend an. »Dragović haben Sie genannt, Sedlar nicht.«

Sandra hob die Augenbrauen. »Ich habe Sie selten so redselig erlebt.«

»Das muss der Kaffee sein, der aus mir spricht. Normalerweise beobachte ich und schweige. Über meine Beobachtungen könnte ich eine Fernsehserie schreiben.«

Sandra sah Sedlar durch den Flur auf sich zukommen, energiegeladen und mit zufriedenem Gesichtsausdruck. »Guten Morgen, Inspektor Horvat. Ich habe gerade gehört, dass es eine Tote auf Krk gibt?« Sedlar klang ein wenig aufgekratzt, fiel Sandra auf. Wahrscheinlich lag es daran, dass sie seit ein paar Wochen nichts Spektakuläres mehr zu bearbeiten hatten.

Sie bemerkte, wie Tamara ihren Kollegen musterte. »Sedlar, Sie erinnern mich an meinen kleinen Neffen, wenn er sich auf seine Comicserie freut.«

»Was?« Sedlar schüttelte den Kopf und blickte irritiert zu Tamara herüber. »Nein, ich … Ich will einfach nur meinen Job machen.«

Tamara verzog den Mund. »Sagte der Henker, bevor er das Fallbeil hinuntersausen ließ.«

»Seit wann reden Sie so viel?«, fragte Sedlar.

Sandra lachte kurz auf. »Es ist der extragroße Kaffee, der aus ihr spricht. Das ist jedenfalls ihre Ausrede. Kommen Sie, Sedlar, wir müssen in Mandićs Büro.«

Als sie die Tür aufmachte, saß Mandić mit wehleidigem Gesichtsausdruck hinter seinem Schreibtisch. Es war immer schwer zu sagen, ob dieser Gesichtsausdruck von seiner Arbeit oder den Diätvorgaben seiner Frau und seines Arztes herrührten. Zelenika und Milić standen nebeneinander vor dem Schreibtisch, anscheinend bereits in Aufbruchstimmung.

»Na endlich«, grummelte Sandras Chef. »Wird ja auch Zeit.«

Sandra wollte ihn an ihren Überstundenabbau erinnern, ließ es dann aber bleiben. Sie konnte schließlich nicht ahnen, dass dieser Anruf kommen würde. Mandić brauchte dieses Genörgel von Zeit zu Zeit. Vielleicht war das ein Ventil. Es gab schlimmere Chefs als ihn.

»Guten Morgen«, kam es von Sedlar, der im Begriff war, noch etwas zu sagen, als Mandić ihnen auch schon mitteilte: »Ihr müsst nach Krk. Eine Frau wurde an der Küste von Šilo tot aufgefunden. Vielleicht ist sie vom Felsen gestürzt, abgerutscht, wer weiß. Vielleicht aber auch nicht. Ein Nachbar hat sie in der Bucht liegen sehen. Sie hat am Kopf geblutet, und ihre Augen waren geöffnet, weshalb er gleich erkannte, dass sie tot war. Dann wurden die Kollegen in Krk verständigt, sie haben auch einen Krankenwagen bestellt. Nachdem sie sich die Leiche angesehen hatten, verständigten sie uns. Es sei wohl besser, meinten sie, wenn jemand von der Mordkommission und ein Gerichtsmediziner sich das mal anschauen würde.«

»Gibt es einen bestimmten Grund, weshalb die Kollegen auf Krk skeptisch sind?«, fragte Sandra.

»Darüber bin ich nicht informiert.«

»Also nach Šilo?«, wollte Sedlar wissen. »Das ist im nordöstlichen Teil der Insel, oder?«

Mandić warf ihm einen kurzen, genervten Blick zu. »Bin ich Geograf? Gebt es in euer Navi ein.« Pause. »Ja, das ist im Nordosten. Wenn ihr in Šilo auf Stara cesta reinfahrt, dann müsst ihr links zu der felsigen Küste. So hat man es mir am Telefon beschrieben.«

»Hat derjenige, der die Polizei in Krk verständigt hat, auch die Tote gefunden?«, fragte Sandra.

»Ja.« Mandić hob einen Zettel vom Schreibtisch auf und warf einen Blick darauf. »Sein Name ist Branimir Toić. Er ist Briefträger und wollte gerade auf sein Mofa steigen, als er die Frau entdeckte. Es soll sich um eine Anwohnerin aus Šilo handeln. Ihr Name ist Nika Vukelić. Perica und Sikirica wurden bereits verständigt und sind auf dem Weg nach Krk.« Sandra fragte sich manchmal, in welcher Geschwindigkeit der Gerichtsmediziner Perica zum Tatort fuhr, da er in geradezu atemberaubendem Tempo eintraf. Der arme Sikirica von der Spurensicherung hatte es weiß Gott nicht leicht, mit Perica am Tatort zusammenzuarbeiten, so selbstverliebt wie Perica war. »Von hier aus«, fuhr Mandić fort, »braucht ihr nach Šilo dreißig bis vierzig Minuten, von Krk aus waren die örtliche Polizei und der Krankenwagen etwas schneller vor Ort.«

»Was?« Zelenika sah Mandić verständnislos an und hob in einer Geste der Verwirrung die Hände. »Die

Polizei kommt aus Krk nach Krk? Habe ich irgendetwas nicht verstanden?«

Mandić schloss für eine Sekunde die Augen. »Dass man diesen Zugereisten immer alles erklären muss. Zelenika, ich weiß ja, dass ihr in Serbien keine Inseln habt, aber ...«

»Seine geografischen Kenntnisse sind normalerweise sehr gut«, kam Milić seinem Kollegen sofort zu Hilfe. »Aber nicht jeder kann alles wissen, Chef.«

Zelenika blickte vom einen zum anderen. »Was? Ich bin in Kroatien aufgewachsen. Ich kenne das Land in- und auswendig. Außerdem weiß ich, dass Krk die Hauptstadt der Insel ist, wie bei manch anderen Inseln eben auch. Sie können einfach nicht gut erklären, Chef. Das hat mich verwirrt.«

Mandić sah ihn mit offenem Mund an. »Was ist los mit Ihnen?«, bellte er. »Haben Sie Fieber? Haben Sie ein Problem mit meiner Rhetorik?«

Zelenika stand einen Augenblick regungslos da, dann deutete er ein einsichtiges Nicken an. Traurig presste er hervor: »Entschuldigen Sie, Chef, aber ich bin ein bisschen neben der Spur. Bobo ... das ist mein Kater, wurde gestern Abend überfahren. Wir hatten ihn acht Jahre.«

Mandić schien ein paar Sekunden nachzudenken. »Sie haben nie einen Kater erwähnt.«

»Warum sollte ich mit Ihnen über meinen Kater sprechen, Chef?«

»Das wäre ja noch schöner.« Mandićs Gesichtsausdruck veränderte sich und wurde milder. »Tut mir leid,

Zelenika. Ich weiß, wie das ist. Ich hatte zwar einen Goldfisch ...«

»Sie wollen Ihren Goldfisch mit Bobo vergleichen?«

»Wir sollten los«, sagte Sandra und hoffte, dass es vor Mandić nicht gefühllos klang. Auf Zelenika brauchte sie in Sachen Bobo keine Rücksicht zu nehmen. »Reize es nicht aus«, flüsterte sie ihm zu, als Mandić gerade nicht in ihre Richtung blickte.

Als sie auf der Küstenstraße Richtung Krk-Brücke fuhren, zündete Zelenika, der neben Sandra auf dem Beifahrersitz saß, sich eine Zigarette an und öffnete einen Spaltbreit das Fenster.

»Hey, Zelenika«, kam es vom Rücksitz von Sedlar, »das mit Bobo tut mir echt leid.«

Zelenika drehte den Kopf nach hinten. »Wem?«

»Dein Kater? Hieß er nicht so?«

»Ach ja, schlimme Sache. Er wird mir fehlen.« Zelenika blickte wieder nach vorne und zog an seiner Zigarette.

Damit Sedlar nicht blöd dastand, verspürte Sandra die Pflicht, Sedlar in Kenntnis zu setzen. »Es gibt keinen Bobo, Sedlar. Er hat sich dem Chef gegenüber etwas verrannt, deshalb hat er diese Affengeschichte erfunden.«

»Katergeschichte«, verbesserte Zelenika.

Sandra hörte Sedlar sein leises Schnauflachen ausstoßen, das sie so sympathisch fand. »Hmm, clever gelöst«, bemerkte er.

»Danke«, sagte Zelenika.

»Und ich dachte, dass du Zelenika mittlerweile besser kennst«, schaltete Milić sich ein. »Du solltest ihm keine Komplimente für seine Lügereien machen.«

Sandra sah im Rückspiegel, wie Sedlar sein Gesicht Milić zuwandte. »Und ich fand es süß, wie du ihn verteidigt hast. Wirklich, ganz lieb.«

»Er hat mir nur leidgetan, wie er sich selbst ans Messer geliefert hat. Dieser Tölpel.«

Zelenika verdrehte die Augen.

Sandra schüttelte den Kopf, sagte aber lieber nichts mehr dazu. Ungeduldig klopfte sie mit den Fingern aufs Lenkrad. Ihre Eltern hatten heute Hochzeitstag, und sie hörte schon jetzt die Vorwürfe, weil sie zu spät kommen und das Essen kalt werden würde. Wenn ein Mordfall reinkam, dann hieß es zwölf Stunden am Tag arbeiten, manchmal auch länger. Ihre Mutter verstand bis heute nicht, warum sie nicht vorher Bescheid sagte. Sandra hatte es aufgegeben, ihr das immer wieder aufs Neue zu erklären. Vielleicht würde dies kein Mordfall werden, sondern sich als Unfall oder Selbstmord herausstellen.

Zelenika musterte sie von der Seite. »Du wirkst heute so nervös, und ein bisschen … gereizt? Aber nur ein kleines, winziges bisschen.« Weil die beiden schon lange zusammenarbeiteten und Zelenika Sandra seit ihren Anfängen bei der Polizei kannte, durfte er sie duzen und so mit ihr sprechen. Er hatte sie schließlich auch mental durch ein privates Tief gebracht, als ihr Freund Marin tödlich verunglückt war, während sie am Fenster gestanden und alles mit angesehen hatte. Mit seiner rauen Art bot Zelenika ihr damals eine Schulter zum Ausweinen.

»Ich hasse es einfach, der Sonne entgegenzufahren. Sie blendet mich.« Das war die bequemste Ausrede. Sie mochte nicht erzählen, dass sie heute Abend das Genörgel ihrer Mutter erwartete.

»Ja, die Sonne verdirbt mir auch jeden Tag die Laune«, murmelte Zelenika ironisch.

Als sie später die Brücke hinter sich gelassen hatten und auf die Insel fuhren, waren es noch etwa zwanzig Minuten bis Šilo. Die Brücke gab es erst seit 1980, bis dahin hatte man die Fähre benutzen müssen, und für die Inselbewohner war ein Pendeln zum Arbeitsplatz nach Rijeka eine mühselige Angelegenheit gewesen. Die knapp anderthalb Kilometer lange Brücke erleichterte seitdem Einheimischen und Touristen den Zugang zur Insel.

Zu beiden Seiten erstreckte sich das üppige Grün von Krk, die Insel strahlte einen ganz besonderen und herben Charme aus. Seit der Antike trug Krk den Beinamen »Goldene Insel«. Jetzt im Mai fing langsam die Saison an, aber noch war die Touristenzahl überschaubar.

Krk hatte viele Gesichter. Während sich die Besuchermassen durch die Gassen der Stadt Krk schlängelten, konnte man in den Tiefen der Wälder die Stille hören, nur von Zeit zu Zeit das Rascheln der Blätter oder ein Tier, das sich bewegte. Es gab den dichten Wald, der wild und verwachsen war und wo nur selten ein Mensch hineinkam. So wie das ehemalige Dorf Dolovo, entstanden im 18. Jahrhundert, dessen Einwohnerzahl aufgrund von Auswanderung immer mehr geschrumpft war. Heute standen dort nur noch Ruinen, mitten im Nirgendwo.

Auf Krk gab es Feigenbäume und Brombeersträucher, wo man sie nicht vermutete, auf Parkplätzen und am Straßenrand.

Es war lange her, dass Sandra die Insel besucht hatte, obwohl es von Rijeka aus nur ein Katzensprung war. »Als Teenager habe ich viel Zeit hier verbracht«, erzählte sie ihren Kollegen. »In Stara Baška, im südlichen Teil der Insel. Meine Schulfreundin Suzana und ich waren für viele Jahre unzertrennlich. Suzanas Eltern kamen aus diesem Teil der Insel und hatten dort ein altes Steinhaus, in dem noch Suzanas Urgroßeltern gewohnt hatten. Ihre Nona hat mir erzählt, dass Krk magisch mit der Zahl Sieben verbunden ist. Im 7. Jahrhundert wurde Krk von den Kroaten besiedelt, siebenmal verteidigte sich die Insel gegen Seeräuber, der siebte Fürst Frankopan war gleichzeitig auch der letzte, und Krk besteht aus sieben Gemeinden. Eine Legende besagt, dass jede von ihnen ihre eigene Todsünde hatte.«

»Vielleicht ist es ja keine Legende«, scherzte Zelenika. »Krk ist also ein Teil deiner Kindheit? Wusste ich gar nicht. Du sagst doch immer, dass der Sommer und seine Hitze dich nerven.«

»Ach Gott, ja. Weil ich dann meistens arbeiten muss. Jedenfalls waren es damals schöne Sommer. Wir haben in versteckten Buchten gebadet, in den ehemaligen Fischerdörfern, und manchmal sind wir von Stara Baška rüber nach Baška.«

»Also mich hat dieses Baška und Stara Baška immer verwirrt«, gestand Zelenika.

»Wirklich? Beides ist im Süden, aber mehrere Kilometer voneinander entfernt.«

»Dich verwirrt ja heute so einiges«, kommentierte Milić, wie zu sich selbst.

Zelenika ignorierte ihn. »Ich habe nur einmal auf Krk gebadet. In Baška. Der Strand dort ist fast zwei Kilometer lang. Das war wundervoll. Montagmorgen, kein Mensch weit und breit.« Dann fragte er Sandra: »So, so, du hast also viel von Krk gesehen damals?«

»Das kann man so sagen. Dank Suzana und ihrer Familie. In der Marina von Punat hatten Suzanas Eltern ein Boot, mit dem wir rausgefahren sind, rund um die Insel. Ein paarmal sind wir auch mit dem Boot in die Bucht von Soline gefahren. Dort ist das Wasser wegen der Einbuchtung etwas wärmer, und deshalb kann man auch im Frühling und Herbst dort schwimmen. Suzanas Eltern sind dann immer nach Klimno gelaufen, weil man sich dort mit Heilschlamm einreiben kann. Ihr Vater tat das wegen seiner Gelenkschmerzen und ihre Mutter wegen der schöneren Haut.« Sie lächelte bei der Erinnerung. »Abends sind wir meistens nach Njivice zum Essen. Dort hatte ihr Onkel ein Fischrestaurant, wo wir *Brudet* und *Škampi* gegessen haben, und manchmal gab es eine kleine Bühne mit einer Band, die Tanzmusik gespielt hat.«

»Aber Šilo kennst du nicht?«, fragte Zelenika.

»In Šilo waren wir nur einmal. Es ist schön dort, hauptsächlich felsig und wild, das weiß ich noch. Aber es gibt einen kleinen Sandstrand, soweit ich mich erinnere.« Sandra sah in den Rückspiegel. »Sedlar, Sie müssen mal die Höhle Biserujka besuchen, ist hier in der Nähe, auf dem Weg nach Šilo. Suzanas Vater hat erzählt, dass sie wegen der *biser*[1] so heißt. In fernen Zeiten sollen Piraten hier ihre Beute versteckt haben.«

»Das mache ich vielleicht«, erwiderte Sedlar. Im Rückspiegel sah Sandra ihn lächeln. Schnell wandte sie den Blick ab.

Zelenika sah sie von der Seite an und fragte: »Was macht Suzana heute?«

»Ich habe keine Ahnung. Später hat es uns in verschiedene Richtungen verschlagen.« Außer ihrer Nachbarin Jelena hatte Sandra keine engen Freunde, was an ihrem Beruf und der dadurch beanspruchten Zeit lag. Und womöglich würde sie bald auch Jelena verlieren. Jelena war in München aufgewachsen und vor ein paar Jahren in ihre Geburtsstadt Rijeka übergesiedelt, weil sie sich im Sommerurlaub hier verliebt hatte. Sie hatte diesen Mann nach kurzer Zeit geheiratet, und nach zehn Monaten war die Ehe geschieden worden. Weil sie mit ihrer Ausbildung als Visagistin hier keinen Job fand – denn diese Stellen waren rar gesät und liefen nicht selten über Beziehungen –, arbeitete Jelena als Kellnerin. Nun hatte Jelenas Freundin Manuela in München über mehrere Umwege erfahren, dass bald eine Stelle am Theater frei wurde. Also musste Jelena sich entscheiden. Sandra fühlte sich mies, wenn sie sich

---

[1] Perle

dabei ertappte, wie sie sich wünschte, dass Jelena blieb. Natürlich würde sie sich für Jelena freuen, wenn sie die Stelle in München bekäme, aber die Freundin würde Sandra furchtbar fehlen.

»Krk ist die größte Insel, Sedlar«, informierte Milić seinen Kollegen, der ursprünglich aus Pula stammte und erst seit einem Jahr in Rijeka war.

»Eigentlich sind Krk und Cres gleich groß«, verbesserte Zelenika. Er hatte eine Zeit lang gemeinsam mit Sedlar in Pula gearbeitet, als dieser noch in der Ausbildung gewesen war. Zelenika kannte Istrien und die Kvarner-Bucht besser als manch Alteingesessener.

»Ich glaube, Krk ist ein paar Quadratzentimeter größer«, beharrte Milić.

»Ich glaube nicht«, trotzte Zelenika.

Milić war bekanntermaßen Lokalpatriot und setzte Sedlar gerne über die historischen Fakten in Kenntnis. »Die Illyrer besiedelten Krk vierhundert Jahre vor Christus.«

»Christus war auch da?«, witzelte Zelenika.

»Vierhundert Jahre später«, fuhr Milić unbeirrt fort, »eroberten die Römer die Insel und nannten sie Curicum. Wir haben beschlossen, daraus Krk zu machen.«

»Wer ist *wir*?« Zelenika grinste. »Warst du dabei, als das beschlossen wurde?«

Kurz darauf erreichten sie Šilo. Als sie in den Ort hineinfuhren, sahen sie einige Autos mit ausländischen Kennzeichen, die am Straßenrand geparkt waren. Vor einem Haus stand ein Zitronenbaum, an dem ein kleines Schild befestigt war: *Don't touch!* Wie es aussah, gab es Touristen, die Obstbäume in fremden Gärten als frei zugänglich betrachteten.

Sandra fuhr auf der Stara cesta Richtung Ufer und parkte dort den Wagen direkt neben dem hiesigen Streifenwagen. Nachdem sie ausgestiegen waren, gingen sie die kleine Straße oberhalb der Felsen entlang. Unweit von ihnen war ein Krankenwagen geparkt. Sie beobachteten zwei Uniformierte dabei, wie sie den Tatort absperrten. In der Nähe der beiden Polizisten standen zwei Männer. Sandra grüßte in ihre Richtung, aber niemand grüßte zurück. Der Schock stand den beiden Männern ins Gesicht geschrieben. »Wir sind von der Kriminalpolizei in Rijeka«, rief sie den uniformierten Polizisten zu. »Ich bin Inspektor Horvat, und das sind meine Kollegen.«

»Ja, sofort«, reagierte nun der ältere der beiden. »Warten Sie kurz, wir sind sowieso gerade hier fertig.«

Sandra machte ein paar Schritte und blickte über die Mauer nach unten, wo am Fuß des Felsens ein regloser Körper lag. Ihre Kollegen taten es ihr nach. Die beiden Sanitäter standen bei Perica und Sikirica. Offenbar hatten sie bereits den Tod der Frau festgestellt. Perica von der Gerichtsmedizin und Sikirica von der Spurensicherung waren anscheinend erst kürzlich eingetroffen, da sie sich gerade die Schutzanzüge samt Kapuze überzogen, dann die Überzüge für die Schuhe und die Handschuhe. Seinen Ausrüstungskoffer hatte Sikirica am Fuß der Treppe abgestellt, die zu der kleinen Bucht führte und die der Fotograf und die Kriminaltechnikerin gerade hinunterliefen. Die Tote lag auf dem Rücken,

Beine und Arme in normaler Position, nahe am Körper. Wäre ihr Haar nicht von Blut durchtränkt gewesen, hätte man meinen können, sie würde sich sonnen. Ihr Mund und die Augen standen offen. In einem Meter Entfernung lag ein Badetuch, schneeweiß und frei von Blut.

»Die war noch ziemlich jung«, kommentierte Zelenika. »Attraktiv, wenn man das von hier aus und in Anbetracht des blutigen Kopfes beurteilen kann.«

»Ja, tolle Figur«, meinte Milić und zückte seinen Notizblock. Während eines Mordfalls schrieb Milić alles auf. Er musste einen enormen Notizblockverschleiß haben, überlegte Sandra.

»Schreibst du das jetzt da rein? Tolle Figur?«

»Nein, Zelenika. Ich finde es nur seltsam, dass das Handtuch so schön ordentlich ausgebreitet ist, es wurde sogar mit kleinen Steinen an den Ecken fixiert. Entweder war die Frau im Wasser, hat sich mit diesem Handtuch abgetrocknet und dann wollte sie sich noch ein wenig in die Morgensonne legen – oder sie kam gerade an, breitete das Handtuch aus und wollte ins Wasser.«

Zelenika kniff die Augen zusammen. »Und? Was sagt uns das?«

»Nichts. Ich beobachte nur.«

»Und warum musst du immer alles aufschreiben? Kannst du dir das nicht merken?«

»Ich bin froh, dass er jede Kleinigkeit aufschreibt«, sagte Sandra. Sie hasste Notizen schreiben und war froh gewesen, als Milić das irgendwann übernommen hatte.

Sedlar war dafür ein eifriger Berichteschreiber, was Sandra ihm gerne überließ.

Milić kritzelte, mit der Zungenspitze zwischen den Lippen, und blieb Zelenika eine Antwort schuldig.

Perica hob den Kopf und nickte Sandra zur Begrüßung kurz zu. Ihre Kollegen beachtete er nicht weiter. Sikirica lächelte schüchtern. Alle glaubten, dass der kleine Sikirica ein wenig für Sandra schwärmte. Na ja, mittlerweile glaubte sie das auch, weil er jedes Mal rot wurde, wenn er sie sah. Sie fand ihn sehr sympathisch, aber er bekam den Mund nicht auf und war einen halben Kopf kleiner als sie.

Sandra nickte grüßend zurück, dann sah sie sich um. Sollte die Frau gestürzt sein? Das hielt sie aufgrund der Mauer, die hier oben verlief, für unwahrscheinlich. Auch hätte sich die Frau hier gar nicht aufgehalten, weil sie außen rum gehen musste, um zur Bucht zu gelangen. Da die Felsen groß, scharf und kantig waren, hatte man eine Treppe mit Geländer angebracht. Selbstmord war in Sandras Augen ebenfalls auszuschließen, da der Felsen gewölbt war und man nicht gerade hinunterfiel. Außerdem waren es nicht mehr als sieben Meter von der kleinen Straße bis hinunter in die Bucht. Wäre die Frau ausgerutscht, dann läge sie nicht in der Bucht, denn wo sollte sie ausgerutscht sein, um dort zu landen? Der winzige Kiesstrand, auf dem die Tote lag, war etwa fünf Meter lang und an seiner breitesten Stelle maß er höchstens zwei Meter. Um dorthin zu gelangen, musste man die Treppe nach unten gehen und ein paar Meter durch seichtes Wasser waten. Deshalb hatten diejenigen, die unten standen, aufgekrempelte Hosen gehabt, die sie dann wieder nach unten krempelten. Wenn es sich nicht um Mord handelte, dann musste die Frau tatsächlich ausgerutscht und umgeknickt sein und sich dabei den Kopf heftig am Felsen gestoßen haben. Das war unwahrscheinlich, aber nicht unmöglich, überlegte Sandra.

»Perica?«, rief sie dem Gerichtsmediziner von oben zu.

Er hatte sich schon an die Untersuchung der Leiche gemacht und verabscheute es, unterbrochen zu werden. Sandra konnte das verstehen, aber es mangelte Perica manchmal am Verständnis ihr gegenüber. Schweigend blickte er zu ihr hoch. Er sah dabei nicht freundlich aus.

»Ein Sturz?«, fragte sie knapp.

»Unwahrscheinlich.«

»Warum?«

»Kein Genickbruch, keine Knochenbrüche. Der Schädel.«

»Was ist mit dem Schädel?«

»Mehrere Frakturen, würde ich sagen. Und jetzt lassen Sie mich in Ruhe.« Der letzte Satz kam scharf und deutlich.

Kurz darauf kamen die Uniformierten auf Sandra und ihre Kollegen zu, die beiden Männer trabten wie unsichere Schuljungen hinter ihnen her. »Hier, an dieser Stelle, wo Sie jetzt stehen, haben wir die beiden Herren vorgefunden, als wir auf den Anruf hin hergekommen sind«, erklärten die Polizisten.

»Ist einer von Ihnen Branimir Toić?«, fragte Sandra an die Männer gewandt.

Einer der beiden nickte. Er war ein korpulenter Mann mittlerer Größe und mittleren Alters. Leicht nervös schob er seine Brille zurecht. Sein brünetter Militärschnitt stand in Kontrast zu seinen eher weichen Gesichtszügen. »Ja, das bin ich«, sagte er.

»Wissen Sie, mein Kollege und ich«, erklärte der ältere Uniformierte, »fanden das Ganze merkwürdig. Deshalb wollten wir, dass sich jemand von der Mordkommission das ansieht. Uns will nämlich nicht einleuchten, wie ein Unfall zustande gekommen sein soll. Und ein Selbstmord aus dieser Höhe?«

»Verstehe«, sagte Sandra. »Sie haben recht. Mir gingen gerade ähnliche Gedanken durch den Kopf.«

Der Polizist lächelte zufrieden.

Sandra wandte sich an Branimir Toić. »Sie haben also die Tote entdeckt?«

»Ja, genau.« Zur Bekräftigung nickte er heftig. »Ich habe sie gar nicht erst angefasst, wissen Sie. Ich hab sofort gesehen, dass sie tot ist. Das sehen Sie ja selbst.«

»In Ordnung, Herr Toić. Schildern Sie uns das Ganze in Ruhe und detailliert.«

Er nickte wieder heftig. »Ich bin Postbote.«

Sie sahen ihn an und warteten darauf, dass er weitersprach.

»Also, ich wohne da oben.« Mit zittriger Hand zeigte er auf ein kleines Haus, das nur etwa zwanzig Meter von ihnen entfernt stand. Es hatte eine hellblaue Fassade und weiße Fensterläden. Neben dem Haus war ein aus Holz gefertigter Schuppen. Der hintere Teil des Hauses wurde von einem Halbkreis aus Oliven- und Feigenbäumen geschützt. Vom Gartentor führte ein kleiner Steinweg zum Haus, links davon lag ein Blumenbeet und auf der rechten Seite ein Gemüsegarten. Sehr idyllisch, fand Sandra.

Branimir Toić erklärte: »Im Schuppen steht mein Mofa. Das brauche ich für die Arbeit. Ich hole mein Mofa, das muss so gegen halb sieben gewesen sein, gehe damit raus, lasse es aber noch nicht an, weil ich ja zuerst das Gartentor schließen muss. Und in dem Moment, als ich das Gartentor abgeschlossen habe, mich auf mein Mofa setze und losfahren will... hab ich sie gesehen. Also, nur die Füße. Dann bin ich vom Mofa gestiegen, und da hab ich sie ganz gesehen.« Er schluckte, und es war nicht zu übersehen, dass er schwitzte. Sein Atem ging unregelmäßig, und er schaffte es nicht, ihren Blicken standzuhalten. Toićs Augen flatterten herum, als würde er hektisch nach etwas suchen. »Jedenfalls wollte ich dann gleich die Polizei anrufen, aber der Akku von meinem Handy war leer. Also bin ich zu Domagoj rüber ins Café...«, mit dem Daumen zeigte er auf den Mann neben sich, »... und hab gesagt, wir müssen die Polizei anrufen, weil Nika Vukelić tot in der Bucht liegt.«

»Und weshalb waren Sie so sicher, dass sie tot ist und nicht nur verletzt?«, fragte Sandra.

»Ihre Augen. Sie waren aufgerissen. Und das ganze Blut an ihrem Kopf...«

»Sie wussten sofort, dass es Nika Vukelić ist?«, fragte Sedlar.

»Ja. Ich kenne sie ja seit mehreren Jahren, wir sind Nachbarn.«

»Sie sind sehr aufgebracht«, bemerkte Zelenika. »Kannten Sie die Tote näher? Waren Sie befreundet?«

Branimir Toić runzelte die Stirn. »Natürlich bin ich aufgebracht, ich habe vor einer Stunde meine tote Nachbarin entdeckt.«

»Kannten Sie die Tote näher?«, wiederholte Zelenika seine Frage.

Toić wich Zelenikas Blick aus und zuckte die Schultern. »Wie man sich als Nachbarn eben so kennt. Näher kannten wir uns nicht, und befreundet waren wir schon gar nicht.«

»Und Sie besitzen ein Café in der Nähe?«, wandte Sandra sich an den großen, schlanken Mann, der neben Toić stand. Seine dunkelbraunen Locken fielen ihm ins Gesicht. »Haben Sie denn so früh am Morgen bereits geöffnet?«

Er schüttelte den Kopf. »Nein, ich öffne das Café um acht Uhr. Ich war gerade aufgestanden und runter ins Lokal gegangen, um alles für den Tag vorzubereiten, danach gehe ich immer raus und mache die Terrasse fertig. Plötzlich hat Branimir aufgebracht an die Tür geklopft, ich hab schnell aufgesperrt, und er hat vom Festnetz die Polizei gerufen.«

»Und wie ist Ihr Name?«, fragte Milić.

»Mein Name ist Domagoj Buneta«, gab der Cafébesitzer freundlich Auskunft.

In der Zwischenzeit hatten die Sanitäter die Bucht über die Treppe verlassen. Sie stiegen in den Krankenwagen und legten den Rückwärtsgang ein. In diesem Moment kam ein Mann angelaufen und sah verschreckt zu den Beamten herüber. Er war groß und schlank, etwa Ende dreißig. Es sah aus, als habe er sich auf die Schnelle etwas angezogen. Zu einer Jeans trug er ein zerknittertes, graues T-Shirt und Sommerschlappen, wie man sie am Strand oder zu Hause trägt.

»Was ist denn hier los?«, rief er aufgebracht in ihre Richtung. Seine Stimme war zittrig. Als ihm niemand antwortete, lief er zum Rand des Felsens, legte die Hände auf die Mauer und blickte hinunter. Zuerst erstarrte er, dann schrie er aus tiefer Kehle: »Nikaaa!«

Für den Bruchteil einer Sekunde sah es aus, als würde er das Gleichgewicht verlieren und über die Mauer fallen.

3

Eine Stunde später saßen Sandra und ihr Kollege Sedlar im Wohnzimmer der Vukelićs. Der Ehemann des Opfers, Tin Vukelić, hatte eine gute halbe Stunde unter Schock gestanden. Sie hatten ihn mehrfach davon abhalten müssen, in die Bucht zu seiner toten Frau zu laufen. Die Beamten hatten ihm erklärt, dass der Tatort auf Spuren untersucht wurde und ihn deshalb niemand betreten dürfe. Angehörige verhielten sich häufig irrational, manche aus purer Verzweiflung, andere aufgrund guter Schauspielerei. Der Ehemann war bei einem Verbrechen – wovon Sandra allmählich ausging – ohnehin ein Fall für sich. »Können wir den Ehemann ausschließen?«, war häufig Mandićs erste Frage, wenn das Opfer weiblich und verheiratet gewesen war. Sandra erschreckte immer noch die Tatsache, dass meistens der Ehemann, Freund oder ein guter Bekannter der Täter war. Umgekehrt verhielt es sich genauso, allerdings waren Frauen seltener Täterinnen.

Sandra blickte auf Tin Vukelić, der ihr und Sedlar gegenüber auf der pastellgelben Couch saß, die mit pastellblauen Kissen aufgepeppt war. Inzwischen hatte der Mann sich etwas gefasst. Zelenika und Milić hatten die Befragung der Nachbarn übernommen, was in kleinen Gemeinden das Mühseligste überhaupt war. Denn meistens hatten die Nachbarn weder etwas gesehen noch gehört, noch war ihnen irgendetwas aufgefallen. Bloß keinen Ärger, schließlich musste man weiterhin Tür an Tür mit den anderen leben. Und hin und wieder gab es diejenigen, die einen wundersamen schwarz gekleideten Mann gesehen hatten, der im Schritttempo durch den Ort gefahren war und gefährlich ausgesehen hatte. Diese sogenannten Zeugen waren die schlimmsten. Am liebsten, weil hilfreichsten, waren Sandra die »Ich will ja nichts sagen aber«-Leute, die dann doch sehr viel sagten und nicht selten wertvolle Hinweise gaben.

Tin Vukelić hatte den Kopf in den Händen vergraben. Er schaukelte bereits minutenlang seinen Oberkörper vor und zurück.

»Herr Vukelić«, begann Sandra, »wir können immer noch einen Psychologen kommen lassen, wenn Sie möchten. Oder wir lassen Sie abholen und behandeln, dann...«

Tin Vukelić lachte bitter auf, dann hob er den Kopf und sah sie an. Sein Blick verriet Zorn. »Psychologe«, zischte er abfällig. »Ausgerechnet. Das Letzte, was ich brauche, ist ein Scheißpsychologe.«

»Gut, wie Sie möchten.« Sandra rückte auf dem Stuhl ein Stück weiter nach vorne. »Es tut mir leid, dass wir Sie inmitten dieses Schocks mit Fragen konfrontieren müssen. Glauben Sie mir, ich würde Ihnen die Zeit zum Trauern geben, wenn ich könnte. Aber wir möchten natürlich so schnell wie möglich herausfinden, ob es tatsächlich Mord war und, falls der Gerichtsmediziner dies bestätigt, wer Ihrer Frau das angetan hat.«

»Ja«, stieß Vukelić hervor und nickte noch eine Weile entrückt vor sich hin. »Fragen Sie, was Sie wollen. Wenn ich kann, helfe ich Ihnen.«

Sedlar kam Sandra zuvor. »Fällt Ihnen jemand ein, der Ihrer Frau etwas hätte antun können?«

»Das waren die Kosićs, da bin ich sicher. Sie haben Nika gehasst, besonders Valeria.«

»Von wem sprechen Sie?«

»Die verdammten Nachbarn.«

»Ihre Nachbarn?«

»Ja.«

»Wie heißen die beiden? Sedlar, schreiben Sie auf.«

Er tat wie befohlen und holte Block und einen kleinen Stift aus seiner hinteren Hosentasche. Milićs Utensilien wirkten professioneller, fand Sandra.

»Die beiden heißen Valeria und Matej Kosić, die Arschlöcher.« Vukelić hatte mit dem Vor- und Zurückwippen aufgehört. Die feuchten Augen und der verzweifelte Gesichtsausdruck wunderten Sandra nicht, aber sie interessierte sich für die Wut, mit der er von seinen Nachbarn sprach.

»Was ist mit den beiden, Herr Vukelić?«

»Wollen Sie auch ein Glas Wasser? Oder etwas anderes?«

»Ein Glas Wasser wäre sehr nett, danke. Sie können die Frage auch später beantworten.«

Er stand auf und ging durch den bogenförmigen Durchgang in die Küche.

Sandra sah sich um. Es war ein heller Raum, ziemlich minimalistisch eingerichtet. Einer von beiden musste für Pastell schwärmen, ein Farbton, der hier auffällig dominierte. An der Wand hing ein kleineres Bücherregal, in dem circa fünfzig Bücher aufgereiht waren, hauptsächlich über Schönheitspflege und gesunde Ernährung. Es gab auch ein paar Bücher über Geschichte und Philosophie.

Als Tin die drei Gläser auf dem niedrigen Glastisch abstellte, lief ihm eine Träne übers Gesicht. Falls es eine Träne war. Schließlich war Tin in der Küche eben hinter einem Vorhang verschwunden. Tin setzte sich wieder auf die Couch und trank ein paar Schluck Wasser.

»Sie interessieren sich für Geschichte und Philosophie?«, fragte Sandra. »Oder war es Ihre Frau, die diese Bücher las?«

»War – was für ein schreckliches Wort. Nika war – und ist nicht mehr.« Plötzlich, als wäre er aus einem Traum erwacht, sagte er: »Nein, das haben uns ihre blöden, arroganten Eltern geschenkt.«

»Oh.«

»Sie wollten aus Nika und ihrer Schwester unbedingt Intellektuelle machen, Akademikerinnen. Was sie aber nicht sind, weil sie keinen Bock darauf hatten. Und – Sie werden es sowieso erfahren – Nikas Eltern hassen mich, weil sie finden, dass ich nicht gut genug für Nika bin. War. Nicht gut genug für sie *war*.«

»Was ist nun mit diesen Nachbarn, die Sie erwähnt haben?«, insistierte Sandra, weil das Thema von Tin so abrupt beendet worden war.

»Ach ja, die Arschlöcher, wie konnte ich nur Ihre Frage vergessen. Wir liegen schon ein paar Jahre mit ihnen im Streit. Eigentlich mit Valeria. Matej steht nur daneben und nickt. Ich glaube nicht, dass er ein Pantoffelheld ist. Er überlässt das alles seiner Frau, weil er keine Lust zum Schreien hat. Er ist eher ein ruhiger Typ. Aber davon abhalten tut er seine blöde Frau auch nicht. Also ist er genauso schlimm wie sie.«

»Worum geht es bei Ihrem Konflikt?«

»Die Kosićs fahren mit ihren verdammten Autos – sie haben nämlich drei davon – über unser verdammtes Grundstück. Also das Grundstück von Nika halt. Na ja, unseres eben, nicht das der Kosićs. Diese Miststücke haben uns angezeigt. Ich bin sicher, dass es Valeria war. Wir haben ein Einschreiben vom Anwalt bekommen. Aber die Gerichte haben wahrscheinlich Besseres zu tun. Das wird noch dauern, bis das geklärt ist. Ich kann mir nicht vorstellen, dass sie vor Gericht recht bekommen.«

»Fahren Ihre Nachbarn jetzt immer noch mit ihren Autos über Ihr Grundstück?«

»Ja, klar. Das juckt die einen Dreck, dass das unser Grundstück ist. Außerdem haben sie drei Autos, nicht nur eines. Und dann nehmen sie sich einen Anwalt. Sie glauben auch noch, dass sie im Recht sind!«

Sedlar schüttelte den Kopf. »Und was wäre das Mordmotiv?«

»Falls es sich als Mord herausstellt«, ergänzte Sandra.

Tin hob in hilfloser Geste die Handflächen nach

oben. »So genau weiß ich das auch nicht, aber Valeria hat Nika gehasst. Weil sie noch schöner war als sie. Valeria wird älter, und das macht sie verrückt.« Er fuhr sich mit den Händen durch die Haare. »Ach keine Ahnung, ich kann mich nicht konzentrieren. Jetzt, wenn ich es ausspreche, hört es sich idiotisch an.«

Sedlar kommentierte das nicht, sondern stellte die nächste Frage. »Wann haben Sie das letzte Mal mit Ihrer Frau gesprochen? Gestern Abend?«

»Nein, heute Morgen. Ich bin wach geworden, als sie sich zum Schwimmen fertig gemacht hat. Von April bis Oktober geht sie jeden Morgen schwimmen. Wir haben ein paar Worte gewechselt, mehr nicht.«

»Was für Worte?«, wollte Sandra wissen.

»Ob ich nicht mitkomme, und dann haben wir Scherze gemacht, weil ich kein Frühaufsteher bin und sicher nie morgens zum Schwimmen gehen werde.«

»Und dann?«

»Dann habe ich mich wieder schlafen gelegt, und als ich aufgewacht bin, habe ich bemerkt, dass Nika nicht zurückgekommen ist. Sie hat nicht gefrühstückt und ist auch nicht mit dem Auto zur Arbeit gefahren. Also bin ich zur Bucht gelaufen, dort, wo sie immer schwimmt.« Er warf Sandra einen verärgerten Blick zu, als trage sie eine Mitschuld. »Sie haben ja gesehen, wie ich angerannt gekommen bin.«

»Ja.«

»Mehr gibt es nicht zu erzählen.«

»Was macht Ihre Frau beruflich?«, wollte Sandra wissen.

»Sie arbeitet bei einer Bank, in der Innenstadt von Rijeka.«

»In welcher Position?«

»In der Kreditabteilung.«

»Und was machen Sie beruflich?«

»Ich betreibe hier auf Krk eine Strandbar, in Njivice, das ist mit dem Auto zwanzig Minuten von hier.«

»Ich weiß, wo Njivice ist. Eine Bar, sagten Sie?«

Er zog ein Papiertaschentuch aus seiner Jeans und schnäuzte sich. »Eine Cocktailbar, das mache ich von Ende April bis Mitte September.«

»Und den Rest des Jahres?«

»Da mache ich den Haushalt und Reparaturarbeiten am Haus. Was eben so anfällt, und an einem Haus fällt immer irgendwas an.«

»Sind Sie und Ihre Frau wohlhabend, Herr Vukelić?«, fragte Sandra ihn direkt.

»Wohlhabend? Wie kommen Sie darauf?« Auf Sandra wirkte es, als täte er nur überrascht, obwohl er es gar nicht war.

Sandra sah sich demonstrativ um. »Sie haben ein schönes Haus, arbeiten aber nur die Hälfte des Jahres. Als Bankangestellte verdient Ihre Frau sicher nicht schlecht, aber Sie können sich so einiges leisten, fällt mir auf.«

»Na ja, Nikas Eltern stammen ursprünglich aus Krk. Das Grundstück hier gehörte den Vorfahren von Nikas Vater, und der erbte es dann und schenkte es Nika. Sie haben das Haus gebaut, es ein paar Jahre an Touristen vermietet und es dann Nika geschenkt, als wir geheiratet haben.« Mit dem Papiertaschentuch betupfte er sich nun die Augen, dann steckte er es wieder in die Hosentasche.

»War Ihre Frau in letzter Zeit anders als sonst, Herr Vukelić?«, fragte Sandra.

»Ach, Nika war immer anders als sonst.«

»Wie meinen Sie das?«

»Ich weiß nicht, wie ich es erklären soll. Für mich war sie eine Göttin. Ich liebe sie, wie man jemanden nur lieben kann. Aber ... na ja, ein wenig unberechenbar war sie schon. Mal war sie so, dann wieder so.« Er rieb sich die Augen, dann stand er auf und ging hin und her. »Ich verstehe das einfach nicht. Sie war zwar nicht besonders beliebt, aber ... sie umbringen?«

»Warum war Ihre Frau nicht besonders beliebt?«, fragte Sedlar.

»Ach, Sie wissen doch, wie die Leute sind. Nika hat bei den anderen Neid und Missgunst hervorgerufen, ganz automatisch.«

»Wie dürfen wir das verstehen?« Sedlar klang freundlich und verständnisvoll. »Können Sie das genauer erklären?«

Tin blieb stehen und stemmte nachdenklich die Hände in die Hüften. »Die Frauen beneideten sie, weil sie so schön war, wissen Sie. Und die Männer konnten sie nicht leiden, weil sie sie nicht haben konnten.«

Sandra beschloss, darauf nichts zu sagen. Ihrer Erfahrung nach wurde bei schönen oder reichen Menschen viel zu oft ein missgünstiges Umfeld diagnostiziert. Den meisten waren diese Leute egal, außer, sie stellten eine direkte Bedrohung dar. Sandra hatte es nicht nur einmal erlebt, dass gerade die Partner von schönen, reichen und erfolgreichen Menschen diese glorifizierten – und ihre Mitmenschen damit mehr nervten, als ihnen bewusst war. Auf den Postern und Fotos an der Wand, die fast ausschließlich Nika Vukelić zeigten, war nicht zu übersehen, dass sie eine sehr attraktive Frau gewesen war. Doch eine Frage drängte sich Sandra auf: »Hat Ihre Frau diese Bilder aufgehängt? Oder waren Sie das?«

Tin sah sich nach den Fotos und Postern um, dann lächelte er gequält. »Die meisten davon habe ich aufgehängt.«

»Hmm, ja, eine sehr hübsche Frau. Ungewöhnlich … so viele Fotos von Ihrer Frau. Die meisten Menschen hängen Fotos von anderen Leuten auf, von ihrer Familie und ihren Freunden.«

Tin nickte. »Ja, aber ich habe keine Familie, Freunde eigentlich auch kaum. Nika war alles, was ich zum Leben brauchte. Und Nika hatte eigentlich auch keine Freunde. Außer ihren Kolleginnen Ena und Astra. Familie? Ja, schon. Lana, ihre Schwester, und ihre blöden Eltern. Lana ist ganz in Ordnung. Dort ist ein Bild von ihr.« Tin zeigte auf ein gerahmtes Foto, ungefähr zehn mal zehn Zentimeter, das auf der Kommode stand. Die Frau darauf wirkte sympathisch und sah ihrer Schwester recht ähnlich. Doch schon auf den ersten Blick konnte man feststellen, dass sie nicht ganz mit Nika mithalten konnte. Allerdings wirkte die Schwester auch natürlicher, mit ihrem Kurzhaarschnitt und dem legeren weißen Hemd. Möglicherweise war sie gar nicht darauf erpicht, mit ihrer schönen Schwester zu konkurrieren.

»Sie haben keine Kinder, Herr Vukelić?«

Er schluckte, dann schüttelte er den Kopf. Erst nach einem langen Moment der Stille sagte er: »Wir hatten ein Kind. Einen Sohn. Florijan. Er war vier, als er starb.«

»Das tut mir sehr leid«, sagte Sandra leise. »Was ist mit Florijan passiert?«

»Er ist beim Spielen vom Balkon gefallen.« Tin Vukelić sah Sandra direkt an. »Ich hätte auf ihn aufpassen sollen. Ein Freund von mir war zu Besuch. Ich habe nur eine Sekunde nicht hingesehen.«

»Viele Paare trennen sich nach einer solchen Tragödie.«

Tin schüttelte den Kopf. »Nein, wir nicht. Uns hat das noch mehr zusammengeschweißt.«

Sandras Handy klingelte. »Entschuldigen Sie, Herr Vukelić.«

Zelenika meldete sich und kam sogleich zur Sache. »Einige der Anwohner sind bei der Arbeit. Die anderen kann man eigentlich abhaken, weil bezeugt ist, dass sie heute Morgen das Haus nicht verlassen haben. Sie haben entweder Frühstück für die Touristen gemacht oder lagen neben ihren Ehepartnern im Bett. Das ist zwar kein hundertprozentiges Alibi, aber ich setze sie mal weiter hinten auf die Liste. Dann haben wir noch ein dreiundneunzigjähriges Ehepaar. Also die müssen wir noch mal zusammen besuchen.«

»Ach ja?«

»Die beiden sitzen gerne auf der Terrasse und beobachten das Treiben, so wie die zwei Alten auf dem Balkon in der Muppet Show.«

»Verstehe. Gute Beobachter also.«

»Sie haben mir erzählt, dass ein Ehepaar namens Kosić mit den Vukelićs ein alles andere als gutes Nachbarschaftsverhältnis hat. Aber die Kosićs sind in der Arbeit und erst heute Abend wieder zurück. Ich würde vorschlagen, dass Milić und ich jetzt erst mal zu euch rüberkommen.«

»Ja, gut, dann sehen wir weiter.«

Sandra beendete das Gespräch und stand auf. »Unsere beiden Kollegen kommen gleich hinzu. Darf ich mich derweil etwas umsehen?«

Tin hatte sich eben erst wieder hingesetzt und erhob sich jetzt schwerfällig. »Umsehen?«, fragte er, sagte dann aber betont gleichgültig: »Meinetwegen.«

Als Sandra auf die Küche zusteuerte, sah sie aus den Augenwinkeln, dass Sedlar ebenfalls aufstand, ihr aber nicht folgte, was ihr ganz recht war.

Die Küche der Vukelićs war sauber und aufgeräumt. Auf dem Küchentisch stand ein unbenutzter Teller, daneben lag ein Messer. Ein Marmeladenglas und ein Zuckerdöschen standen in der Mitte des runden Tisches. Vermutlich war es Nikas Ritual, das Frühstück schon mal bereitzustellen, schlussfolgerte Sandra. Ein Blick auf die Kaffeemaschine verriet ihr, dass diese nicht eingeschaltet war. Sie hob den Deckel und betrachtete die Menge des Kaffeepulvers darin. »Ihre Frau frühstückte allein? Es ist ein Teller auf dem Tisch und Pulver für eine Tasse Kaffee in der Maschine.«

»Ja«, antwortete Tin, der jetzt am Durchgang zwischen Wohnzimmer und Küche stand. »Ich stehe später auf, meistens so um neun, dann trinke ich einen Kaffee und mache mich auf den Weg zur Arbeit.«

»Wann öffnen Sie die Strandbar?«

»Um zehn Uhr.«

»Es gibt Leute, die vormittags Cocktails trinken?«

»Haben Sie eine Ahnung. Manche Touristen fahren nur zum Baden und zum Trinken in den Urlaub. Mir kann es recht sein.«

»Ja, sicher. Und bis wann haben Sie geöffnet?«

»Bis zweiundzwanzig Uhr.«

»Wie heißt Ihre Strandbar eigentlich?«

»Cocktail Oaza.«

»Oase, hm, gleichzeitig originell und schlicht«, kommentierte Sandra. »Würden Sie mir bitte Ihr Schlafzimmer zeigen?«

Als sie kurz darauf in dem großen Raum stand, sah sie sich ausgiebig um. Parkettboden und schöne Möbel, beides vermutlich aus Ahorn. Auch hier war alles in Pastell, das Bettzeug, die Gardinen und die Wandfarbe. »Ihre Frau mochte Pastell?«

»Ja.« Keine weiteren Erklärungen. Tin ließ Sandra nicht aus den Augen. Merkte er nicht, wie seltsam sein Verhalten auf sie wirken musste? Als ob er Angst hatte, dass sie etwas finden würde, was sie gegen ihn verwenden konnte.

Sie öffnete den Kleiderschrank. Nikas Kleidung war

alles andere als pastellig, hauptsächlich schwarz und kräftige Erdfarben füllten den Schrank aus.

Es klingelte. »Das werden wohl Ihre Kollegen sein.« Tin stand noch ein paar Sekunden unschlüssig herum, dann drehte er sich um und ging. Sandra hörte Zelenika und Milić, die sich vorstellten.

»Inspektor Horvat durchsucht gerade die Klamotten meiner Frau.«

Im nächsten Augenblick stand Zelenika in der Tür, die er mit seiner Körpergröße und den breiten Schultern beinahe ganz ausfüllte.

Bevor er etwas sagen konnte, meinte Sandra: »Vielleicht setzt ihr euch alle ins Wohnzimmer und unterhaltet euch ein bisschen. Ich mache das hier allein.«

»Nema problema.« Zelenika ging.

Nachdem sie die Kleidung durchgesehen hatte, machte sie die andere Doppeltür des Schranks auf, der eine Menge Schuhe und Handtaschen enthielt. Einiges war gehobene Markenware. Nicht das Teuerste, aber dennoch weit über dem Durchschnittspreis. Für ein Paar solcher Schuhe oder eine solche Tasche musste Nika Vukelić lange in der Bank arbeiten. Ihr Mann verdiente in den paar Monaten auch nicht gerade ein Vermögen mit seinen Cocktails. Sandra rechnete kurz nach. Mal angenommen, ein Cocktail kostete dreißig bis vierzig Kuna[2], in einer Strandbar vielleicht dreißig. Wenn die Leute gerne tranken, wie Vukelić sagte, und er in zwölf Stunden mindestens hundert davon verkaufte, waren

_____

2 1 Euro = ca. 7,5 Kuna

das dreitausend Kuna täglich, neunzigtausend im Monat, aufgerundet hunderttausend. Oh, na immerhin. Und wenn man keine Miete für das Haus zahlte und die Frau noch dazuverdiente, konnte man sich auch mit gehobener Markenware einkleiden.

In den Schubladen des Nachtkästchens fand sie nur Handcremes, Taschentücher und ein Buch über Narzissmus. »Sieh mal an«, murmelte Sandra. Sie schlug es auf und las auf der ersten, unbedruckten Seite:

ALLES GUTE ZUM 35. GEBURTSTAG,
GESCHÄTZTE NIKA VUKELIĆ
IHR »ZUHÖRER UND UNTERSTÜTZER« · LOVRO ŠPREM

Zuhörer und Unterstützer, mit einem aufgemalten augenzwinkernden Smiley? Wer schenkte einer Frau ein Buch über Narzissmus? War ihr Mann ein Narzisst? Trotzdem würde man doch einer Freundin oder guten Bekannten kein Buch über Narzissmus schenken. Wie skurril.

Sandra legte das Buch zurück und ging ins Bad. Von der Couch im Wohnzimmer aus wandte ihr Tin ruckartig das Gesicht zu und verfolgte sie mit seinem Blick. Es konnte Angst sein, dass sie etwas fand. Es konnte aber auch einfach das ungute Gefühl sein, das die Menschen empfanden, wenn jemand in ihrer Privatsphäre herumschnüffelte. Sandra verstand das, denn ihr würde es genauso gehen, aber so war es nun einmal, und es hatte seine Notwendigkeit. Das mussten die Menschen eben verstehen. Sie wollten schließlich auch, dass der

Täter so bald wie möglich überführt wurde. Zumindest diejenigen, die nicht selbst die Täter waren.

Als Sandra den Spiegelschrank öffnete, war es für sie keine große Überraschung, dass Nika sich ihre Schönheitspflege einiges kosten ließ. Dieser Frau war ihr Aussehen wichtig gewesen, so viel war klar. Aber Tin war auch nicht gerade frei von Eitelkeit, was die Kosmetik *for men* bewies. Da hatten sich anscheinend zwei eitle Selbstverliebte gefunden. Allerdings waren seine Kosmetika keine Luxusware, sondern stammten aus den Drogerieketten.

Sandra hörte Tin Vukelić telefonieren. Er sprach abgehackt, und seine Stimme klang brüchig. Sie entnahm seinen Worten, dass er mit einer Frau Fućak sprach, danach mit Nikas Schwester Lana.

Sandra ging noch mal zurück ins Schlafzimmer. Sie öffnete die Nachttischschubladen von Tin. In der oberen Schublade war der übliche Kram, den Leute so hineintaten. In der unteren waren Zettel und Briefe seiner Frau, was Unterschrift und Absender verrieten. Dass er die Briefe aufhob, wunderte Sandra nicht, aber Zettel, auf denen einfach nur eilig hingekritzelt *Bis später, liebe dich* oder *Danke für das Geschenk, mein Liebster* stand, wurden von den meisten Leuten binnen eines Tages in den Mülleimer geworfen. Es gab sicher nicht viele Menschen, die solche nichtssagenden Nachrichten als Erinnerungsstücke behielten.

Sandra schloss nachdenklich die Schublade. Jetzt verstand sie. Dieser Mann hatte seine Frau zum Lebensinhalt gemacht. Nicht er war der Narzisst, sondern sie.

Dass er diese Zettelchen aufhob, ließ Sandra vermuten, dass er nach dem kleinsten Liebesbeweis seiner Frau lechzte. Aber wer schenkte ihr ein Buch über Narzissmus? Ein Liebhaber würde das wohl kaum tun, wenn er nicht aus dem Leben der Frau gekickt werden wollte. Ein Therapeut? Aber gingen Narzissten freiwillig zum Therapeuten? Wahrscheinlich schon. Wenn es ihnen nützte.

4

Als Sandra wieder ins Wohnzimmer trat, fragte sie: »Wer ist Lovro Šprem?«

Tin starrte sie an. »Wer? Den Namen habe ich noch nie gehört. Aber ich muss zugeben, dass ich mir Namen nicht besonders gut merken kann.«

»Gut, wir finden es schon noch heraus.«

Sandra ging wieder zurück ins Schlafzimmer und rief Mandićs Sekretärin an. »Tamara, können Sie bitte herausfinden, wer Lovro Šprem ist?«

»Buchstabieren Sie.«

Sandra buchstabierte.

»Gut. Gebe Ihnen Bescheid.«

»So bald wie möglich, ja?«

»Ja.«

»Oh, wie ich sehe, hat die Wirkung des Koffeins nachgelassen. Sie haben wieder Ihren unvergleichlichen Telegrammstil angenommen.«

»Korrekt.«

»Ah ja. Bis dann. Danke.«

»Bitte.« Tamara beendete das Gespräch.

Sandra trat wieder ins Wohnzimmer.

»Woher haben Sie diesen Namen?«, fragte Tin Vukelić.

Sandra erzählte von dem Buch, das er sowieso noch finden würde. Er stand auf und lief ins Schlafzimmer. Mit dem aufgeschlagenen Buch in den Händen kam er zurück. »Ich habe keine Ahnung, wer das ist.«

»Schon gut, Herr Vukelić. Das ist kein Problem.«

»Wissen Sie, ob Ihre Frau sich mit einem anderen Mann traf?«, fragte Zelenika geradeheraus.

Sandra erwartete, dass Tin über die Frage verärgert reagieren würde, aber er antwortete ganz ruhig: »Nein, hat sie nicht.« Dann legte er das Buch auf einer Kommode ab und blieb stehen. »Sie hatte nur ein einziges Mal einen ... Ausrutscher. Es war keine Affäre, nur ein kurzes Abenteuer. Aber das ist sehr lange her. Ich weiß nicht, wer es war, aber sie sagte, ich kenne ihn nicht. Jedenfalls habe ich ihr verziehen, und sie hat versprochen, es nie wieder zu tun. Ich bin mir sicher, dass sie ihr Wort gehalten hat. Wäre es anders, würde ich es Ihnen sagen, das können Sie mir glauben.«

»Und Sie?«, fragte Sedlar lächelnd.

»Ob ich jemals meine Frau betrogen habe?«

»Ja.«

Tin schüttelte vehement den Kopf. »Niemals.«

»Niemals? Auch nicht ein kleines bisschen vor vielen Jahren mal, das Sie fast schon vergessen haben?«

Tin sah Sedlar direkt an. »Es gibt keine Steigerung von niemals.«

»Da haben Sie recht.«

»Das war's fürs Erste, Herr Vukelić«, sagte Sandra. »Wir sehen uns wahrscheinlich heute noch mal, spätestens morgen.«

»Ja, sicher.«

Zelenika stand auf. »Wie lange sind Sie verheiratet?«

»Neun Jahre. Seit elf Jahren sind wir zusammen.«

»Ach ja, eins noch«, warf Sandra ein.

»Ja?«

»Wo ist das Handy Ihrer Frau?«

»Das hat sie an den Strand mitgenommen. Nika nimmt immer Sonnenbrille, Handy und Badetuch mit.«

»Schreiben Sie mir bitte die Handynummer Ihrer Frau auf. Und Ihre Nummer bitte auch.«

Vukelić ging zur Kommode neben dem Telefon, nahm einen Stift aus dem Becher und riss ein Blatt Papier vom Block. Er schrieb die beiden Nummern auf und setzte darunter den jeweiligen Vornamen in Klammern. Eine selten schöne Schrift, fiel Sandra auf, als sie sich den Zettel ansah. Rund und einheitlich, fast wie gedruckt.

Sandra gab ihm ihre Visitenkarte. Er legte sie auf der Kommode ab.

»Sie haben vorhin telefoniert«, sagte Sandra. »Hat jemand sich über Ihre Frau erkundigt?«

»Ja, Sanja Fućak hat vorhin angerufen, ihre Chefin bei der Bank. Weil … Nika nicht zur Arbeit erschienen ist.« Er nahm einen tiefen Atemzug. »Und dann habe ich Lana informiert. Soll sie es doch den Eltern sagen. Ich werde sie bestimmt nicht anrufen.«

»Ist Lana Ihre Schwägerin?«, fragte Milić.

»Ja. Es tut mir ja leid, dass ich es ihr am Telefon sagen musste, aber anders ist es auch nicht besser.«

»Sicher fällt es Ihnen sehr schwer, Freunde und Bekannte zu verständigen«, begann Sandra, »aber es wäre auch nicht schön, wenn diese Menschen aus der Zeitung vom Tod Ihrer Frau erfahren.«

Tin dachte ein paar Sekunden nach. »Eigentlich hat Nika kaum Freunde. Wie gesagt, nur die beiden von der Bank, Ena und Astra. Ich weiß, das hört sich für Sie wahrscheinlich komisch an, aber wir waren uns selbst genug. Unsere Liebe war so tief, dass wir niemand anderen brauchten.«

Sandra wollte darauf lieber nichts sagen. Sie selbst litt darunter, außer Jelena keine Freunde mehr zu haben. Das hatte ihre Karriere eben so mit sich gebracht. Aber sie versuchte auch stets zu akzeptieren, dass es Menschen mit seltsamen Haltungen gab. Meistens gelang ihr das, so wie jetzt. »Haben Sie einen Computer oder einen Laptop, Herr Vukelić?«

»Wir haben einen gemeinsamen Laptop, ja.« Er steckte die Hände in die Hosentaschen. »Warum?«

»Wir würden ihn gerne mitnehmen, wenn's recht ist.«

Tin schüttelte verständnislos den Kopf. »Wozu denn?«

»Wozu? Wir untersuchen den Todesfall Ihrer Frau und wühlen uns durch sämtliche Quellen.«

Er sagte nichts, sah sie nur betreten an.

»Es muss Ihnen nicht peinlich sein, falls wir dort… Sie wissen schon… nackte Frauen und so etwas finden. Sie wären nicht der Erste.«

»Unsinn! Ich sehe mir im Internet doch keine Frauen an. Ich habe… hatte schließlich eine wunderschöne Frau.«

»Glauben Sie mir«, kam es von Zelenika, »das heißt

gar nichts. Ich kenne Männer, die die wunderbarsten Frauen haben und trotzdem Affären mit Durchschnittsfrauen eingehen.« Zelenika zuckte die Schultern. »Es sei denn, Sie wickeln per Internet Drogengeschäfte ab oder ...«

»Wie bitte? Ich rauche nicht mal.«

»Auch das sagt nichts. Ich kenne Männer ...«

»Ja, nehmen Sie den Computer mit! Ich habe keine Geheimnisse.« Er ging in die Ecke des Wohnzimmers, wo ein Sekretär stand, und darauf der Laptop. Dann bückte er sich und zog das Stromkabel aus der Steckdose. Missmutig hielt er Zelenika den Laptop hin.

Sie gingen hinaus und traten vor die Tür. Sandra sah sich um und fragte: »Welches Haus ist das der Kosićs?«

Tin zeigte mit ausgestrecktem Arm auf ein riesengroßes Haus, schräg gegenüber, mit einer Fassade in Bordeaux und zwei großen Fliederbäumen mit rosaroten Blüten, die imposant hinter einem kleinen Blumenbeet standen. »Dort wohnen die Arschlöcher.«

Zelenika und Milić sahen ihm ins Gesicht. Milić lächelte, wie es in solchen Situationen seine Art war. »Wir haben schon gehört, dass Sie nicht gut aufeinander zu sprechen sind.«

»Die Arschlöcher und wir?«

Milićs Lächeln wurde etwas zittrig. »Äh, die Kosićs und Sie, ja.«

»Sie fahren mit ihren Scheißautos über unser Scheißgrundstück.«

Milić tat verständnisvoll. »Haben Sie versucht, mit ihnen darüber zu sprechen?«

»Mit denen kann man nicht sprechen. Das sind verbohrte Idioten. Die kommt hier auf unseren Kontinent, in unser Land, auf unsere Insel und spielt sich als Besitzerin auf.«

»Wer? Die Frau?«

»Ja, sie ist aus Venezuela. Das ist in Südamerika.«

»Ich weiß, aber danke. Sind die Kosićs denn nicht die Besitzer des Grundstücks und des Hauses?«

»Doch, aber nicht die Besitzer des Grundstücks, über das sie mit ihren Dreckschleudern fahren.«

»Sie sind ein Freund der Kraftausdrücke, was? Hmm, sind *Sie* denn aus Krk?«

»Was? Wieso?«

»Weil Sie *unsere Insel* sagten, als Sie von der Zugereisten sprachen.«

»Nein, ich … bin aus Rijeka.«

»Alles klar. Bis dann, Herr Vukelić. Bitte verlassen Sie Ihre Insel nicht. Wir melden uns bei Ihnen, sobald wir etwas Neues wissen.«

Tin Vukelić sah ihnen nach.

Als sie außer Hörweite waren, sagte Zelenika: »Er ist vielleicht nicht die hellste Kerze auf der Torte, dieser Ehefrau-Anbeter, aber du hättest nicht so zynisch werden müssen. Der Mann hat gerade seine Frau verloren.«

»Und die beiden hatten einen kleinen Sohn, der ums Leben kam, als er auf ihn aufpassen sollte«, erklärte Sandra. »Ich möchte wissen, wie dieser Mann mit seinen Schuldgefühlen klarkommt.«

»Das wusste ich nicht«, sagte Milić und sah Sandra

an. »Aber wir wissen doch, dass es häufig der Partner ist, und wenn Sie mich fragen, betont er die Liebe zu seiner Frau außergewöhnlich oft.«

»Das finde ich allerdings auch«, meinte Sedlar. »Dieses ›Wir beide gegen den Rest der Welt‹-Gerede ist etwas für Teenager, aber dass Erwachsene keine Freunde brauchen, weil sie doch einander haben? Ich glaube, der eine oder andere Draht bei ihm ist etwas locker.«

Daraufhin fragte Milić in aller Ernsthaftigkeit: »Glaubst du denn nicht an die große Liebe? Die allumfassende große Liebe, bei der es keinen anderen braucht?«

Sedlar grinste kurz, dann sagte er leichthin: »Keine Ahnung, lasst uns darüber brainstormen, ja?« Das war mittlerweile eine Art Running Gag geworden, nachdem ihr Chef das Wort erstmals benutzt hatte und sie sich in seinem Büro das Lachen verdrückt hatten.

»Wie es aussieht, läuft es gut mit Mirta?«, wollte Zelenika wissen. »Ich meine, wie du so von allumfassender Liebe sprichst, gehe ich davon aus, dass ihr beiden immer noch zwei Turteltäubchen seid?«

Mirta Car, die ehrgeizige und toughe Journalistin, und der zarte Jakov Milić. Wie oft hatte Mirta sie genervt in ihrer penetranten Journalistenmanier. Dann wurden sie und Milić ein Paar. Niemand gab den beiden mehr als einen Monat, aber nun waren sie schon sieben oder acht Monate zusammen.

»Ich möchte sie demnächst fragen, ob sie mich heiraten will«, sagte Milić.

»Hey!« Zelenika klopfte ihm auf die Schulter. »Das

ist wunderbar! Du musst uns berichten, was sie gesagt hat. Äh, ich meine, wann die Hochzeit ist.«

»Natürlich.« Milić lächelte schüchtern.

»Und welchen Eindruck habt ihr von Tin Vukelić?«, fragte Sandra, um die Gedanken des verliebten Milić wieder auf den Fall zu lenken.

»Hmm«, meinte Sedlar, »ich glaube nicht, dass dieser Russell Crowe dumm ist, wie Zelenika angedeutet hat, eher verblendet, was seine Angelina Jolie betrifft.« Danijel Sedlar hatte manchmal die Eigenart, reale Personen mit Schauspielern zu vergleichen. Immer, wenn er das tat, war Sandra überrascht, wie oft der Vergleich zutraf. Aber Sandra war auch dahintergekommen, dass seine jahrelange Filmliebhaberei mit einer lieblosen Ehe zusammenhing, in der er sich einsam fühlte. Wie es aussah, war diese Ehe gerade am Bröckeln. Sedlar war ein interessanter und gutaussehender Mann und würde bestimmt nicht lange allein bleiben. Wenn er nicht ihr Kollege wäre und nach einem Date fragen würde, wäre sie ganz sicher nicht abgeneigt. Ja, wenn. Aber wenn es nicht funktionierte, dann würde sie ihm tagtäglich begegnen. Und wenn es funktionierte? *Liebling, jetzt sei doch mal still, wenn ich hier einen Mordverdächtigen vernehme. Kannst du mir mal aufhelfen, mit meinem Schwangerschaftsbauch?* Oje, da hatte sie in Gedanken einen gewaltigen Zeitsprung hingelegt... Ihre Gedanken kreisten in letzter Zeit ohnehin viel zu oft um Sedlar. Wenn sie allein waren, flirtete er manchmal mit ihr. Es war nicht so, dass sie es nicht mochte, aber es durfte nun einmal nicht sein. Sie verscheuchte diese Gedanken.

»Verblendet trifft es ganz gut«, stimmte Sandra zu. »Sie hat ihn betrogen, und er trägt die Schuld am Tod des Kindes. Die beiden haben sich eine Menge angetan.«

Zelenika grummelte etwas Zustimmendes. »Also, ich will ja jetzt nicht klingen wie unser verknallter Schuljunge hier. Ist nicht böse gemeint, Milić. Vielleicht war die Liebe wirklich so tief, dass sie das durchstehen konnte?«

Sedlar schüttelte den Kopf. »Aber dann hätte sie doch nicht mit einem anderen geschlafen.«

»Vielleicht war die Liebe groß, aber seine körperlichen Fähigkeiten nicht überzeugend?«, mutmaßte Zelenika, wobei er sich eine Zigarette zwischen die Lippen steckte.

Sandra räusperte sich. »Lasst uns mal zum Tatort zurückgehen und sehen, ob Perica uns schon etwas sagen kann.«

Zelenika verstaute den Laptop der Vukelićs im Dienstwagen, während Sandra über die Mauer in die Bucht schaute. Perica, Sikirica und die Kriminaltechnikerin waren noch am Tatort. Der Fotograf war bereits gegangen. Die Beamten gingen die Treppe nach unten und stoppten bei der blau-weißen Absperrung, einen halben Meter vor dem Meer. Von hier aus sah Sandra, dass hinter dem kleinen Kiesstrand und im Inneren des Felsens eine kleine Höhle war. Man hätte sich bücken müssen, um hineinzugelangen.

Als Perica Sandra bemerkte, trat er ein paar Schritte näher in ihre Richtung. So weit es eben ging, ohne durch das seichte Wasser laufen zu müssen. Das Bemerkenswerte daran war, dass der Gerichtsmediziner tatsächlich in ihre Richtung kam und sie anblickte. Früher war er unnahbar gewesen, aber seit einiger Zeit war er zugänglicher geworden. Merkwürdig, überlegte Sandra. Seine Wandlung hatte begonnen, nachdem sie ihm und seiner Frau eines Samstagmorgens auf der Placa[3] begegnet war. Sie hatte ihn begrüßt, und Pericas Frau hatte vorgeschlagen, einen Kaffee trinken zu gehen. Sandra hatte bemerkt, dass dieser Vorschlag Perica gar nicht recht war. Aber er wollte sich, wohl seiner Frau zuliebe, nicht dagegen wehren. Sie hatten fast eine Stunde zusammengesessen und geplaudert. Sandra war überrascht, denn sie fand heraus, dass Perica lächeln konnte! Er erzählte sogar, wie er als kleiner Junge ein Mikroskop von einem Onkel geschenkt bekommen und dies den Grundstein für seinen Berufswunsch gelegt hatte. Seitdem grüßte er sie – und lächelte dabei. Großer Gott, gab es womöglich auch einen Weg, den schönen Dragović zum Lächeln zu bringen? Seit er im MUP[4] arbeitete, legten die Frauen plötzlich Lippenstift auf und trugen hohe Absätze. Sandra hatte es noch nie laut ausgesprochen, aber sie glaubte, dass Dragović schwul war. Dafür sprach nicht nur sein extrem gepflegtes Äußeres, sondern auch sein absolutes Desinteresse an den attraktivsten Frauen. Falls es so war, dann tat ihr der junge Kollege fast leid. Auch heute gab es Berufe, in

---

3 Marktplatz (im Küstendialekt)
4 Ministarstvo unutarnjih poslova = Ministerium für innere Angelegenheiten

denen Homosexualität immer noch tabu war, und das weltweit. Auch in Ländern, die vermeintlich super liberal waren. Das war nicht nur im Fußball so, sondern auch in Sandras Beruf, einem Beruf für vermeintlich harte Kerle. Polizisten oder Feuerwehrmänner konnten doch nicht schwul sein, meinten viele Leute. Als ob diese keinen Mordfall lösen oder kein Feuer löschen konnten.

»Ich kann Ihnen eine erste Einschätzung geben«, unterbrach Perica Sandras Gedanken. »Aber Sie wissen ja, dass ich mich ungern schon am Tatort festlege.«

Sandra nickte. »Ich weiß.«

Perica lächelte freundlich, und Zelenika flüsterte hinter Sandra: »Perica lächelt.«

»Jedenfalls«, fing Perica an, »erlitt die Frau mehrere Schädelfrakturen. Ihr Kopf wurde des Öfteren gegen den Felsen geschlagen. Es gibt auf dem Felsen Blutspuren. Das heißt, sie war bereits schwer verletzt, als der Täter wiederholt ihren Kopf dagegen schlug.«

»Da hat sich ja verdammt viel Wut in ihm angestaut«, kommentierte Sedlar.

Sandra sah zur Leiche hinüber. »Geplant war dieser Mord jedenfalls nicht. Ich meine, er musste nach der Tat wieder zurück, ob nun auf der Straße oben oder übers Meer. Das heißt, er musste riskieren, dass ihn jemand sieht. Morgens um sechs sind immerhin schon einige Leute auf, und hell ist es auch bereits.«

»Ich nehme an, sie hat ihn gekannt«, sagte Zelenika.

Das sah Sandra genauso. »Ja. Hätte sich ihr ein unbekannter Mann genähert, wäre sie laut geworden.

Spätestens, wenn er ihr allzu nahe gekommen wäre, hätte sie geschrien. Wenn sie ihn kannte, hat sie ihm den Rücken zugedreht, er hat sie attackiert, und es blieb keine Zeit mehr zu schreien.«

Milić schrieb eifrig in seinen Notizblock.

»Wurde ein Handy gefunden?«, fragte Sandra.

»Ein Handy?«, fragte Perica verwundert. »Nein, ich glaube nicht.« Er drehte sich um und rief Sikirica von der Spurensicherung zu: »Habt ihr ein Handy gefunden?«

Sikirica schüttelte den Kopf, sah Sandra lächelnd an und sagte: »Nein.«

»Und eine Sonnenbrille?«

Perica sah sie vorwurfsvoll an. »Könnten wir die Gegenstände alle in einer Frage zusammenfassen? Kommt noch etwas nach?«

»Nein, nur noch die Sonnenbrille.«

Perica drehte sich demonstrativ langsam nach Sikirica um. »Wurde eine Sonnenbrille gefunden?«

Sikirica schüttelte wieder den Kopf.

Sandra hob den Arm und rief: »Danke, Sikirica.«

Schüchtern drehte er sich weg.

Perica sah vom einen zum anderen. »Ich melde mich bei Ihnen, sobald es mir möglich ist. Lassen Sie uns jetzt bitte weiter unsere Arbeit tun, meine Untersuchungen beenden und Sikirica eventuelles Beweismaterial ins Labor bringen.« Perica drehte sich um und ging.

»Danke, dass Sie uns das Procedere erklärt haben«, rief Zelenika ihm noch hinterher. »Man lernt nie aus.«

»Wir sollten jetzt erst mal nach Rijeka zu den Eltern«,

schlug Sandra vor, als sie die Treppen wieder nach oben gingen. »Wurden sie bereits informiert?« Dann besann sie sich. »Ach ja, Tin Vukelić hat seine Schwägerin angerufen, und sie hat es den Eltern gesagt.«

»Ja, aber ich hatte das zuvor schon an Mandić weitergegeben«, ergänzte Zelenika, »und der hat alles in die Wege geleitet. Die Polizei und eine Psychologin sind sofort verständigt worden und inzwischen bereits bei den Eltern.« Er warf Sandra einen Seitenblick zu. »Seit wann lächelt Perica und ist freundlich? Das ist er zwar nur zu dir, aber immerhin.«

»Seit wir zusammen Kaffeetrinken waren.«

»Du datest Perica?«

»Sei doch nicht blöd. Ich bin ihm und seiner Frau über den Weg gelaufen, dann sind wir zusammen einen Kaffee trinken gegangen.«

»Apropos Kaffee trinken. Wollen wir nicht einen kurzen Abstecher in das Café von Domagoj Buneta machen?«

»Warum nicht, Zelenika.« Für Kaffee war immer die richtige Zeit, befand Sandra. »Ich rufe nur kurz den Chef an und gebe ihm die Handynummer der Toten durch, damit er einen richterlichen Beschluss zur Ortung des Handys beantragen kann.«

Nachdem Sandra das Telefonat beendet hatte, ging sie mit ihren Kollegen an dem kleinen Sandstrand vorbei und noch etwa hundert Meter weiter am Ufer entlang.

Das Café war geschlossen, aber der Besitzer hörte sie, lehnte sich durchs geöffnete Fenster und rief vom oberen Stockwerk: »Warten Sie, ich komme gleich runter.«

Die Beamten warteten. Vor dem Eingang stand eine große Reklametafel für das beliebte Bier Ožujsko mit seinem Slogan *Žuja je zakon* – Žuja ist Gesetz.

»*Caffe bar Skloniste*[5], ein komischer Name für ein Café«, bemerkte Sedlar.

»Tja«, meinte Zelenika, »für manche ist es das vielleicht. Vor der Frau.« Er lachte auf.

»Mein Gott, bist du ein Macho.« Milić wandte angewidert den Kopf ab. »Deine Frau muss eine Heilige sein.«

Innerhalb einer Minute war Domagoj Buneta im Erdgeschoss und sperrte von innen das Café auf. »Kommen Sie rein.« Er trat zur Seite.

»Sie haben heute geschlossen?«, fragte Sandra.

Er hob verunsichert die Hände. »Ich weiß auch nicht. Nachdem was passiert ist, kommt es mir geschmacklos vor, wenn alles seinen gewohnten Gang geht.« Buneta strich sich die dunklen Locken aus dem Gesicht. Er war groß und schlank, mit einem netten Gesicht, in dem nur die große Nase irritierte, die nicht so recht zu dem kleinen Mund passen wollte. Buneta öffnete die Tür zum Café nun etwas weiter. »Nun kommen Sie schon rein. Möchten Sie etwas trinken?«

Sie bestellten jeweils einen Kaffee und für alle gemeinsam eine große Flasche Mineralwasser. Mittler-

---

5 Schutzbunker

weile war Sandra schon auf Koffeinentzug. Wie stolz war sie damals, als sie aufgehört hatte zu rauchen. Aber leider hatte sie dadurch eine neue Sucht entwickelt, die Sucht nach Koffein. »Alles nur Kopfsache«, hatte Sedlar einmal gesagt. Vielleicht, aber das machte die Sucht nicht besser.

Domagoj Buneta hantierte an der großen Kaffeemaschine herum und bereitete die Tassen vor. »Haben Sie noch Fragen an mich?« Er blickte über die Schulter. »Ich bezweifle zwar, dass ich Ihnen irgendwie helfen kann, aber fragen können Sie mich von mir aus, was immer Sie wissen müssen.«

»Oh, wir wollten nur einen Kaffee trinken«, sagte Zelenika betont locker. »Aber, da wir schon mal hier sind, können Sie uns noch mal schildern, wie Herr Toić an Ihre Tür klopfte.«

Buneta, der gerade die Tassen auf die Untertassen stellte, hielt inne und schien sich zu fragen, ob Zelenika das ernst meinte. »Nun ja, wie ich bereits erzählt habe ... Ich bin gerade nach unten gekommen, um im Café alles vorzubereiten.« Buneta ging um den Tresen herum und brachte ihnen die Getränke auf einem Tablett, während er weitererzählte: »Plötzlich klopft jemand wie verrückt an die Tür. Ich erkenne Branimirs Stimme, dann öffne ich die Tür.«

»Was hat Herr Toić gerufen?«

Buneta stellte das Tablett vor den Beamten ab und zog sich einen der Hocker heran. Er setzte sich darauf und stützte lässig ein Bein auf der Sprosse ab. »Was er rief, während er klopfte?«

»Ja. Was waren seine Worte?«, fragte Zelenika betont geduldig und sah den Wirt abwartend an.

Buneta atmete hörbar aus. »Also, so genau weiß ich das gar nicht mehr. Ich bekam einen riesigen Schreck, weil er so aufgebracht war. Ich glaube, er schrie so etwas wie: ›Mach auf, müssen die Polizei rufen. Die Vukelić liegt tot am Strand.‹ Ja, so etwas in der Art. Ich habe die Tür aufgemacht, und da ist Branimir reingestürmt und hat gesagt, dass sein Akku am Handy leer ist und er nicht anrufen kann. Ich habe gesagt: ›Was? Echt? Die Vukelić tot? Hinter dem Tresen steht das Telefon. Ruf die Polizei an.‹ Und das hat er dann gemacht.«

»Und dann?«

»Wie gesagt, dann hat er angerufen.«

»Warum haben *Sie* nicht angerufen?«, fragte Sedlar, mit der Kaffeetasse in der Hand. »Ich meine, weil Sie doch merkten, wie aufgebracht er war.«

»Keine Ahnung. Ich war selbst so erschrocken und durcheinander. Es liegt ja nicht jeden Tag ein Nachbar tot am Strand rum. Deshalb habe ich daran gar nicht gedacht. Ich stand hier und überlegte, ob ich nachsehen soll, aber ich wusste ja nicht, wo sie liegt. Und ich dachte, ich warte einfach, bis Branimir seinen Anruf erledigt hat, dann gehen wir zusammen hin und warten dort auf die Polizei.«

»Ist Ihnen ansonsten etwas Ungewöhnliches aufgefallen? Haben Sie an diesem Morgen jemand Unbekanntes gesehen?«

Die Frage schien Buneta zu erheitern. »Liebe Leute, hier kommen und gehen die Touristen. Ich sehe mir keinen von denen näher an. Für mich sehen die alle gleich aus. Deswegen fällt mir auch kein ungewöhnlich aussehender Mensch auf.«

»Wie lange haben Sie dieses Café schon? Kommen Sie ursprünglich von der Insel?« Sandra trank den Rest aus ihrer Espressotasse.

»Das Café habe ich seit acht Jahren. Das hier war ein altes Haus, und ich habe das Grundstück gekauft und das Haus renoviert. Und ja, ich bin aus Krk, aber von der anderen Seite der Insel, aus Pinezići.«

»Wie gut kannten Sie Nika Vukelić?«, fragte Sandra.

Buneta verzog den Mund. »Kaum. Ich kannte sie nur vom Sehen.«

»Sie kam nicht als Gast in Ihr Café? Oder ihr Mann?«

»Nika war nie hier, Tin manchmal.«

»Welche Meinung hatten Sie über sie? Wie haben Sie oder die anderen Bewohner Frau Vukelić wahrgenommen? Beschreiben Sie sie mir.«

Buneta dachte eine Weile nach. »Ich kann gar nicht viel über sie sagen. Sie war eine sehr attraktive Frau. Besonders freundlich war sie nicht, hat nicht gegrüßt oder so. Zumindest mich nicht. Na ja, wenn ich ehrlich sein soll, fand ich sie ziemlich unsympathisch, eingebildet und arrogant. Und ihr Mann… Der genießt den Ruf des Pantoffelhelden. Man kann keine Unterhaltung mit dem führen, in der nicht ein Satz mit *Nika* fällt.« Er lächelte und schloss für eine Sekunde die Augen. »Ich bin nicht verheiratet, und deshalb will ich mir auch kein Urteil erlauben, aber wenn Sie mich fragen, hat das bei dem nichts mehr mit Liebe zu tun.

Pure Hörigkeit ist das und ... Na ja, mich geht's nichts an.«

»Und was? Was wollten Sie sagen?«

»Nichts.«

»Abhängigkeit?«, hakte Milić nach.

Buneta sah Milić für einen Augenblick überrascht an. »Ja. Ich glaube schon. Hören Sie, ich will hier nicht rumtratschen, verstehen Sie?«

»Wieso rumtratschen?«, beruhigte ihn Milić, »Sie antworten nur auf unsere Fragen.«

Sandra sah Buneta ernst an. »Sie meinen Abhängigkeit finanzieller Natur? Ist das die allgemeine Meinung?«

»Keine Ahnung, echt.«

Buneta machte dicht. Sandra wusste, dass es zwecklos war, das Gespräch zu forcieren. Wenn jemand beschlossen hatte, genug Informationen gegeben zu haben, bekam man zu diesem Zeitpunkt nichts mehr aus ihm heraus. »In Ordnung, Herr Buneta. Danke für das Gespräch.«

Sie standen auf.

Zelenika holte seine Geldbörse aus der Hosentasche, um zu bezahlen. Buneta winkte ab. »Nein, ist nicht nötig, wirklich.«

Zelenika schüttelte den Kopf. »Das ist sehr nett, aber ...«

»Nein.« Buneta winkte mit beiden Händen vor sich her. »Ich habe die Kasse heute gar nicht eingeschaltet, weil das Café geschlossen ist. Also würde ich das schwarz einstecken.« Er grinste Zelenika unsicher an.

Zelenika lächelte für eine Sekunde. »Wissen Sie was?

Ich bezahle unser Zeug hier, und wie Sie das verbuchen, will ich gar nicht wissen.« Er schätzte den Betrag und legte siebzig Kuna auf den Tisch.

Als sie auf dem Weg nach draußen waren, sagte Buneta: »Ich möchte Ihnen helfen, wenn ich kann, weil ich es schrecklich finde, was passiert ist. Aber ich will einfach keinen Klatsch verbreiten, verstehen Sie?«

Sandra drehte sich zu ihm und sah ihm ins Gesicht. »Eigentlich verstehe ich es *nicht*. Das war eine Tat von einem Menschen, der sich nicht unter Kontrolle hat, Herr Buneta. Der Mord ist von jemandem begangen worden, der austickt und dann bis zum Äußersten geht. Verstehen Sie, was ich damit sagen will?«

Buneta starrte sie an. »Dass er es noch mal tun könnte?«

»Das weiß ich nicht. Jedenfalls müssen wir ihn so bald wie möglich fassen, damit er so etwas nicht noch einmal tut.«

5

Nachdem sie Bunetas Café *Sklonište* verlassen hatten, waren sie noch zum Haus von Branimir Toić rübergelaufen, um auch mit ihm kurz allein zu sprechen. Doch die Fensterläden waren geschlossen, und niemand hatte geöffnet. Möglicherweise war er bei einem Verwandten oder Freund, um wegen des Schocks ein wenig Ablenkung zu finden, was wiederum nicht so ungewöhnlich wäre.

Also hatten sich die Beamten auf den Rückweg nach Rijeka gemacht. Das Fahren hatte Sandra diesmal Zelenika überlassen. Dabei war sie alles andere als eine gute Beifahrerin und trieb ihn nicht selten in den Wahnsinn, wenn sie sich, seiner Meinung nach, wie eine Fahrlehrerin verhielt. Aber sie konnte nun mal nicht anders. »Musst du hier überholen? Wir sind hinter niemandem her.«

Zelenika strafte sie mit einem genervten Grummeln. »Da lobe ich mir meine Frau. Die lässt sich einfach nur wie ein Koffer spazieren fahren und hält die Klappe.«

Sandras Handy klingelte, und sie stellte es auf laut, damit die anderen mithören konnten. »Ja, Tamara?«

»Hat eine Weile gedauert, musste noch etwas für Mandić erledigen.«

»Konnten Sie etwas über Lovro Šprem herausfinden?«

»Psychotherapeut, vierundsechzig Jahre alt«, berichtete Tamara, »praktiziert seit zweiunddreißig Jahren, genießt gute Reputation, obwohl er auch schon in der Presse war.«

»Weshalb?«

»Vertritt manchmal seine eigene These. In einem Interview hat er gesagt, wenn man anfängt, an einer Beziehung zu arbeiten, dann kann man sich gleich scheiden lassen. Zitat: ›Beziehungsarbeit ist so aufregend wie eine Steuererklärung.‹ Zitat Ende. Hat ein paar andere Therapeuten deshalb auf die Palme gebracht, auch außerhalb Rijekas. Aus Zagreb meldete sich eine Diplompsychologin, die sagte, Herr Šprem mache verantwortungslose Aussagen.«

»Ist er verheiratet?«

»Seit vierzig Jahren.« Tamara gab ihr die Adresse durch, dann bedankte sich Sandra und verstaute das Handy wieder in der Tasche.

»Dieser Kerl ist mir jetzt schon sympathisch«, sagte Zelenika. »Wenn ich von der Arbeit nach Hause komme, will ich nicht auch noch an meiner Beziehung arbeiten. Wer braucht so was.«

»Ich bin mir nicht sicher, ob er recht hat.« Milić schob seine randlose Brille auf der Nase zurück. »Mit Dolores ging es in die Brüche, weil wir nie über unsere Beziehung gesprochen haben.«

Zelenika blickte in den Rückspiegel. »Mit Dolores ging es in die Brüche, weil du immer noch bei Mama in deinem Kinderzimmer wohnst.«

»Ich werde doch wohl besser wissen, warum unsere Beziehung gescheitert ist.«

»Sie hat es dir doch selbst gesagt, geradeheraus.«

»Das war eine Ausrede.«

Zelenika blickte fassungslos in den Rückspiegel. »Alles klar, Meister. Du verdrängst, so gut es geht, sehe schon. Ich habe meine Alkoholsucht erst überwunden, nachdem ich mich ihr gestellt habe.«

»Das ist doch etwas ganz anderes.« Milić zeigte mit der Hand auf Zelenika und sah dabei Sedlar an, der neben ihm saß. Doch von ihm kam keine Reaktion. Milić hoffte vergeblich auf seine Zustimmung.

»Nein, ist es nicht!«, kam es trotzig von Zelenika. »Mach jetzt nicht mit Mirta denselben Fehler. Du willst sie heiraten, und ich befürchte fast, du willst ihr den Vorschlag machen, dass sie bei dir und deiner Mutter einzieht.«

»Aber was wäre verkehrt daran, wenn wir uns eine schöne Wohnung suchen, eine Familie gründen und meine Mutter bei uns wohnt und kocht und auf die Kinder aufpasst?«

Zelenika schnaufte hörbar aus. »Ich geb's auf mit unserem Norman Bates. Ich sag kein Wort mehr darüber. Mir doch egal. Mach, was du willst.« Dann schüttelte er noch eine ganze Weile den Kopf über Milić.

»Was sagst du dazu, Sedlar?« Milić klang einschmeichelnd, offenbar in der Hoffnung, dass wenigstens einer ihm endlich recht geben würde. »Sollte man nicht die Kernfamilie in die neue Familie integrieren, Sedlar, und sollte man in einer Beziehung nicht regelmäßig über die Beziehung sprechen? Wie handhabst du das mit deiner Frau?«

»Ich glaube, da fragst du den Falschen. Ich habe keine Kernfamilie und seit Kurzem auch keine Frau mehr.«

»Sie hat dich verlassen? Warum?«, fragte Milić und merkte offenbar gar nicht, wie indiskret das war.

Sandra konnte nicht anders und drehte sich nach hinten, um Sedlars Gesichtsausdruck zu sehen. Er sah jedenfalls nicht traurig aus.

»Ich habe die Scheidung eingereicht. Vorletztes Wochenende bin ich ausgezogen, wohne jetzt auf Turnić. Ist ein bisschen weiter vom Zentrum entfernt, aber das macht nichts.«

»Warum hast du nichts gesagt? Dann hätten wir dir beim Umzug geholfen.« Die emotionale Ebene war nicht Zelenikas Wohlfühlgebiet, weshalb er solche Dinge immer schnellstmöglich auf die rationale Ebene brachte.

»Beim Umzug geholfen?«, wunderte sich Sedlar. »Zwei Koffer mit Klamotten, Büchern und Haushaltskrempel?«

»Und Möbel?«

»Nein, meine neue Wohnung ist möbliert, und das sogar sehr schön.«

»Teuer?«, wollte Zelenika wissen.

»Zweitausendachthundert Kuna.«

»Oh, das ist akzeptabel.«

»Na ja, dafür ist sie auch nicht besonders groß. Fünfzig Quadratmeter. Das Wohnzimmer und das Bad sind okay, aber im Schlafzimmer kann ich mich gerade mal umdrehen, und in der Küche haben ein Tisch und zwei Stühle Platz.«

»Und warum habt ihr euch getrennt?«, beharrte Milić, getrieben von seiner Neugier.

Sandra erwartete, dass Zelenika ihn stoppen würde, aber dieser blickte in den Rückspiegel und hing an Sedlars Lippen. Ja natürlich, immer waren es die Frauen, die neugierig waren. Männer hassten angeblich Klatsch, weshalb die Sportmoderatoren die männlichen Zuschauer auch ganz nebenbei über das Privatleben der Stars auf dem Laufenden hielten.

»Nach dem Bootsunfall hat meine Frau mir sehr geholfen und war immer für mich da«, begann Sedlar. Sandra wusste davon, weil Sedlar seit dem Unfall von Migräneanfällen geplagt wurde. Die Einzige, die ihm helfen konnte, war Ika, die Putzfrau, mit ihren Ayurvedamassagen. »Also ... diese Karte hat meine Frau immer wieder ausgespielt und ... Ich kann es einfach nicht anders sagen, aber ich habe mich mit ihr einfach gelangweilt. Wir haben stundenlang vor dem Fernseher gesessen und nichts gesagt. Wenn sie geredet hat, dann waren es Banalitäten, die mich nicht interessierten. Sie hat sich gehenlassen, und manchmal kam es mir so vor, als würde sie die Tage nur abhaken. Mich hat das immer mehr runtergezogen. Zuerst habe ich gedacht, es ist eine Art der Depression, und ich hätte ihr geholfen, aber das war es nicht. Sie war einfach nur ... Sie war nicht die Richtige für mich. Das war sie eigentlich nie. Früher dachte ich, sie sei geheimnisvoll, und das machte sie irgendwie interessant. Aber da war nichts Geheimnisvolles.«

Niemand sagte etwas.

Nika Vukelićs Eltern wohnten nur wenige Kilometer nördlich vom Zentrum Rijekas. Ihr Haus lag in der Straße Silvija Bačića, im Stadtteil Kozala, nahe dem größten und ältesten Friedhof der Stadt. Das Grundstück für den Friedhof war bereits 1771 von der Stadtverwaltung gekauft worden, und im Jahr 1838 hatte man begonnen, dort Menschen zu begraben. Ein Teil des Friedhofs war damals jüdisch, und einige bedeutende Personen von Rijeka fanden hier ihre letzte Ruhe, wie der Engländer Robert Whitehead, der die Torpedo-Fabrik geleitet hatte und dessen Familien-Mausoleum dort stand. Der Friedhof Kozala hatte Ende des 19. Jahrhunderts, als einer der ersten in Europa, einen Teil für die geliebten Haustiere zur Verfügung gestellt. Heute durfte man diesen Teil des Friedhofs allerdings nur noch besuchen und die Gräber pflegen, Katzen und Hunde durften schon seit Längerem nicht mehr dort begraben werden.

Das Haus, in dem Nika Vukelićs Eltern lebten, bestand aus Parterre und erstem Stock. Ein hoher Eisenzaun entlang des Gehwegs und eine ebenso hohe Hecke ließen keinen direkten Blick zu. Die Sonne hatte ihre warmen Strahlen in der Zwischenzeit über die Stadt ausgebreitet, und der Himmel hatte eine Farbe von milchigem Royalblau. Es war warm und sonnig, doch sollte es in den nächsten Tagen windig werden. Sandra hatte ihre Jacke im Auto gelassen und an ihrem Khakihemd die Ärmel hochgekrempelt.

Als sie klingelten, hörten sie von drinnen Gebell, das aus der Kehle eines großen Hundes zu kommen schien. Der Summton ertönte, und sie schoben das Tor auf.

Die Frau, die ihnen die Haustür der Škalameras aufmachte, konnte unmöglich Nika Vukelićs Mutter sein. Sandra schätzte sie auf ein ähnliches Alter wie Nika. Die Haushälterin? Sie trug ein einfaches, dunkelbraunes Hemd, Jeans und kaum Make-up. Die brünetten Haare bedeckten die Ohren und waren zu einem Seitenscheitel frisiert. Das einzig Auffällige an dieser Frau waren die großen, grünen Augen mit den langen Wimpern. Nun erinnerte sich Sandra. Es war die Frau auf dem kleinen Foto, Nika Vukelićs Schwester.

Der Hund saß folgsam in einer Ecke des Flurs und knurrte leise.

»Polizei Rijeka«, sagte Sandra und verzichtete darauf, ihren Ausweis zu zeigen. In solchen Situationen war zu viel Förmlichkeit eher kontraproduktiv.

Die Frau nickte traurig. »Sie sind von der Mordkommission, nicht wahr?«

»Ja, ganz recht. Ich bin Inspektor Sandra Horvat, und das sind meine Kollegen Mihajlo Zelenika, Jakov Milić und Danijel Sedlar.«

»Man sagte uns schon, dass Sie kommen würden. Bitte, treten Sie näher.« Als sie bemerkte, dass die Beamten verstohlen zu dem Hund blickten, drehte die Frau sich um und sagte leise, aber bestimmt: »Dosta[6],

---

6 Genug

Garo!« Sogleich war der Hund still, ließ sie aber nicht aus den Augen.

»Welche Rasse ist das?«, wollte Sedlar wissen.

»Belgischer Schäferhund.«

»Ein wunderschönes Tier«, bemerkte er und sah den Hund weiterhin an.

»Er ist wunderbar, und wir lieben ihn, aber Sie sollten einem fremden Hund niemals längere Zeit in die Augen sehen. Er empfindet das als Bedrohung und Provokation.«

»Oh«, machte Sedlar und wandte schnell den Blick ab.

Im Wohnzimmer fanden sie Tomislav und Petra Škalamera vor. Auf der riesigen, grauen Couch wirkten sie noch verlorener, als sie in ihrer Lage ohnehin schon waren. Sie saßen nebeneinander, in einem Abstand von etwa zwanzig Zentimetern, hielten sich weder an den Händen, noch machten sie auf andere Weise den Eindruck, als suchten sie beim anderen Trost.

Das Wohnzimmer zeigte, dass die Bewohner des Hauses ein Gefühl für Stil hatten. Geschickt waren Antiquitäten und moderne Möbel miteinander kombiniert. An den Wänden hingen Fotos und Aquarelle, alle in silberne Rahmen eingefasst. Auf dem rechteckigen Wohnzimmertisch stand eine Schale mit frischem Obst, daneben lag die Fernbedienung für den Fernseher. Das dominierende Grau und Silber verströmte eine gewisse Kühle, anders als die freundlichen Pastellfarben im Haus der Vukelićs.

Nachdem Sandra sich und ihre Kollegen vorgestellt

hatte, bot Nikas Vater ihnen einen Platz an. Sie setzten sich auf die hufeisenförmige Couch, Sandra und Sedlar zur Linken der Eltern und Zelenika und Milić zur Rechten.

»Möchten Sie etwas trinken?«, fragte Lana Škalamera.

Sandra sah sie lächelnd an. »Ein Glas Wasser wäre sehr nett, danke.«

Sie nickte und ging in die Küche.

»Unser herzliches Beileid«, sagte Sandra.

Die Eltern sahen sie an und bedankten sich höflich. Der Vater war ein bulliger Mann, mit grauem, schütterem Haar. Er wirkte vollkommen gefasst, trotzdem konnte man die verweinten Augen sehen. Die Mutter machte ebenfalls einen gefassten Eindruck, allerdings waren ihre Augen nicht verheult. Sie hatte etwas Verhärmtes im Gesicht, wirkte elegant und strahlte Autorität aus, was einem sofort auffiel. Diese Frau war es gewohnt, Macht auszuüben. Das verrieten ihr Blick und die Ausstrahlung. Sie trug eine schwarze Bluse und einen schwarzen Rock sowie Strumpfhosen in derselben Farbe.

»Ich weiß, dass Sie in Ihrer Trauer lieber allein wären, aber wir brauchen ein paar Informationen, um herauszufinden, wer der Mörder Ihrer Tochter ist.«

»Das heißt, es war wirklich Mord?«, fragte die Mutter.

»Alles spricht dafür, Frau Škalamera, und der Gerichtsmediziner hat es bestätigt.«

»Großer Gott«, flüsterte die Mutter. Sie sah ihren

Mann an, der die Augen schloss und offensichtlich versuchte, sich zusammenzureißen.

In diesem Moment kam die Tochter mit vier Gläsern Wasser zurück, die sie auf dem Tisch verteilte. Sie hatte ein paar Eiswürfel und eine Zitronenscheibe in jedes Glas getan, außerdem Gebäck für alle auf einem Tablett. »Vielen Dank«, sagte Sandra und wandte sich wieder den Eltern zu. Aus den Augenwinkeln sah sie, wie Lana Škalamera sich auf den Hocker neben der Küchentür setzte. »Zunächst einmal würde es mich interessieren, ob es jemand Speziellen gibt, dem Sie so etwas zutrauen würden. Haben Sie vielleicht jemanden in Verdacht?«

Die Eltern starrten sie an und wirkten dabei völlig irritiert. »Soll das heißen«, fauchte die Mutter, »dass Sie ihn nicht festgenommen haben?«

»Wen meinen Sie?«

»Weeen ich meine?« Die Frau schüttelte kaum merklich den Kopf und sah Sandra an, als ob sie eine Idiotin vor sich hätte. »Tin Vukelić natürlich! Nikas Mann!«

»Sie glauben, dass er der Täter ist?«

»Ob wir es glauben?«, meldete Nikas Vater sich zu Wort. »Wir wissen es!«

Sandra nickte geduldig. »Bei allem Respekt und bei allem Verständnis für Ihre Trauer, aber Sie können es nicht *wissen*, sondern nur vermuten. Wissen können wir es nur, wenn es einen verlässlichen Augenzeugen gibt und DNA-Spuren Beweise ergeben. Bis dahin können wir nur mutmaßen und Indizien sammeln.«

Der Vater schnaubte, dann winkte er in Sandras

Richtung ab. Eine Geste, die ihr verhasst war. Abzuwinken, wenn jemand etwas sagte, war beinahe so schlimm, wie jemandem ins Gesicht zu spucken. Er war offenbar ein gebildeter Mann – der gerade sein Kind verloren hatte. Deshalb sah Sandra darüber hinweg.

»Ich erkläre Ihnen jederzeit gerne, wie wir ermitteln und halte Sie auf dem Laufenden, aber man kann niemanden aufgrund von Vermutungen festnehmen.«

»Sie müssen nur genau hinsehen und gründlich arbeiten«, sagte der Vater, als wolle er Sandra an seiner vorgeblichen Erfahrung teilhaben lassen.

»Das tun wir«, stellte Sandra klar. »Dem Partner und seinen vermeintlichen Motiven widmen wir uns mit besonderem Interesse, seien Sie versichert, Herr Škalamera.« Sandra wandte sich an die Schwester des Opfers. »Sie sind Lana Škalamera?«

»Ja, ich bin Nikas Schwester. Entschuldigung, wenn ich mich nicht gleich vorgestellt habe. Ich bin heute nicht ich selbst.«

»Das ist verständlich. Unser Beileid gilt natürlich auch Ihnen.«

»Sehr nett, danke.« Diese Frau hier schien nicht viel mit ihrer Schwester gemeinsam zu haben. Zumindest auf den ersten Blick. An Lana wirkte, außer den besonderen Augen, alles sehr durchschnittlich. »Ich weiß, warum Sie mich so ansehen«, kam es plötzlich von ihr. »Sie vergleichen mich mit den Fotos meiner Schwester und denken, dass ich nicht so gut aussehe wie Nika.«

Diese Frau trug ihr Herz auf der Zunge, so viel war klar. Sandra fragte sich, ob das von dem Schock kam, oder ob sie generell so offen und ehrlich war. »Nein, das habe ich nicht gedacht, Frau Škalamera«, verteidigte sich Sandra. Manchmal musste man eben lügen, um die Menschen nicht unnötig zu kränken. Sie hustete kurz, obwohl sie gar nicht husten musste, um einen Bruch herbeizuführen. Dann sagte sie, an die Eltern gewandt: »Ich würde gerne genauer wissen, warum Sie Ihren Schwiegersohn verdächtigen.«

»Wo sollen wir nur anfangen, Tomislav?«, fragte Nikas Mutter matt ihren Mann.

»Keine Ahnung.« Es war ein geflüstertes Seufzen. »Es ginge schneller, wenn wir seine Tugenden aufzählen. Aber mir fällt keine ein.«

»Er hat unsere Tochter ausgenutzt«, rief die Mutter. Allmählich bröckelte die Fassung, um die sie sich bisher bemüht hatte. Ihre Stimme klang brüchig. »Dieser Mann ist ohne Nika lebensuntüchtig.«

»Wie meinen Sie das?«, wollte Zelenika wissen.

»Finanziell. Das Haus, in dem er kostenfrei wohnt. Das Geld und die materiellen Dinge, die wir Nika gaben und von denen er profitierte.«

War es nicht normal, dass der Ehepartner kostenfrei im Haus lebte? Hätte er vielleicht Miete zahlen sollen? Nikas Eltern konnten jetzt nicht klar denken, und vielleicht konnte Sandra das auch nicht erwarten. »Wie ist das eigentlich mit dem Haus? Gehört es Ihrer Tochter?«

Der Vater nickte. »Das Grundstück stammt aus meinem Familienbesitz. Mein Großvater hat es mir direkt überschrieben, weil ich sein Lieblingsenkel war. Das Haus haben wir zunächst für Touristen gebaut und ein paar Jahre lang während der Urlaubssaison vermietet. Als Nika dann geheiratet hat, haben wir ihr das Haus offiziell geschenkt, samt dem Grundstück. Wir dachten, es wird auf ihre Kinder übergehen und ...«

»Von dem Unglück haben wir gehört. Das ist furchtbar, für Sie alle, ganz besonders schlimm war es natürlich für Ihre Tochter.«

Die Eltern wechselten einen Blick, sagten aber nichts. Hätten sie nicht sofort beipflichten müssen? Nach einer Weile sagte Sandra: »Nun, wenn Sie Haus und Grundstück auf Ihre Tochter überschrieben haben und Ihre Tochter ...«

»Wir wissen, dass ihm ein Teil zugesprochen wird, weil die Schenkung stattfand, als die beiden schon verheiratet waren.«

»Ihre Tochter hat kein Testament aufgesetzt?«

»Hat sie nicht«, zischte Petra Škalamera wütend. »Wir haben ihr das mehrmals gesagt, aber sie hat es nicht gemacht. Sie war immer so ... bequem.«

»Warum haben Sie das mehrmals zu ihr gesagt?«, fragte Sandra behutsam. »Hatten Sie Angst um Nika? Wollten Sie, dass sie sich von ihrem Mann trennt?«

»Ja, wir wollten, dass sie sich trennt. Und sie hatte es auch vor.«

»Sie hatte vor, sich von ihrem Mann zu trennen?«

Tomislav Škalamera nickte. »Das hat sie uns kürzlich mitgeteilt, ja.«

Sandra wandte den Kopf in Richtung Lana. »Waren Sie auch anwesend, als Ihre Schwester ihre Trennungsabsichten äußerte?«

Über diese Frage schien die Mutter erbost zu sein. »Warum möchten Sie das von Lana bestätigt wissen? Glauben Sie uns etwa nicht?«

»Das hat damit nichts zu tun, Frau Škalamera. Ich möchte nur wissen, wer dabei anwesend war, weiter nichts.«

Lana legte die Hände in den Schoß und wippte mit dem rechten Fuß. »Ja, ich war auch dabei.« Sie schüttelte unmerklich den Kopf. »Tin hat sein schlechtes Gewissen fertiggemacht. Er hat immer wieder von dem Unfall geträumt und sich Vorwürfe gemacht.«

»Vorwürfe!«, spie ihre Mutter aus. »Das Kind war ihm doch egal!«

»Wie könnt ihr so etwas sagen?« Lana wandte sich an Sandra. »Tin hat Nika und das Kind geliebt. Er hat schon so viel durchgemacht, hat früh seine Eltern verloren, und jetzt hat er niemanden auf der Welt.«

»Ja, es sieht aus, als habe er Nika sehr geliebt. Hatten Sie auch den Eindruck?« Den Eltern diese Frage zu stellen war wahrscheinlich überflüssig, aber es interessierte Sandra, was sie darauf sagen würden. Sie hatten angegeben, Tin sei das Kind egal gewesen, und er habe seine Frau ausgenutzt. Aber hatte er sie auch geliebt?

Plötzlich brach die Fassade, um die die Mutter sich bemüht hatte, zusammen. Sie schlug die Hände vors Gesicht und weinte, laut und tief schluchzend. Ihr Mann tröstete sie, indem er ein paar Zentimeter näher rückte und umständlich den Arm um ihre Schultern legte. Es machte nicht den Anschein, als ob dieses Paar

Körperkontakt gewohnt war. Dann fing auch er an zu weinen.

»Würden Sie uns jetzt bitte allein lassen?«, drängte der Vater mit zittriger Stimme.

»Natürlich. Wir kommen morgen wieder.«

Beinahe gleichzeitig standen sie auf und gingen aus dem Wohnzimmer, vorbei an Garo, der entspannt auf seiner Decke zwischen Couch und Tür lag. Halbherzig hob er den Kopf und betrachtete sie. Dann legte er den Kopf wieder ab. Allem Anschein nach empfand er den Besuch nicht länger als Bedrohung.

Lana brachte sie bis zur Tür.

»Können Sie es einrichten, dass Sie morgen zu Hause sind, wenn wir kommen?«

»Ja, Inspektor Horvat. Ich habe mir diese Woche freigenommen.«

»Was machen Sie beruflich?«

»Ich habe einen Friseursalon.«

»Ihre Eltern sind pensioniert?«, fragte Milić.

»Ja, unsere Mutter ist seit zwei Jahren in Rente, unser Vater seit drei Jahren. Beide haben sich mit fünfundsechzig pensionieren lassen.«

»Und was haben Ihre Eltern beruflich gemacht?«, fragte Sandra.

»Meine Mutter war Zahnärztin. Sie behandelte größtenteils Privatpatienten, auch aus dem Ausland, weil sie eine Art Spezialistin für Implantate war.« Dann sah sie zu Sedlar. »Sie haben tolle Zähne. Alle echt?«

»Ja.« Sedlar lachte, und es wirkte unfreiwillig so, als ob er es beweisen wolle.

»Und Ihr Vater?«, erinnerte Sandra sie an die Frage. »Was hat er beruflich gemacht?«

»Mein Vater war früher Ingenieur in der Werft.«

»Bei 3.*maj*?«

»Ja, aber die letzten zehn, zwölf Jahre hat er frei-beruflich als Ingenieur im Brückenbau gearbeitet.«

Nun wurde Sandra klar, weshalb es Nika finanziell so gut hatte. Aber die Kinder hatten offenbar nicht den Ehrgeiz der Eltern geerbt. »Sie wohnen bei Ihren Eltern?«

»Ja, ich bin ledig, und hier im Haus ist genug Platz.« Sie lächelte unsicher. »Das ist bequem, aber es hat natürlich seinen Preis.«

»Wie meinen Sie das?«

Lana schloss für ein paar Sekunden die Augen. »Man kann nicht gleichzeitig abhängig und unabhängig sein. Verstehen Sie mich bitte nicht falsch. Meine Eltern haben für uns Kinder alles getan, wirklich alles. Aber sie haben nie aufgehört, unser Leben zu kontrollieren.« Lana wurde ein wenig rot, als sie das aussprach. Sandra hatte den Eindruck, dass es sich hier weniger um Schüchternheit, als vielmehr um ein schlechtes Gewissen handelte, weil nebenan die Eltern um die tote Tochter trauerten.

»Hat das Ihre Schwester auch belastet?«

»Meine Schwester? Belastet? Nika hat nie etwas be-lastet, außer der Tod ihres Sohnes ... vielleicht.«

6

Im MUP angekommen, ging Zelenika zu Dragović. Er wollte fragen, ob der neue Kollege den Laptop überprüfen könne. Sogar mit Computern kannte sich Dragović bestens aus, sodass sie das vorerst nicht zur Abteilung für Computerkriminalität weiterreichen mussten. Der Mann hatte als Kind mehrere Klassen übersprungen und speicherte alles, was er las, wie ein Computer ab. Wenn Mandić fragte: »Weiß zufällig jemand...«, konnte man davon ausgehen, dass Dragović es wusste. Egal, was es war. Neulich hatte ihr Chef am Telefon erfahren, dass ein lang gesuchter Krimineller sich möglicherweise in Papua-Neuguinea aufhielt. Als er das Gespräch beendet hatte, hatte er vor sich hin geschimpft: »Ich soll in der Hauptstadt von Papua-Neuguinea anrufen. Tamara, googeln Sie das mal.« Im nächsten Augenblick kam es aus Dragovićs Büro: »Port Moresby.«

Sandra fragte Sedlar, der hinter seinem Schreibtisch im gemeinsamen Büro saß: »Hätten Sie das gewusst?«

»Ich wusste es mal, aber ich wäre jetzt nicht darauf gekommen. Dragovićs Gehirn ist noch jung und frisch«, antwortete Sedlar scherzhaft. »Vergessen wir nicht, dass Dragović zehn Jahre jünger ist als wir.« Von *wir* konnte keine Rede sein, denn Sandra war achtunddreißig geworden und Danijel Sedlar ganze sechs Jahre jünger. Von Dragović trennten ihn gerade mal vier Jahre.

Manchmal hatte Sandra daran gedacht, dass sie vielleicht irgendwann Mandićs Posten übernehmen würde, wenn er in Rente ging. Aber seit Dragović hinzugekommen war, konnte sie das vergessen. Sandra hatte von Anfang bis Ende die besten Noten gehabt und alles mit Auszeichnung bestanden, aber nie hatte sie auch nur eine Klasse übersprungen. Dragović dafür angeblich mehrere. Der Mann hätte in die Forschung gehen sollen. Oder noch besser: in die Politik. Vielleicht würde dann etwas in diesem Land wirtschaftlich vorangehen, aber wahrscheinlich war das Problem nicht mangelnde Intelligenz in der Politik, sondern mangelnde Moral. Sandra wusste, dass sich dieses Problem über den ganzen Globus erstreckte, doch glaubte man immer, dass die eigenen Politiker die schlimmsten waren.

Im Grunde war Dragovićs Karriere im MUP kein Drama für Sandra, denn die Vorstellung, den ganzen Tag im Büro zu sitzen, schien ihr letztendlich nicht verlockend. Sollte Dragović ihretwegen später ihr Vorgesetzter werden. Sie war lieber unterwegs, als den ganzen Tag hinter einem Schreibtisch zu verbringen.

Nachdem Zelenika den Laptop an Dragović übergeben hatte, versammelten sich Sandra und ihre Kollegen in Zelenikas und Milićs Büro, um die Daten einiger Personen zu überprüfen. Von Mandić hatten sie erfahren, dass die richterliche Erlaubnis zur Ortung von Nika Vukelićs Handy bereits bearbeitet wurde. Zelenika wollte sich um die Funkzellenortung am Tatort kümmern. Bis die Erlaubnis erteilt und alle Handys der Anwohner ausgeschlossen werden konnten, würde wahrscheinlich einiges an Zeit verstreichen.

Die Datenbanksuche brachte bei Nikas Vater und bei Branimir Toić Ergebnisse. Tomislav Škalamera hatte vor fünfundzwanzig Jahren einen Unfall verursacht, bei dem ein Motorradfahrer verletzt wurde.

»Er war betrunken, eins Komma vier Promille«, las Zelenika vor. »Da sieht man mal, dass auch Akademiker sich asozial verhalten können.« Zelenika war seit letztem Jahr trocken, aber er wäre niemals betrunken gefahren. Er war ein Feierabend- und Wochenendtrinker gewesen, bis seine Frau ihn gezwungen hatte, eine Entscheidung zu treffen, zwischen dem Alkohol und ihr. Zelenika hatte sich für seine Frau entschieden.

Branimir Toić war als Neunzehnjähriger mit seiner achtzehnjährigen Freundin im Auto unterwegs gewesen. Er war zu schnell gefahren. Die Freundin war auf der Stelle tot gewesen, aber er überlebte schwer verletzt, weil ihn jemand aus dem Auto gezogen, die Blutung gestoppt und den Notruf gewählt hatte.

»Er ist etwas exzentrisch«, konstatierte Sedlar. »Ob das seit dem Unfall so ist? Ich meine, er wirkt durchaus etwas seltsam, oder?«

»Ja, schon«, meinte Zelenika, »aber schwer zu sagen, ob das der Schock wegen des Leichenfunds war oder ob er immer so ist. Das werden wir schon rausfinden. Wer weiß, ob es überhaupt eine Rolle spielt.«

Die Kollegen wechselten in Sandras Büro, wo Ika

gerade den Papierkorb in einen großen Müllsack ausleerte.

»Du bist ja heute spät dran mit meinem Büro«, sagte Sandra betont heiter, da Ika mitunter etwas überempfindlich reagieren konnte. Eine gekränkte Ika war eine anstrengende Ika.

Sie blickte vom einen zum anderen und packte den Müllsack, um ihn nach draußen zu schleifen. »Ach ja? Ich bin froh, dass ich heute überhaupt noch zum Putzen komme. Was ich heute erledigen musste … Ihr habt ja keine Ahnung. Ich habe meine Seele an den Teufel verkauft.«

Die Männer hatten bereits auf den Stühlen Platz genommen, und Sandra setzte sich auf ihren Schreibtisch. »Was ist denn passiert?«

»Mandić, der Schleimer, sagt zu seiner Frau am Telefon: ›Unseren Hochzeitstag vergessen? Machst du Witze? Ich habe einen Platz in einem wunderschönen Restaurant reserviert.‹ Dann blafft er Tamara an, sie soll zwei Plätze in einem wunderschönen Restaurant reservieren und mich beauftragt er damit, dass ich losrennen soll und ein Geschenk für seine Frau kaufen. Er gibt mir seine Bankkarte und sagt mir die PIN …«

»Wow, der hat ja verdammtes Vertrauen zu dir«, kommentierte Zelenika.

»… dann gehe ich also Schmuck kaufen«, beendete Ika ihren Bericht, ohne auf Zelenikas Kommentar zu achten.

»Was hast du gekauft?«, fragte Milić interessiert.

»Na ja, ich dachte, er will was Besonderes und dass

seine Frau ihm etwas wert ist, also habe ich ihr ein Collier für dreitausendfünfhundert Kuna gekauft.«

»Oho«, entfuhr es Sedlar laut. »Das war aber nett von dir.«

Sie verdrehte die Augen. »Er sagte, wenn er könnte, würde er mir das vom Gehalt abziehen. Jedenfalls hat Tamara das Essen in der Villa Ariston reserviert. Als er sie angeschnauzt hat, sie soll das wieder stornieren und woanders reservieren, hab ich mir die Freiheit genommen, mich einzumischen. ›Chef‹, hab ich gesagt, ›dann kreisen Sie doch das nächste Mal das Datum im Kalender ein, dann sparen Sie sich Geld und Nerven‹. Jetzt ist er sauer auf mich.«

»Ist ja witzig«, meinte Sandra, »dass Mandić am selben Tag Hochzeitstag hat wie meine Eltern.«

Ika sah sie entsetzt an. »Das ist alles, was dir dazu einfällt? Du hast ja viel Mitgefühl.«

Sandra streckte den Arm nach ihr aus. »Ach komm schon, Ika, du bist schon so eine Drama Queen, wenn's um deine Gefühle geht. Aber als Mandić letztens von Bauchkrämpfen geschüttelt über dem Schreibtisch lag, bist du in sein Büro und hast gefragt, ob du heute früher gehen kannst.«

»Tss, ich wollte ihn nur von seinem Schmerz ablenken. Na ja, ich schau mal, ob sich seine Wut schon etwas gelegt hat. Nicht, dass er noch auf die Idee kommt, meinen Urlaub zu verschieben.«

Als Ika draußen war, schüttelten Sandra und ihre Kollegen amüsiert den Kopf. »Schätze, solche Leute wie Ika muss es auch geben«, meinte Sedlar. »Aber ich will nichts über sie sagen, denn ihre Kopfmassagen haben bei mir Wunder bewirkt.«

»Also gut«, fing Sandra an, »Mandić wird wohl einen kurzen Zwischenbericht haben wollen, dann möchte ich zu Nika Vukelićs Psychotherapeuten. Wenn wir bei diesem Lovro Šprem fertig sind, fahren wir wieder nach Krk. Wir gehen zuerst zu Branimir Toić, danach zu den Kosićs und dann zu dem alten Ehepaar, die das Geschehen in der Nachbarschaft beobachten. Wie heißen die überhaupt?«

Milić blätterte in seinem Notizblock. »Ivanka und Dragutin Prendivoj.«

»Danke. Dann werden Sie und Zelenika noch mal die Nachbarschaft abklopfen. Abends sind die Leute unter der Woche normalerweise zu Hause. Dass jemand etwas gesehen hat, bezweifele ich eigentlich, weil die Bucht ziemlich abseits liegt, mal abgesehen von Toićs Haus. Aber wir können vielleicht darauf hoffen, dass jemand Unbekanntes durch Šilo gegangen ist, den niemand bis dahin gesehen hat.«

»Ich will uns ja nicht die Illusion rauben«, fing Sedlar an, »aber da laufen halt auch Touristen rum, und ob die Einheimischen zwischen Tourist und potenziellem Mörder unterscheiden können, wage ich zu bezweifeln.«

»Ja, das stimmt natürlich. Aber wenn wir bedenken, dass es höchstwahrscheinlich kein geplanter Mord war, sondern im Affekt geschah, wird der Täter aufgelöst und gehetzt gewesen sein. So etwas fällt durchaus auf, würde ich sagen.«

»Da haben Sie recht«, sagte Sedlar und lächelte.

Sandra mochte es nicht, wenn er sie vor den anderen so anlächelte, weil es sie für einen Moment aus dem Konzept brachte und verwirrte. »Sedlar und ich werden in der Zwischenzeit zu Tin Vukelić gehen«, redete sie schnell weiter. »Was hat Dragović gesagt, Zelenika, wie lange das mit dem Laptop dauern wird?«

»Bis morgen ist er damit fertig.«

»Gut. Mandić wartet bestimmt schon auf unseren Zwischenbericht.«

»Oh Gott«, stöhnte Zelenika. »In dieser miesen Laune, die er heute hat, sollen wir ihm jetzt gegenübersitzen?«

»Du kannst ja draußen vor dem Büro warten«, schlug Milić ironisch vor.

Sandra holte ihr Handy aus der Tasche. »Geht ihr schon mal zum Chef, ich komme in einer Minute nach.«

Ihre Mutter meldete sich nach dem zweiten Klingeln. »Du wirst nicht kommen«, war das Erste, was sie sagte.

»Ich muss dir nur Bescheid geben, dass ich seit heute Morgen an einem Mordfall arbeite. Du weißt ja, wie das ist. Mindestens zwölf Stunden täglich, sieben Tage die Woche. Ich glaube also nicht, dass ich es bis sieben Uhr schaffe. Fangt einfach ohne mich mit dem Essen an.«

»Hmm, na gut. Ich stelle es dir warm.« Seit Sandra ihr vor ein paar Monaten gesagt hatte, dass es sehr belastend für sie war, ständig Vorwürfe wegen ihrer Arbeit zu hören, war ihre Mutter etwas milder geworden. »Pass auf dich auf, wir sehen uns heute Abend.

Oder eben, wenn es geht.« Die traurige Stimme ihrer Mutter verstärkte nur Sandras schlechtes Gewissen. Aber dann fügte sie hinzu: »Ist ja nicht so schlimm. Es ist ja schließlich nicht der goldene Hochzeitstag.«

»Ich bin froh, dass du es verstehst.«

»Was bleibt mir denn anderes übrig, wenn du dir diesen Beruf ausgesucht hast? Hättest du Lehramt studiert, könntest du über dein Wochenende frei verfügen und müsstest nicht immer deine Urlaube verschieben.« Also ging es doch nicht ganz ohne Seitenhieb. Regelmäßig hatte sie das Bedürfnis, ihren Töchtern mitzuteilen, wie bedauerlich sie es fand, dass sie nicht Lehrerinnen geworden waren. Sandra wusste nicht so recht, was schlimmer war, die spitzen Bemerkungen ihrer Mutter oder die chronische Neutralität ihres Vaters. Sandras jüngere Schwester Nataša kam damit etwas besser klar, obwohl die Eltern auch sie schon aus der Ruhe gebracht hatten, trotz Natašas Yoga- und Meditationserfahrung. Aber mit der Mutter konnten sie wenigstens streiten. Zum Vater hatten die Schwestern irgendwann den Draht verloren, wobei sie wahrscheinlich nie einen Zugang zu ihm gehabt hatten. Er war, wie man sich einen typischen Mathematik- und Physiklehrer am Gymnasium vorstellte. Er erfüllte tatsächlich das Klischee des unterkühlten und disziplinierten Lehrers dieser Fächer, der für nichts so sehr zu begeistern war wie für Zahlen und Formeln. Beliebt war er nicht gewesen, was sie als Schülerin auf diesem Gymnasium aus nächster Nähe mitbekam. Das Imitieren seiner Stimme, das immer dann verstummte, wenn sie in die Nähe kam.

Ihre Mutter hatte als Grundschullehrerin das Privileg, Kinder leichter begeistern zu können. Die Eltern der Schüler mochten sie, weil sie keine Lieblingskinder hatte, und die Kinder mochten sie, weil sie lobte, wenn Lob angebracht war. Sie fand bei jedem Kind etwas, das sie herausstellen oder in den Vordergrund rücken konnte. Das tat sie auch bei ihren Töchtern, und bei allen Ärgernissen musste Sandra zugeben, dass sie ihren Töchtern immer das Gefühl gab, etwas Besonderes zu sein. Das Genörgel und Kritisieren hatte sich eingestellt, als sie anfingen, gegen die Erwartungen der Eltern zu handeln.

»Ich muss los. Mein Chef und meine Kollegen warten auf mich.«

»Ja, natürlich. Ich freue mich, dich zu sehen. Wann auch immer.«

Sie saßen vor Mandić, der hinter seinem Schreibtisch eine seiner seltsamen Teesorten trank. Es roch etwas eigen. »Ingwer?«, tippte Sandra.

»Nein, eine Mischung. Das hat Ika für meine Frau zusammengemischt, gegen die Beschwerden in den Wechseljahren.«

»Ah ja. Ist die Wirkung ... geschlechtsneutral?«

»Soll auch gegen Bauchkrämpfe helfen, und es soll die Stimmung heben.«

Am liebsten hätte Sandra gesagt: »Dann sollten Sie den literweise trinken«, aber sie würde es natürlich nicht tun. Sandra mochte den alten Griesgram, und er war ein guter Kerl. Trotzdem störte es sie auch heute noch, wenn sie über einen Fall berichteten und Mandić zum Fenster hinausschaute. Er hörte jedes Wort, und es war seine Art, sich zu konzentrieren, aber es störte jeden. Niemand wagte es, das mal zur Sprache zu bringen, auch nicht in heiterem Tonfall am Rande.

»Viel können wir natürlich noch nicht sagen, Chef.« Sandra gab Mandić seinen verbalen Zwischenbericht, wie er es nannte. Er hörte zu, während er zum Fenster hinausblickte und seine Armbanduhr stellte. Dann sagte er: »Finden Sie heraus, was Tin Vukelić zu dieser Ehe beigetragen hat. Warum ist sie bei ihm geblieben? Das interessiert mich.«

»Und mich erst«, sagte Sandra.

7

Lovro Šprems Praxis lag in Kostrena, auf dem Weg nach Šilo. Kostrena, die kleine Halbinsel mit malerischen Stränden, wo das Wasser sowohl smaragdgrün als auch tiefblau war. Sandra erinnerte sich an den alten Plattenspieler ihrer Nona, die am Sonntagnachmittag nach dem Familienessen manchmal eine Platte aufgelegt hatte. Dann ertönte ein altes Lied, untermalt mit Knarz- und Kratzgeräuschen. Eines davon, bei dem ihre Nona immer ganz besonders laut mitgesungen hatte, war *Jedna noć u Kostreni* – »Eine Nacht in Kostrena« gewesen.

Šprem praktizierte im Erdgeschoss eines Zweifamilienhauses. Da auf beiden Klingeln derselbe Familienname stand, gehörte das Haus offensichtlich dem Therapeuten und seiner Familie.

Als der Summton einsetzte, drückten sie das Gartentor auf und gingen einen gepflasterten Weg zum Haus. Die weiße Fassade des Hauses musste vor Kurzem erneuert worden sein. Die schwarzen Fensterläden harmonierten gut mit dem schwarzen Eisenzaun und den Laternen, die von der Balkondecke auf die Terrasse herabhingen.

Lovro Šprem empfing sie freundlich lächelnd an der Tür und gab jedem von ihnen die Hand. Sandra hatte sich den Therapeuten ganz anders vorgestellt. Mehr förmlich, weniger herzlich. Sie war angenehm überrascht. Mit seinen vierundsechzig Jahren wirkte er weder jünger noch älter. Um seine Augen herum waren viele Lachfältchen, und sein Blick war offen und interessiert. Er trug ein weißes Hemd, eine schwarze Stoffhose und eine rot-weiß gewürfelte Krawatte, das kroatische Schachbrettmuster, das auch Teil des Nationalwappens war. Sandra fand das merkwürdig für einen Psychotherapeuten.

Lovro Šprem führte sie durch den Flur in sein Sprechzimmer. »Nach Ihrem Anruf habe ich zwei Termine verschoben.«

»Danke, das ist sehr nett«, sagte Sandra. Sie sah sich um. Alles hier war sehr reduziert, aber dennoch wirkte der Raum einladend. Die Wände waren weiß, die beiden Couches weinrot-altrosa gestreift. Altrosa waren auch die Vorhänge. Der alte Schreibtisch in der Ecke war wahrscheinlich aus Kirschholz, vermutete Sandra. An einer Seite der Wand stand ein riesiges Bücherregal, an der anderen Wand eine Kopie eines Bildes des naiven Malers Ivan Rabuzin.

Šprem bot ihnen die beiden Couches zum Sitzen an. Er selbst setzte sich auf den Sessel dazwischen. Gerade, als sie sich setzen wollten, rief er: »Halt! Bitte der Reihe nach hinsetzen, chronologisch nach Alter.«

Sie starrten ihn an, dann lachte er auf. »Kleiner Therapeutenscherz am Rande. Wie Sie wissen, stehen wir Therapeuten in dem Ruf, selbst spleenig zu sein, weshalb wir diesen Beruf angeblich gewählt haben.«

Sandra und Sedlar setzten sich, beinahe erleichtert, dass es sich um einen Scherz handelte. Zelenika und Milić nahmen in Zeitlupe auf der anderen Couch Platz.

»Und? Sind Sie's?«, fragte Zelenika. »Spleenig, meine ich.«

»Ach.« Šprem hob die Hände und meinte: »Wer ist das nicht?«

»Interessante Krawatte«, bemerkte Milić.

Šprem blickte nach unten, nahm sie in die Hand und sagte lachend: »Ja, nicht wahr? Meine Tochter kam gestern aus Amerika zurück. Sie ist dort an einem Krawattengeschäft vorbeigekommen, das Krawatten in sämtlichen Ausführungen und Mustern anbot. Da hat sie diese gekauft und mir mitgebracht.«

»Warum wir hier sind, Herr Šprem ...«, begann Sandra.

Nun wurde er ernst. »Ja, Sie sagten, es gehe um einen Mordfall. Ist etwa einer meiner Patienten in eine Straftat verwickelt?«

»Ich muss Ihnen leider sagen, dass eine Ihrer Patientinnen heute Morgen ermordet wurde.«

»Ermordet?« Sein Gesicht wurde ganz starr. »Eine meiner Patientinnen? Wer denn?«

»Nika Vukelić.«

Lovro Šprem sah sie betroffen an. »Nika? Ermordet, sagen Sie? Von wem?«

»Das versuchen wir herauszufinden.«

»Das ist ja furchtbar.« Er schüttelte leicht den Kopf. »Einfach furchtbar. Wie ist das passiert?«

»Sie ging morgens im Meer schwimmen. Dort hat sie jemand erschlagen.«

»Entsetzlich.«

»Sie nennen Frau Vukelić bei ihrem Vornamen?«

»Ja, ich handhabe das so, seit jeher. Ich nenne meine Patienten beim Vornamen, sieze sie aber. Das schafft meines Erachtens eine angenehme Kommunikation, bewahrt aber die erforderliche Distanz.«

»Wir würden Sie gerne ein paar Dinge zu Frau Vukelić fragen.«

Sandra blieb nicht verborgen, dass Šprem sich daraufhin etwas versteifte.

Zelenika rückte ein Stück nach vorne. »Über Ihre Schweigepflicht sind wir uns bewusst, aber es geht hier um Mord, und es wäre nett, wenn Sie uns helfen.«

Šprem nickte. »Wenn ich kann, helfe ich Ihnen selbstverständlich. Aber sehr persönliche Dinge, was Nikas Mann oder ihre Eltern betrifft, fragen Sie bitte die Personen selbst.«

Milić lächelte und blinzelte gleichzeitig. »Und Sie meinen, dass ihr Mann und ihre Eltern ihr Verhältnis zu Nika Vukelić objektiv wiedergeben?«

Über das Gesicht des Therapeuten huschte ein Lächeln. »Ich verstehe, was Sie meinen. Es werden dabei natürlich Dinge verschwiegen oder ausgeschmückt.«

»Ich habe in Frau Vukelićs Nachtkästchen ein Buch über Narzissmus gefunden«, erzählte Sandra.

»Oh, ich habe es ihr letztes Jahr geschenkt, zu ihrem fünfunddreißigsten Geburtstag.«

»Sie beschenken Ihre Patienten an ihrem Geburtstag?«

»Nur zu runden und halbrunden Geburtstagen, und bei Patienten, die mindestens ein Jahr lang zu mir in die Therapie kommen. Ich nehme an, Nika hat das Buch nicht gelesen. Ich wollte sie aber nicht fragen.«

»Das Lesezeichen war auf Seite zwanzig«, berichtete Sandra.

Er nickte, als wolle er damit ausdrücken, dass ihm das ohnehin klar war.

»Dabei gibt es Bücher im Haus. Sie war dem Lesen nicht abgeneigt, doch wollte sie dieses Buch offensichtlich nicht zu Ende lesen.«

»Ja sicher, sie hat gelesen. Aber über ihre Störung wollte sie nicht lesen.«

»Aber darüber zu sprechen machte ihr nichts aus?«

»Nein, Inspektor Horvat, Nika sprach gerne über sich. Narzissten sprechen am liebsten über sich.«

»Seit wann kam Frau Vukelić zu Ihnen?«

Der Therapeut dachte kurz nach. »Seit drei Jahren etwa, kurz nach dem Tod ihres Sohnes ist sie zum ersten Mal hier gewesen.«

»Kam sie regelmäßig?«

»Zuerst dreimal pro Woche, danach zweimal und seit ein paar Monaten einmal pro Woche.«

»Sie hat also Fortschritte gemacht?«

Šprem schien wieder über etwas nachzudenken oder seine Worte abzuwägen. »Nika hat durchaus Fortschritte erzielt. Als sie zu mir kam, war sie niedergeschlagen und wütend.«

»Wütend auf ihren Mann?«, hakte Sandra nach.

»Ja.«

»Niedergeschlagen... also depressiv? Das ist verständlich, nach dem was geschehen ist, oder?«

Šprem nickte, aber es wirkte auf Sandra nicht besonders überzeugend. »Sehen Sie... Ich behandelte Nika zunächst wegen Depressionen, diagnostizierte aber später bei ihr eine narzisstische Persönlichkeitsstörung.«

»Sie war also eine Narzisstin? Wenn ich ehrlich bin, überrascht mich das nicht sonderlich. In ihrem Haus hängen fast ausschließlich Bilder von ihr. Ihr Mann sagt, dass er die meisten davon aufgehängt hat. Einige muss dann aber wohl auch Frau Vukelić selbst aufgehängt haben. Es gibt ein kleines Foto ihrer Schwester und im Flur eines von ihren Eltern. Es findet sich aber kein Bild ihres Sohnes.«

Šprem hob abwehrend die Hände. »Jeder Mensch geht anders mit Verlusten um. Die einen möchten ständig daran erinnert werden, die anderen eben nicht.«

»Frau Vukelić hatte also eine narzisstische Persönlichkeitsstörung. Okay. Können Sie uns etwas mehr darüber erzählen?«

»Wie viel wissen Sie denn über Narzissmus?«

Sandra machte eine ausholende Handbewegung. »Ich denke, ich spreche für uns alle, wenn ich sage, dass wir darüber Grundkenntnisse besitzen. Es handelt sich dabei um Menschen, die in ihrer Kindheit übertrieben verwöhnt wurden, oder?«

»Das ist die eine Gruppe. Bei der anderen geht es um Vernachlässigung. Ihre Bedürfnisse werden unterdrückt und ihre Persönlichkeit nicht gewürdigt. Sie können es den Eltern nie recht machen.«

»Zu welcher Gruppe gehörte Frau Vukelić?«

Der Therapeut wand sich. »Vielleicht ist es besser, wenn Sie die Eltern über das Verhältnis zu ihrer Tochter befragen.«

»Von den Eltern werden wir sicher nicht viel über die Versäumnisse in der Kindheit ihrer Töchter erfahren.«

»Nun … was ich Ihnen sagen kann, ist, dass Nika die Erwartungen der Eltern nicht erfüllen konnte und sie darin gehemmt wurde, ihre Persönlichkeit zu entfalten. Über mehrere Jahre hinweg stand der Vater unter Stress, was er auf seine Weise kompensierte. Mehr möchte ich nicht sagen«, beendete Šprem entschlossen seine Zusammenfassung.

»Kompensiert hat er das mit Alkohol?«

»Soviel ich weiß, stand er eine Zeit lang unter enormen Stress. Er hat wohl ein paar Jahre getrunken, hat aber schlagartig damit aufgehört, nachdem er in einen Unfall involviert wurde.«

»Was mich, Frau Vukelić betreffend, wundert«, sagte Sedlar, »finden sich unter Narzissten nicht eher Männer?«

»Das ist korrekt, die überwiegende Mehrheit sind Männer.« Šprem nickte nachdenklich, dann fuhr er fort: »Nika war sehr charismatisch und attraktiv, und hier kommt erschwerend hinzu, dass sie ihr Selbstwertgefühl ständig an ihr Aussehen koppelte. Sie brauchte Bewunderung und Anerkennung, und wenn sie diese nicht bekam, dann war sie frustriert, wütend und depressiv.«

»Hat sie ihren Mann geliebt?«, fragte Zelenika.

»Nun, Narzissten sind durchaus fähig, die Perspektive des anderen einzunehmen, aber sie tun es aus Eigennutz, verstehen Sie?« Der Therapeut wollte sich offenbar nicht auf Nika festlegen, weshalb er verallgemeinernd erzählte.

»Hat Frau Vukelić ihren Mann anständig behandelt?« Sandra sah Šprem in die Augen.

»Narzissten sind manipulativ, sie lügen und empfinden kaum oder gar keine Reue. Sie haben wenig Zugang zu ihren Gefühlen, verstehen es aber hervorragend, die Gefühlswelt ihrer Partner in ein Chaos zu stürzen. Ich beneide niemanden, der mit einem Narzissten leben muss. Sie heimsen all die Lorbeeren für Erfolge ein, aber wenn sie in irgendetwas versagen, ist es der Partner, der die Schuld trägt. Ich hatte einen Patienten, der ständig fremdging, seiner Frau die Schuld daran gab und sie tatsächlich davon überzeugt hat, dass es an ihr lag.«

»Wie hat er das gemacht?«, witzelte Zelenika. »Verraten Sie uns sein System?«

Šprem lächelte. »Wissen Sie, als Außenstehender mag man das alles absurd finden, und es hat ja auch etwas Komisches, aber letztendlich ist es tragisch. Für den Narzissten und für den Partner.«

»Das glaube ich sofort«, sagte Zelenika ernst. »Aber das alles hat doch psychopathische Züge. Warum machen das die Partner mit?«

»Weil sie eine Verbindung mit einem Narzissten haben, die sie für Liebe halten. Aber Narzissten sind keine Psychopathen, Herr Zelenika, denn Psychopathen fehlt es gänzlich an Empathie und Moral. Für sie sind Menschen nur dazu da, benutzt zu werden und aus ihnen Vorteile zu schöpfen. Sie stehen sozusagen über den Dingen, und sie brauchen weder Bewunderung noch Anerkennung. Psychopathen sind innerlich leer und sind nicht in der Lage, Freude oder Trauer zu empfinden. Narzissten jedoch werden depressiv und zornig, wenn die Bewunderung ausbleibt. Außerdem erfinden sie Geschichten und bauschen ihre Leistung auf. Narzissten sprechen viel über sich, Psychopathen nicht. Sie werden sich auch nie in die Opferhaltung begeben, während Narzissten dazu neigen, sich schnell als Opfer zu fühlen.«

»Also könnte man sagen«, kam es nachdenklich von Sedlar, »ein Narzisst ist in der Gesellschaft Scarlett O'Hara und ein Psychopath ein Terminator.«

Der Therapeut ging jedoch nicht auf Sedlars Vergleich ein, sondern blickte diesen nur leicht irritiert an.

»Haben Sie Mitleid mit Ihren Patienten?«, wollte Sandra wissen. »Nur so aus persönlicher Neugier.«

»Nein, das nicht. Aber bevor Sie mich jetzt für einen Psychopathen halten ...«

Sie lachten.

»Im Ernst. Ich empfinde ein gewisses Maß an Mitgefühl, aber Mitleid wäre unprofessionell. Die Familie leidet, die Kollegen, das ganze Umfeld. Einen Narzissten kann man bedingt unterstützen. Einen Psychopathen leider nicht, denn es ist schlicht angeboren. Die Hirnareale, die für Empfindungen zuständig sind, sind nicht aktiv. Kurz gesagt, können diese Menschen überhaupt nichts dafür. Was glauben Sie, wie schwer es ist, den Angehörigen beizubringen, dass der Mensch, den sie lieben, innerlich stumpf ist und so etwas wie Liebe nicht empfinden kann.«

»War Nika Vukelić…«, dann besann sich Sandra, dass sie mehr von Šprem erfahren konnte, wenn sie sich im allgemeinen Rahmen bewegte. »Ist Narzissmus heilbar?«, fragte sie stattdessen.

Er kniff für einen Moment die Lippen zusammen, dann sagte er: »Schwierig. Aber durch die kognitive Verhaltenstherapie kann man einige Fortschritte erzielen. Es ist wichtig, dem Patienten keine Schuldgefühle wegen seines Verhaltens zu vermitteln. Mit Nika Vukelić habe ich Situationen aus ihrem Leben besprochen, dann haben wir sie nachgespielt. Ich wollte, dass sie sich in der Position des anderen wiederfindet und daraus Konsequenzen zieht. Wir haben viel darüber gesprochen, dass der Wert eines Menschen nicht von Aussehen oder Bewunderung abhängen darf. Sie sollte lernen, sich und andere zu respektieren. Bei ihr bestand ja das Problem darin, dass ihr von klein auf gesagt wurde, wie hübsch sie sei. Die Schulleistungen waren gut, aber für ihre Eltern nicht gut genug. Wenn sie etwas sagte, fielen die Eltern ihr ins Wort und verbesserten sie, grammatikalisch und inhaltlich. Sie sollte ihnen nach dem Mund reden.« Er gab einen Stoßseufzer von sich. »Nun habe ich doch aus dem Nähkästchen geplaudert.«

Zelenika hob beschwichtigend beide Hände. »Keine Sorge, Herr Šprem. Wir werden niemandem sagen, dass Sie uns das erzählt haben.«

»War es Frau Vukelićs eigene Entscheidung, nach dem Tod ihres Sohnes zu Ihnen zu kommen?«, fragte Sedlar.

»Sie sagte, dass ihre Eltern eine Therapie vorgeschlagen haben.«

»Hat Nika ihren Sohn geliebt?« Sandra beschloss, nur den Vornamen seiner Patientin zu nennen, so wie Šprem es tat.

»Clever«, bemerkte er, »wie Sie nun den Vornamen nennen, um mich zum Reden zu bewegen.«

Sandra zuckte die Schultern, als wolle sie sagen, sie tue, was sie könne.

Šprem überlegte eine Weile, bevor er antwortete. »Eltern sollten ihre Kinder um ihrer selbst willen lieben, nicht wahr? Aber einige Eltern lieben ihre Kinder, weil sie ein Produkt ihrer selbst sind, ihre Gene tragen. Sie sehen in ihnen eine Miniausgabe ihrer selbst.«

»Und Nika war so jemand?«

Šprem sah sie freundlich an und schwieg.

»Wir haben erfahren, dass Nika ihren Mann verlassen wollte.«

»Und?«

»Hat sie das Ihnen gegenüber ebenfalls geäußert?«

»Haben Sie bitte Verständnis dafür, dass ich darüber nichts sagen kann.«

Sandra beschloss, ganz ehrlich zu sein. »Ich gebe zu, dass Nika in diesem Punkt für mich endlich greifbar wird.«

»Wie meinen Sie das?«, fragte der Therapeut.

»Endlich kann ich etwas bei ihr nachvollziehen.

Nämlich, dass sie Pläne hatte, aus dieser ungesunden Ehe auszubrechen.«

»Ich verstehe.«

»Warum blieb sie mit Tin Vukelić zusammen? Aus finanziellen Gründen wohl kaum, aus emotionalen auch nicht, da sie ja keine tiefe Liebe empfinden konnte. Dann kommt das Kind ums Leben, woran er die Schuld trägt. Können Sie mir das erklären?« Hastig fügte sie hinzu: »Es muss ja dabei nicht um Nika gehen. Erklären Sie es mir verallgemeinernd.«

»Wenn ein Narzisst jeden Tag die erforderliche Bewunderung bekommt und das gesamte Leben des Partners sich auf den Narzissten fokussiert, dann hat der Narzisst genau das, was er braucht. Und wenn dann noch eine Tragödie hinzukommt, an der der Partner die Schuld trägt, dann hat der Narzisst die Aufmerksamkeit sicher, in Form von Schuldgefühlen. Sein Partner ist gebrochen, und wenn der Narzisst derjenige ist, von dessen Seite der Wohlstand kommt, dann bleibt der Partner, häufig für immer. Mit dem Selbstwert des Partners ist es ebenfalls nicht zum Besten bestellt, denn er klammert sich an eine Illusion, hat den Narzissten längst zu seinem Lebensinhalt gemacht. Manchmal auch deshalb, weil der Narzisst die einzige Familie ist, die er je hatte.«

Sandra lehnte sich auf der Couch zurück und sah Šprem dankbar an. »Jetzt wird einiges klarer. Nika hat also in der Therapie Fortschritte gemacht?«

»Tatsächlich hat sie das, ja. Aber wir hatten noch einiges vor uns. Nika hätte noch mehrere Jahre zu mir kommen sollen. Falls ich bis dahin noch praktiziert hätte, ansonsten wäre sie an einen Kollegen überwiesen worden.«

»Gut, sie hat also Fortschritte gemacht ... und sie hat beschlossen, ihren Mann zu verlassen. Sehen Sie da einen Zusammenhang?«

Der Therapeut hob die Augenbrauen. »Was glauben *Sie*?«

»Ist das nicht ein typischer Therapeutensatz?«, meinte Milić.

Šprem lachte kurz. »Mag sein.«

»Ich glaube«, sagte Sandra und machte eine Sprechpause, »dass Nika auf irgendeine Art von vorne anfangen wollte.«

»Möglich.«

»Mit einem anderen Mann?«, hakte Sandra nach.

Šprem zuckte die Schultern. »Ich weiß es nicht. Sie war bei manchen Themen noch nicht zugänglich. Es bedurfte bei Nika viel Geduld und Feingefühl.«

»Können Sie sich vorstellen«, begann Sedlar, »rein hypothetisch, dass der Partner eines Narzissten eine Menge an Wut und Verzweiflung aufstaut und den Narzissten tötet?«

»Das ist vorstellbar. Es kommt auf die Persönlichkeit des Partners an. Ich kannte Tin Vukelić nicht persönlich. Ich konnte mir nur durch Nikas Erzählungen ein Bild von ihm machen. Jedenfalls sagte sie, dass sie nur noch nach vorne schauen wolle.« Lovro Šprem blickte demonstrativ auf seine Armbanduhr. »Ich möchte wirklich nicht unhöflich sein, aber ...«

»Schon gut.« Sandra stand als Erste auf. »Danke für Ihre Zeit.«

»Aber natürlich.«

»Hier ist meine Karte. Sie können mich jederzeit kontaktieren. Alles könnte uns helfen, selbst die kleinste Kleinigkeit.«

Als sie schon fast draußen waren, sagte Sandra: »Wie gesagt, respektieren wir selbstverständlich Ihre Schweigepflicht, aber etwas möchte ich doch noch wissen.«

Der Therapeut schien sich nicht recht wohl zu fühlen, als er fragte: »Und was wäre das?«

»Wusste Nikas Mann von ihren Trennungsabsichten?«

Šprem wandte sich ab, ging ans Fenster und drehte sich langsam wieder zu Sandra und ihren Kollegen um. »Bei unserer letzten Sitzung am Donnerstag sagte Nika, sie würde ihm sagen, dass sie sich trennen will. Ich weiß nicht, ob sie es ihm gesagt hat oder nicht.«

»Was ließ sie möglicherweise zögern?«

»Nun, sie sagte, dass... ihr Mann sich manchmal nicht in der Gewalt hat.«

Zelenika neigte den Kopf. »Ach ja? Hat er seine Frau mal geschlagen?«

»Nein, aber er verlor leicht die Fassung und schlug dann etwas kaputt. Danach bat er sie tausendmal um Verzeihung und versuchte, alles wiedergutzumachen, indem er ihr alles recht machte. Das war in ihrem Sinne, denn durch sein Fehlverhalten und die darauffolgende Versöhnung nährte sie ihre Gier nach Anerkennung.«

»Großer Gott«, murmelte Milić kopfschüttelnd. »Darf ich meine laienhafte Meinung dazu äußern?«

»Bitte«, sagte Šprem gefällig und schmunzelte. Sandra nahm an, dass der Therapeut durch die Jahre einen abgeklärten Blick auf Paarbeziehungen hatte.

»Die beiden hatten eine verdammt kranke Beziehung«, sagte Milić.

»Es sind zwei Verlorene, die sich aneinanderklammern. Beide sind orientierungslos und hoffen, dass der andere die innere Lücke füllt. Das kommt häufiger vor, als Sie vielleicht glauben. Es gibt die Illusion von Liebe, und manche Menschen bleiben lieber in einer kaputten Beziehung, als eigene Wege zu gehen. Bei manchen ist es die materielle Sicherheit, bei anderen die Angst vorm Alleinsein, und nicht selten verwechseln Menschen Liebe mit Sex. Die Vorstellung, dass zu Hause jemand wartet, ist für viele immer noch besser, als mit sich selbst klarzukommen. Wir sollten so etwas nicht verurteilen. Jeder Mensch wäre grundsätzlich gerne stark und souverän in jeder Lebenslage. Mit sich allein klarzukommen ist eine der größten Herausforderungen. Für einen begrenzten Zeitraum kann Alleinsein unerhört lehrreich sein, aber auf Dauer kann es unglücklich machen.«

»Gibt es eigentlich so etwas wie ein Patentrezept, um zusammenzubleiben?«, fragte Milić hoffnungsvoll. »Konnten Sie ein Geheimnis entdecken, weshalb Paare es schaffen zusammenzubleiben?«

»Sehen Sie, Herr Milić, sogar Eheberater und Autoren von Beziehungsratgebern sind nicht selten geschieden. Ich muss Ihnen leider sagen, dass es kein Patentrezept gibt. Und allein das Zusammenbleiben ist kein

Zeichen dafür, dass ein Paar eine erfüllte und reife Beziehung führt. Oft genug sind Menschen zusammen, weil der eine heilend auf die Störung des anderen einwirkt.«

»Darf ich Sie etwas Persönliches fragen?« Zelenika grinste etwas verunsichert.

»Sie möchten wissen, ob ich eine glückliche Beziehung führe?«

»Ja.«

Lovro Šprem lachte kurz auf. »Ich bin seit vierzig Jahren verheiratet. Meine Frau nennt mich einen Klugscheißer, und ich finde, dass sie ordentlicher sein könnte. Nun, ich habe zwar kein Patentrezept, aber wenn Sie meine persönliche Meinung hören wollen: Ich vertrete nicht die These, dass man an einer Beziehung arbeiten muss. Im Gegenteil. Wenn man sich hingibt und so viel Vertrauen fasst, dass man sein Selbst öffnet, dann ist das ein gutes Zeichen. Aber wenn man anfängt, Rituale einzuführen, indem man Bilanzen über die Beziehung führt und ständig über seine Gefühle spricht, dann erstickt man den letzten Rest von Romantik. Und ein bisschen etwas Geheimnisvolles sollte immer bleiben. Nicht alles erzählen und zerreden, sondern ein paar Dinge auch für sich behalten.« Er hob die Hände in abwehrender Haltung. »Das, meine Lieben, ist meine Haltung und meine Erfahrung.«

»Wir haben Sie lange genug aufgehalten.« Sandra lächelte ihn an und wollte hinausgehen, als Šprem fragte: »Sind Sie denn verheiratet?« Er blickte vom einen zum anderen.

»Ich bin schon lange verheiratet«, antwortete Zelenika, »wie lange, weiß ich jetzt auch nicht so genau.«

»Ledig«, antwortete Sandra.

»Getrennt, bald geschieden«, antwortete Sedlar.

»Ich will meine Freundin fragen, ob sie mich heiraten möchte«, kam es verhalten von Milić. »Sobald dieser Mordfall abgeschlossen ist und ich mir die Zeit dafür nehmen kann.«

»Ich wünsche Ihnen viel Glück, Herr Milić. Weiß Gott, Sie werden es brauchen. Die Ehe ist Himmel und Hölle zugleich.«

8

Nachdem sie an der Tür des Postboten geklingelt hatten, dauerte es lange, bis Toić ihnen öffnete. »Oh, Sie sind's.« Er blickte gehetzt von Sandra zu Zelenika. Milić und Sedlar ignorierte er. Branimir Toić wirkte nicht weniger nervös als am Morgen.

»Haben Sie jemand anderen erwartet?«, fragte Sandra.

»Nein, das nicht. Aber ich kann Ihnen nicht mehr sagen als heute Morgen.«

»Dürfen wir reinkommen?«

»Ja, sicher.« Er ließ die Beamten eintreten und murmelte einen Moment zu spät: »Entschuldigung.«

Sie standen im Flur herum, bis Toić endlich auf die Idee kam, sie in die Wohnküche zu führen. »Es ist ein bisschen unaufgeräumt, das wollte ich heute Abend noch machen.«

Sandra sah sich um, konnte aber keine auffallende Unordnung erkennen. Der Zustand des Raumes war eher leger-ordentlich. Die Rollos in der Wohnküche waren heruntergezogen, aber so eingestellt, dass sie das Tageslicht hineinließen. Die Möbel waren schon älter, und der Fernseher wäre ein Fundstück fürs Museum. Aber als Postbote verdiente man wahrscheinlich auch nicht gut genug, um sich regelmäßig neues Inventar zu gönnen, überlegte Sandra. Sie setzten sich auf die L-förmige braune Cordcouch in der Wohnküche. Toić nahm auf der Holztruhe Platz, die neben einem Heizofen stand. Es war lange her, dass Sandra das letzte Mal eine solche Truhe gesehen hatte. Früher wurden sie von Schreinern gefertigt und dienten zur Aufbewahrung von Holzscheiten. Manche waren bemalt, oder in einer Farbe bepinselt, die zur Einrichtung des Raumes passte. Toićs Truhe war weiß gestrichen, so wie die Wände und die Küchenmöbel.

Branimir Toić sah angespannt aus.

»Gehört Ihnen das Haus, Herr Toić?«, fragte Sedlar.

»Ja, das Haus gehörte schon meinen Urgroßeltern. Ich gehöre zu den alteingesessenen Bewohnern auf Krk. Das sind ja mittlerweile nicht mehr so viele.«

Sandra glaubte, dass es durchaus noch viele von ihnen gab, aber sie wollte ihm nicht über den Mund fahren. Seltsam, wie man gleichzeitig nationalpatriotisch, aber immer auch regionalpatriotisch war. Sätze wie: *Jeder kannte früher jeden, aber jetzt kommen sie von überall her und bauen hier Häuser,* waren überall im Land zu hören, obwohl es oft die eigenen Leute waren, die zuzogen, und keine Ausländer. Jeder wollte seine kleine Welt erhalten, die speziellen Werte darin und die Erinnerungen an Zeiten, in denen die Dörfer und Inseln noch großen Familien glichen.

»Ich habe im Garten die Oliven- und Feigenbäume gesehen«, fing Sandra an, »sieht wunderschön aus. Ich kenne mich damit nicht aus, weil ich in der Stadt aufgewachsen bin. Brauchen die Bäume viel Pflege?«

»Nein, gar nicht. Die stehen da seit ewigen Zeiten, mein Urgroßvater hat die noch gepflanzt. Meine Urgroßeltern und meine Großeltern haben auch noch Olivenöl hergestellt, aber nicht verkauft, nur für sich selbst haben sie das gemacht. Im Schuppen steht noch die alte Olivenmühle. Angeblich könnte ich die für viel Geld verkaufen, sagen die Leute, aber das kann ich doch nicht machen.«

Sandra nickte verständnisvoll. »Das kann ich gut verstehen.« Sie beugte sich nach vorne und verschränkte die Hände. »Herr Toić, schildern Sie uns bitte noch mal genau ...«

»Oh Gott, jetzt soll ich das schon wieder erzählen.« Seine Stimme überschlug sich. »Ich verstehe nicht, warum ich das noch mal erzählen soll.«

»Warum nimmt Sie das so sehr mit?«

»Weil ich nicht jeden Tag eine Leiche finde?«

»Hat es etwas mit dem Unfall zu tun, den Sie erlebt haben?«

Für einen Moment sah er Sandra erschrocken an, dann sagte er: »Ja, vielleicht.« Er holte tief Luft, dann kam es emotionslos: »Ich bin aus dem Haus, stelle mein Mofa an der Mauer ab, mache das Gartentor zu, will aufs Mofa steigen, und dann sehe ich die Füße von jemandem. Ich beuge mich über die Mauer, und da liegt Nika Vukelić, tot.«

»Und dann sind Sie zum Café *Sklonište* gelaufen und haben an die Tür geklopft?«

»Genau.«

»Was haben Sie gerufen, während Sie geklopft haben?«, fragte Zelenika.

Toić sah Sandras Kollegen an, als habe dieser den Verstand verloren. Es war hilfreich zu wissen, ob die Aussagen von Buneta und Toić sich deckten, aber das würde Sandra ihm bestimmt nicht erklären. »Was ich gerufen habe? Also, ich weiß auch nicht so genau … So etwas wie ›Mach die Tür auf, wir müssen die Polizei rufen. Nika Vukelić ist tot.‹ So ungefähr, glaube ich.«

Das deckte sich in etwa mit Bunetas Beschreibung. »Wir wollten später noch zu Ihnen, aber Sie waren nicht zu Hause«, fuhr Zelenika fort.

»Ich bin zur Arbeit.«

Zelenika hob überrascht die Augenbrauen. »Sie sind heute zur Arbeit gegangen?«

»Ja. Ich musste mich einfach ablenken. Ich hätte es nicht ausgehalten, zu Hause zu bleiben. Mir geht das Bild der toten Vukelić sowieso ständig im Kopf rum.«

»Kannten Sie sie gut?«

»Ach, Herr Zelenika, das haben Sie mich doch schon heute Morgen gefragt. Wie soll denn jemand wie ich eine Frau wie Nika Vukelić gut kennen?«

»Na ja, möglicherweise war sie freundlich und kontaktfreudig, oder es bestand ein gutes Nachbarschaftsverhältnis.«

Er schüttelte den Kopf. »Sie war nicht besonders freundlich, zumindest nicht zu mir, hat mich weder gegrüßt noch sonst ein Wort an mich verloren.«

»Und was ist mit Tin Vukelić? Kennen Sie ihn denn näher?«

»Manchmal haben wir uns im Café gesehen und ein paar Worte gewechselt.«

Während er notierte, fragte Milić: »Hat er mal etwas gesagt, das Sie aufhorchen ließ, in irgendeiner Hinsicht?«

»Vor ein paar Wochen, da hatte er ein bisschen zu viel getrunken, und irgendjemand – ich weiß nicht mehr, wer das war – hat ihn aufgezogen und gefragt, ob seine Frau ihn nicht schimpft, wenn er zu spät nach Hause kommt. Tin hat darauf nicht reagiert, sondern mit dem Glas in der Hand geradeaus geschaut und gemurmelt: ›Manchmal könnte ich sie erschlagen, immer wieder auf sie einschlagen.‹ Aber er war ziemlich betrunken, als er das gesagt hat.«

»Haben das die anderen auch gehört?«

»Also, Domagoj hat es bestimmt gehört. Er stand ja hinter der Theke und direkt vor Tin.«

»Gibt es sonst noch Begegnungen oder Aussagen, die Sie merkwürdig fanden?«

»Eigentlich nicht. Na ja, letzte Woche hatte ich ein Einschreiben für die Vukelićs. Von einem Anwalt. Angeblich haben die Kosićs sie verklagt. Hab ich jedenfalls gehört. Noch bevor ich klingeln konnte, habe ich gehört, wie sie stritten. Da sind sehr, sehr hässliche Worte gefallen. Aber die kamen mehr von der Vukelić als von ihrem Mann.«

Sandra nickte ihm aufmunternd zu. »Was denn für Worte, Herr Toić?«

»Ich weiß nur noch, dass sie ihn anschrie, er sei ein Versager und könne dankbar sein, dass sie immer noch bei ihm ist. Darauf sagte er, dass sie doch sowieso nie zufrieden ist und er ohne sie viel besser dran wäre. Er hat aber nicht geschrien, das klang eher verzweifelt.«

Alle sahen Toić an und warteten, ob noch etwas aus seinem Mund kommen würde, aber er sagte nur mit schuldbewusster Miene: »Ich will Tin keine Schwierigkeiten machen, aber so war es halt. Da kann ich ja nichts dafür.«

»Natürlich nicht«, pflichtete Sandra ihm bei. »Eine Frage noch, Herr Toić.«

»Ja?«

»Wer hat Ihnen bei dem Unfall damals das Leben gerettet? War es jemand aus Šilo?«

Toić tat verwundert, schüttelte leicht den Kopf und fragte: »Warum?«

»Nur so.«

Es verstrichen mehrere Sekunden, bevor er widerwillig antwortete: »Es war Domagoj Buneta.«

»Planänderung«, sagte Sandra, als sie nach draußen traten. »Wir gehen zuerst zu den alten Prendivojs und erst danach zu den Kosićs. Vielleicht können wir von dem alten Pärchen etwas Interessantes erfahren.«

»Noch interessanter als das gerade eben?«, fragte Zelenika.

Sandra blieb stehen und blickte hinunter zur Bucht, wo heute Morgen Nika Vukelićs Leiche gelegen hatte. »Ist das Zufall? Toić findet die Leiche, rennt zu Buneta, und sie rufen die Polizei. Buneta hat ihm damals das Leben gerettet, und bei allem Verständnis für sein Trauma und dem Schock nach dem Leichenfund, aber warum ist er so nervös? Sind diese Aussagen über Tin Vukelić einfach nur ehrlich oder bewusst erzählt?«

»Darf ich ein Szenario durchspielen?«, fragte Sedlar.

»Aber gerne.«

»Buneta tötet Nika. Toić taucht auf und sieht das oder sieht ihn vom Tatort flüchten. Daraufhin erinnert ihn Buneta daran, dass er ihm das Leben gerettet hat und diesmal er auf Toićs Hilfe angewiesen ist. Buneta sagt, er geht nach Hause und Toić soll an seine Tür klopfen und schön laut über seine Entdeckung berichten. So laut, dass es auch Nachbarn mitbekommen können.«

Zelenika nickte. »Ja, das alte Ehepaar Prendivoj hat's schließlich auch gehört.«

»Okay, und bis die Polizei kommt«, fuhr Sedlar fort, »sprechen die beiden sich ab, und Toić soll ein paar Sachen über Tin ausplaudern – während Buneta so tut, als wolle er keinen Klatsch verbreiten.«

»Vielleicht wollte Buneta etwas von Nika«, meinte Milić, »und er wurde zudringlich. Er wusste bestimmt, dass sie jeden Morgen hierher zum Schwimmen kommt. Könnte es ein anderes Motiv geben?«

»Das werden wir schon noch herausfinden.« Zelenika ließ nie einen Zweifel daran, die Ermittlungen erfolgreich abzuschließen. »Komm, Lockenköpfchen.« Er setzte sich in Bewegung und sah Milić an. »Wir beide klappern jetzt noch mal die Nachbarschaft ab.« An

Sandra gewandt fügte er hinzu: »Wir kommen zu den Kosićs, wenn das erledigt ist.«

Sandra und Sedlar saßen in einem altmodischen Wohnzimmer mit vielen Ballerinen und Keksdosen aus Porzellan. Bestickte Leinendeckchen und die gestrickten Puschen der Hausbewohner machten das Gefühl perfekt, in eine andere Zeit versetzt worden zu sein. Ivanka und Dragutin Prendivoj waren über neunzig Jahre alt, aber geistig munter und auch körperlich noch relativ rüstig. Das Paar hatte die Beamten herzlich begrüßt und Ivanka Prendivoj machte sich sogleich ans Kaffeekochen, wogegen Sandra keine Einwände erhoben hatte. Die Frau war klein, mit einem Rundrücken und einer misslungenen, gelbstichigen Haartönung. Ihr Mann war hager und trug einen schwarz-gelben Pullunder über einem braun-beige karierten Hemd. Sandra fand, dass ihn diese Kombination etwas schrullig aussehen ließ. Wahrscheinlich war man irgendwann in einem Alter, in dem einen die Farb- und Musterkombinationen nicht mehr interessierten. Sie plauderten etwas über Sandras Arbeit, bis Frau Prendivoj den Kaffee servierte. Alte Menschen fanden es immer wieder faszinierend, dass sie keine Angst hatte »Mörder zu jagen«, und meist kam dann auch die Frage der besorgten, alten Leute: »Was sagen denn Ihre armen Eltern dazu?«

»Sie haben sich daran gewöhnt«, log Sandra. In Wahrheit erzählte ihre Mutter ihr regelmäßig von schrecklichen Albträumen. Manchmal lag Sandra angeschossen in einer Gasse und verblutete, ein anderes

Mal wurde sie hinterrücks mitten auf der Straße erschossen.

»Kann man sich daran gewöhnen?« Herr Prendivoj schüttelte ungläubig den Kopf. »So eine hübsche Frau wie Sie?«

Sedlar grinste. »Sie meinen, wenn sie hässlich wäre, dann wär's in Ordnung?«

Die beiden Alten lachten auf. »Nein, natürlich nicht. Was mein Mann meinte, ist … Was meintest du eigentlich damit?«

»Dass sie doch lieber etwas Ungefährliches hätte machen können. Medizinerin, Politikerin, Lehrerin …«

»Oh, wissen Sie, meine Eltern waren Lehrer. Das wäre nichts für mich, das ganze Leben zur Schule zu gehen. An Medizin hatte ich nie Interesse, und für die Politik bin ich nicht arglistig genug.«

Das Ehepaar winkte lachend ab. »Aber es gibt doch hier und dort auch ehrenhafte Politiker«, meinte Frau Prendivoj.

»Ja, aber die bringen es nicht weit. Und ungefährlich ist dieser Beruf auch nicht unbedingt.«

»Ja, da ist etwas Wahres dran«, sagte der Mann und nickte nachdenklich vor sich hin. »Da bin ich froh, dass ich meinen Lebensunterhalt mit der Fischerei verdient habe.«

»Sie waren Fischer?«

»Mein Großvater und Vater waren schon Fischer. Šilo hat eine lange Fischereitradition, wissen Sie. Aber die Zeiten haben sich geändert, Frau Inspektor. Vielleicht liegt es auch daran, dass jede neue Generation höhere Ansprüche stellt und deshalb meint, das Geld sei immer zu knapp. Was weiß ich. Mit vierzig habe ich dann bei einem Maurer als Hilfsarbeiter angeheuert. Das war eine Knochenarbeit, sag ich Ihnen, aber ich war jung und kräftig, da hat mir das nichts ausgemacht.«

Sandra musste zur Sache kommen, auch wenn die beiden ihr sehr sympathisch waren. »Meine beiden Kollegen waren ja heute schon bei Ihnen…«

»Ja, sehr nett die beiden«, warf Frau Prendivoj ein. »Und so unterschiedlich«, fügte sie verwundert hinzu. »Mein Mann und ich nennen sie das Raubein und das Reh.«

Sedlar prustete leise in sich hinein, wurde aber schnell wieder ernst.

»Jedenfalls…«, nahm Sandra den Faden wieder auf, »…möchte ich Ihnen gerne ein paar Fragen stellen.«

Frau Prendivoj nahm einen letzten Schluck aus der Mokkatasse und setzte sie in hohem Bogen ab, als ob sie sich professionell auf das Bevorstehende vorbereiten wollte. »Fragen Sie. Das ist schließlich Ihr Beruf. Aber Dragi und ich möchten niemanden in Schwierigkeiten bringen.«

»Nein, nein, Frau Prendivoj. Die Täter bringen sich selbst in Schwierigkeiten, indem sie ein Verbrechen verüben.«

Der Mann nickte zustimmend. »Wir sind nur Beobachter.«

»Nuuur Beobachter, so ist es«, pflichtete seine Frau ihm bei.

»Herr Zelenika sagte, Sie haben Herrn Toić gehört,

als er an die Tür von Herrn Bunetas Café *Sklonište* klopfte?«

»Ja, wir haben ihn nicht gesehen, aber gehört. Unser Haus liegt ja leider etwas abseits, sodass wir keinen direkten Blick auf Toić haben konnten, als er vom Fundort der Leiche zu Domagoj gelaufen ist.«

»Das haben Sie sehr anschaulich geschildert, danke. Wie lange dauerte es, bis Herr Buneta die Tür öffnete?«

»Och, schon etwas länger, oder Dragi?«

Sandra fragte sich, ob sie mit »Dragi« Liebster meinte oder ob es eine Abkürzung seines Namens war.

»Ja, ja. Das hat länger gedauert, Iva.«

»Wie gut kannten Sie Nika Vukelić?«, fragte Sandra.

»Nicht besonders gut«, antwortete er. »Also nett war die nicht, wenn Sie mich fragen. Furchtbar selbstverliebt. Uns tut sie ja leid. Eine junge Frau, die ihr Leben noch vor sich hat – und dann einfach niedergemetzelt wird, mit blutigem Haar am Fuße des Felsens, mit dem Ausdruck von Todesangst im Gesicht.«

Sedlar wandte den Kopf in Sandras Richtung. Sie wusste genau, dass er ein Lachen unterdrücken musste, weshalb sie seinen Blick nicht erwiderte. Sie durfte jetzt nicht lachen, auf keinen Fall.

»Aber außer ihrem dämlichen Mann wird Nika keiner in Šilo hinterhertrauern«, ergänzte Herr Prendivoj seine Umschreibung der aktuellen Situation.

»Vielleicht nicht mal der«, warf seine Frau ein. »Vielleicht ist er ja froh, dass er die los ist.«

»Wir dürfen nicht spekulieren, Iva. Wir sind nur Beobachter.«

»Ja, richtig.« Sie nickte heftig.

Ein bisschen musste Sandra jetzt doch lachen, und Sedlar und sie wechselten einen kurzen Blick. Dann nahm Sandras Gesicht wieder einen ernsten Ausdruck an. »Was haben Sie in letzter Zeit beobachtet, das Sie ungewöhnlich fanden?«

»Wir wollen in keinen Tratsch verwickelt werden«, wiederholte die alte Frau.

Ihr Mann sah sie an und fragte: »Sollen wir ihnen das mit den Kosić erzählen?«

»Wir wissen bereits, dass die Vukelić und die Kosić wegen des Grundstücks zerstritten sind«, erklärte Sandra.

»Wissen Sie auch von den zerstochenen Reifen und der Drohung?«

»Dragi!«, ermahnte ihn seine Frau laut.

Sandra schüttelte den Kopf. »Nein, wissen wir nicht. Erzählen Sie, bitte.«

»Wir wissen gar nichts«, sagte seine Frau und verzog den Mund zu einem Lächeln. »Wir sitzen nur draußen auf unserem Balkon.«

»Wer hat wem die Reifen zerstochen, und wer hat wem gedroht?«, hakte Sandra nach.

»Und die Autotür mit Schweinefett eingerieben«, ergänzte Herr Prendivoj.

Die alte Frau blinzelte und sah Sandra kopfschüttelnd an. »Sie wissen ja, wie es heißt. Alte Leute werden wieder wie Kinder. Er plappert einfach vor sich hin. Beachten Sie ihn gar nicht.«

»Iva, das ist gar nicht nett von dir, dass du so über

mich sprichst. Ich sitze hier und höre das.« Er machte ein bockiges Gesicht. »Und überhaupt wissen das doch sowieso alle in Šilo. Die Kosić hat das jedem erzählt, der es hören wollte. Dabei hat sie immer wieder gesagt, dass das Tin Vukelić war, das mit den durchstochenen Reifen und dem Schweinefett. Und sie hat auch erzählt, dass sie Drohanrufe von denen bekommt und dass Nika ihr vor dem Kiosk mit verzerrtem Gesicht gedroht hat. Die Nika soll zur Valeria gesagt haben, dass sie nicht wisse, mit wem sie sich anlegt.« Der alte Mann sah Sandra ins Gesicht. »Valeria hat Kontakte, hat sie gesagt, mit denen Nika bald Bekanntschaft machen werde. Und Valeria hat auch noch gesagt, dass sie die beiden verklagt hat. Ach, da fällt mir noch was ein.« Dann beugte er sich nach vorne und sagte zu Sandra und Sedlar im Flüsterton: »Domagoj hat Tin mal Geld geliehen.«

»Woher wissen Sie das?«

»Nachts, wenn es draußen ruhig ist und die letzten Gäste aus dem Café gehen ... Ja, was glauben Sie, wie man da jedes Wort hört, was da vor dem Café gesprochen wird – und auch im Café, bei offenen Fenstern.«

Frau Prendivoj verdrehte die Augen. »Er stellt dann immer das Hörgerät lauter.«

Es entstand eine Sprechpause. Sandra wollte nicht bohren, sondern wartete, ob sie von sich aus noch etwas erzählen würden. Als sie keine Anstalten machten, beschloss Sandra, vorsichtig noch mal anzusetzen. »Sind denn Herr Buneta und Herr Vukelić befreundet?«

»Das glaube ich nicht«, sagte der alte Mann. »Aber

warum er ihm das Geld geliehen hat, würde mich auch interessieren. Ich hab gehört, dass Tin ihm sagte, er gebe ihm jetzt zehntausend Kuna und nächsten Monat die restlichen fünftausend.«

»Und wann war das?«

»Letztes Jahr im September oder Oktober.«

»Sind Herr Buneta und Herr Toić eigentlich miteinander befreundet?«, fragte Sedlar.

»Befreundet? Das würde ich nicht sagen. Was sagst du, Iva?«

»Nein, befreundet sind die nicht.«

Ihr Mann hatte wieder beschlossen, etwas mehr zu erzählen. »Domagoj hat Branimir nach einem Unfall das Leben gerettet, wissen Sie. Ach, der arme Branimir ist seitdem nicht mehr derselbe. Neunzehn war er damals und seine Freundin genauso alt ...«

»Nein, Dora war ein Jahr jünger«, verbesserte ihn seine Frau.

»... und Doras Familie hat ihn so entsetzlich gehasst, weil er zu schnell gefahren war und das Mädchen deshalb zu Tode kam. Sie haben dann das Haus verkauft und sind mit der jüngeren Tochter nach Rijeka gezogen. Branimir ist nicht mehr derselbe, nein. So ein aufgeweckter Junge war das. Ich glaube ja, der hat damals 'ne Kopfverletzung davongetragen.«

»Ach, rede doch keinen Unsinn«, mahnte ihn seine Frau.

»Ich mein ja bloß.« Dann atmete er hörbar aus. »Eine Tragödie war das, ja. Der arme Branimir ist seitdem nicht mehr derselbe.«

9

Als sie einige Zeit später bei den Kosićs klingelten, nahmen Sandra und Sedlar im Haus von Tin Vukelić zwei Silhouetten am Fenster wahr. »Er hat Besuch.« Sedlar blickte zu Sandra, dann wieder zum Haus der Vukelićs. »Wahrscheinlich ein Verwandter oder Freund.«

Endlich wurde die Haustür geöffnet. Valeria Kosić war für ihr Alter sehr attraktiv, mit mittellangem schwarzem Haar und einem ebenmäßigen Gesicht mit wenigen Fältchen. Alles an ihrem Gesicht war perfekt, die Augen, der Mund und die feine Nase. Sie war leicht geschminkt und trug große, silberne Ohrringe mit türkisfarbenen Steinchen. Das rote Hemd ließ sie jünger erscheinen.

Sandra zeigte ihren Ausweis. »Polizei Rijeka. Ich bin Inspektor Sandra Horvat. Das ist mein Kollege Danijel Sedlar. Wir ermitteln im Mordfall Nika Vukelić.«

»Ah ja, gut. Kommen Sie rein. Kommen Sie.« Der spanische Akzent war unüberhörbar und wirkte durchaus charmant.

Die Einrichtung war vom Feinsten. Edle, champagnerfarbene Fliesen im Flur, dazu antike Beistelltischchen und ein begehbarer Kleiderschrank, der halb offen stand und sich durch den halben Flur erstreckte.

Im Wohnzimmer trafen sie Matej Kosić an. Er legte seine Zigarette im Aschenbecher auf dem Wohnzimmertisch ab, stand auf und gab ihnen die Hand zur Begrüßung. Sein Haar trug er nach hinten gekämmt, und hinter der Stirn bildete sich eine Glatze. Offensichtlich war Blau seine Lieblingsfarbe, denn der Rand seiner Brille war blau sowie die Ledercouch, der Teppich und die Tapeten. Er trug ein weißes Hemd und einen dunkelblauen Anzug mit einer hell- und dunkelblau gestreiften Krawatte.

»Hätten Sie etwas dagegen, wenn ich mich kurz umziehe? Ich komme gerade von der Arbeit.« Seine Stimme war tief und rau, sehr männlich, und passte nicht so recht zu seiner Erscheinung.

»Natürlich«, sagte Sandra, und Matej Kosić ging sogleich aus dem Raum.

»Nehmen Sie Platz.« Frau Kosić zeigte mit befehlender Geste auf die Couch. »Wolle Sie etwas trinken?«

»Nein, vielen Dank.«

»Wirklich? Sie sicher? Wenn Sie wolle, dann sage Sie mir.«

Es klingelte.

Valeria Kosić hob die Arme nach oben und fluchte etwas auf Spanisch. »Wer das schon wieder? *Mierda!*«

Als sie in den Flur ging, um die Tür zu öffnen, flüsterte Sedlar: »Ich glaube, das ist Spanisch für Scheiße.«

»Wirklich? Gut zu wissen.«

»Das weiß ich durch die Untertitel der spanischen und südamerikanischen Filme.«

Zelenika und Milić betraten den Raum beinahe

gleichzeitig mit Matej Kosić, der jetzt ein weißes T-Shirt und Jeans trug.

Die riesige Couch bot genug Platz für alle. Der Raum wirkte freundlich, und alles harmonierte perfekt. Einzig die blau-weiß gestreifte Tapete wirkte etwas bieder, aber vielleicht war das auch gewollt.

»Was machen Sie beruflich, Herr Kosić?«, fragte Milić. Er hielt bereits Notizblock und Stift in den Händen, um loszulegen.

»Ich investiere in Immobilien, kaufe und verkaufe sie.«

»Und Sie, Frau Kosić?«

»Seit meine Sohn weggezoge ist, vor neun Jahre, ich arbeite in Krk in eine Boutique. Uns geht es gut, ich muss nicht arbeite, aber muss ich unter Leute, weil fällt Decke mir auf Kopf.«

»Wie alt ist Ihr Sohn?«

»Neunundzwanzig. Er lebt gerade in Afrika.«

»Er lebt in Afrika?«

»Momentan, ja. Leonardo ist Archäologe.«

»Sie wollten damals ganz für Ihren Sohn da sein? Haben Sie deshalb nicht gearbeitet?« Milić fuchtelte mit dem Stift in der Hand herum. »Pure Neugier«, erklärte er, nachdem die Frau ihn verständnislos angesehen hatte.

»Aaah, war ich da für meine Sohn, ich trotzdem wollte arbeite, aber hab nicht gut gekonnt die Sprache. Sehen Sie!« Sie zeigte mit allen zehn Fingern auf ihren Mund. »Kann ich immer noch nicht perfekt. Aber Spanisch war nicht interessant für Arbeit finden, alle wollen Englisch, Deutsch, Italienisch…« Sie sprach gesten-reich, weshalb die Ohrringe ständig klimperten.

»Wo haben Sie beide sich denn kennengelernt?«, wollte Zelenika wissen.

»Ich fuhr früher zur See, wie eben viele junge Män-ner an der Küste.« Matej Kosić sah seine Frau liebevoll an, ob aufrichtig oder gespielt, konnte Sandra in die-sem Moment nicht beurteilen. »Tja, als ich in La Guaira bei Caracas von Bord ging, lief mir Valeria über den Weg. Wir haben uns in miserablem Englisch unter-halten.«

Valeria nickte bestätigend. »In spanische und kroa-tische Akzent. Haben beide nur halb verstande, aber muss man nicht rede, wenn man liebte.« Dann verspürte sie das Bedürfnis, etwas richtigzustellen. »Nicht, dass Sie glaube«, bedrohte Frau Kosić sie mit dem Zeige-finger, »ich war barfuß armes Mädchen, das geträumt hat von Europa. Ich bin geboren, wenn Venezuela war reichste Land in Südamerika und eine von reichste in Welt. Meine Eltern waren nicht arm.«

»Selbst wenn, wäre das keine Schande«, bemerkte Sedlar.

»Wir alle wissen doch, was Vorurteile sind«, ergänzte Zelenika freundlich. »Sehen Sie, ich komme ursprüng-lich aus Serbien.«

»Serbien, ah?« Frau Kosić sog laut die Luft durch die Zähne ein. »Meine Großmutter immer gesagt, traue niemanden, der ist nicht katholisch.«

Zelenika konnte es nicht fassen und starrte sie mit offenem Mund an. »Was?«

Frau Kosić hob in hilfloser Geste die Hände nach oben. »Worte von meine Großmutter, nicht meine. Meine Großmutter ist hundertfünf Jahre alt geworde. Die Frau hat gewusst, von was sie gesproche. Entschuldigung.« Das letzte Wort war ironisch gemeint, wie man unschwer feststellen konnte.

»Wie dem auch sei«, rief Sandra eine Spur zu laut. »Ich würde dann gerne zu dem Grund unseres Besuchs kommen.«

Gerade, als Sandra sich einen guten Einstieg überlegte, platzte Valeria Kosić heraus: »Reden wir offen, ja? Ich weiß, dass Sie wisse, dass wir mit Tinika in Streit.«

»Mit wem?«

»Aaah, ich nenne sie so, weil sie sind wie eine Person. Tin hat keine Persönlichkeit, und Nika war eine dreckige Schwein …«, sie bekreuzigte sich und murmelte etwas auf Spanisch, »Charakter von Schwein.«

»Valeria«, mahnte ihr Mann sanft. »Sei so nett und umschreibe das bitte anders.«

Valeria verzog kurz den Mund und tat ein bisschen so, als ob es ihr unangenehm war. Im Flüsterton erklärte sie: »Beide sind nicht normal.« Sie machte mit dem Zeigefinger Kreisbewegungen neben der Stirn. »*Loco*. Verrückt, ah?«

Milić lächelte amüsiert. »Ich denke, ihr Mann meinte etwas anderes, aber gut. Wir haben es übrigens schon beim ersten Mal verstanden.«

»Sie und die Vukelićs haben sich das Leben gegenseitig ziemlich schwer gemacht, oder?«, fragte Sandra.

»Was solle wir mache? Wir könne nicht mit unsere Auto anders zu unsere Grundstück fahre. Sie haben uns Reifen gestoche und Klinken mit Schweinefett eingereibt, wie Kinder. Er hat angerufe und gesagt, seine Frau regt sich auf und ist traurig. Also bitte, ah! Ist unser Problem, dass sie war Mimose? Mir tut leid, dass sie tot ist, aber wir haben sie nicht ermordet. Wenn Sie Alibi wolle, wir haben beide Alibi, waren in Bett bis acht Uhr.«

»Das stimmt«, bestätigte ihr Mann.

»Grandioses Alibi.« Zelenika verzog in gespielter Anerkennung den Mund. »Wirklich, grandios. Das beste Alibi, das ich je gehört habe.«

»Aber...«

»Wir haben Sie gar nicht nach Ihrem Alibi gefragt. Und wenn, dann wäre das kein glaubwürdiges Alibi.«

»Ich habe eine Frage«, meldete sich Sedlar. »Wenn es umgekehrt gewesen wäre, hätten Sie den beiden erlaubt, mit ihrem Auto über Ihr Grundstück zu fahren?«

»Aber natürlich!«, versicherte Frau Kosić.

»Aber warum haben Sie nicht einfach einen Stellplatz organisiert, wo Sie Ihr Auto parken können?«

»Stellplatz?! Wo? In eine private Haus bei Nachbar und dann hundert Meter laufe bis nach Hause?«

»Haben Sie vielleicht etwas Verdächtiges in letzter Zeit bemerkt?«, wollte Sandra wissen.

Herr Kosić sah sie verwundert an. »Was meinen Sie?«

»Irgendetwas, das anders war als sonst. Eine Person, die Sie bis dahin nicht gesehen haben?«

»Hier laufen im Frühjahr und Sommer Touristen herum. Wir sehen tagtäglich jemanden zum ersten Mal.«

»Oder etwas im Haus der Vukelićs, das ungewöhnlich war?«

»Tss«, machte Valeria Kosić. »Wir stehe doch nicht an Fenster und schaue durch Fenster von Nachbar.«

»Wir fragen uns, wer sie so gehasst haben könnte«, tat Zelenika nachdenklich, »dass er sie töten würde.«

»Besonders beliebt war sie allgemein nicht.« Herr Kosić zündete sich erneut eine Zigarette an. »Lassen Sie es mich so ausdrücken: Man muss die Boduli[7] eben nehmen, wie sie sind. Man kann nicht einfach hierherkommen und seine eigenen Regeln aufstellen, sondern man muss sich anpassen. Das betrifft nicht nur Krk. Die Leute auf den Inseln hassen es, wenn jemand von außen kommt und sich für etwas Besseres hält.«

»Ja, ich weiß«, sagte Sandra. Heutzutage bezeichneten sich viele selbst als Boduli und hatten kein Problem damit. Früher wurden geizige Menschen auf dem Kvarner so genannt. Es war ein Synonym für Geizhals, was zutiefst ungerecht war, denn die Inselbewohner lebten auf unwirtlichem Boden, wo Feigen, Oliven und später auch Trauben wuchsen, aber Landwirtschaft kaum möglich war. Die Boduli galten als besonderer Menschenschlag, der sich am liebsten mit den eigenen Leuten umgab und Fremden gegenüber stets etwas

---

7 Bodul = Inselbewohner in Kroatien – ursprünglich und eigentlich stammt ein Bodul aus Krk

misstrauisch war. Heute waren sie längst nicht mehr isoliert, und die Bewohner pendelten zur Arbeit, ein Kommen und Gehen, trotzdem hatten sie noch den Ruf, etwas verschroben zu sein.

»Sie meinen, Herr Kosić«, hakte Sandra nach, »dass Nika Vukelić nicht beliebt war, weil sie sich nicht anpasste und sich für etwas Besseres hielt?«

Matej Kosić zog an seiner Zigarette und blies in aller Ruhe den Rauch aus. »Eigentlich habe ich von Tin gesprochen.«

Zelenika hatte keine Geduld mit Leuten, die nicht gleich die Haustür öffneten. Als Tin Vukelić auf das erste Klingeln nicht reagierte, läutete er Sturm.

»Das macht mich wahnsinnig.« Milić sah seinen Kollegen vorwurfsvoll an. »Er könnte doch gerade unter der Dusche sein.«

Der Schlüssel drehte sich langsam im Schloss. Zaghaft wurde die Tür geöffnet, erst nur einen Spaltbreit. Je weiter sie aufging, desto lauter quietschte es.

Vor ihnen stand Nikas Schwester, mit einem verunsicherten Lächeln. »Ich wollte nur ein wenig nach Tin sehen«, erklärte Lana Škalamera, obwohl niemand gefragt hatte.

Tin Vukelić kam aus dem Schlafzimmer, mit zerzausten Haaren.

Durfte das wahr sein?, schoss es Sandra durch den Kopf. Waren die beiden tatsächlich gerade gemeinsam im Schlafzimmer gewesen? Auch wenn das gesetzlich nicht verboten war, konnte es womöglich richtungsweisend sein. »Sie haben lange gebraucht, um die Tür zu öffnen«, bemerkte Sandra.

Lana schien peinlich berührt. »Wenn Sie es genau wissen möchten, war ich gerade auf Toilette. Tin hat ein Beruhigungsmittel genommen und hat sich hingelegt.«

»Ich bin eingenickt«, erklärte dieser knapp. Er ging ins Wohnzimmer und bot ihnen Plätze an.

Sandras Handy klingelte, und sie blieb im Flur stehen. Mandić berichtete ihr, die richterliche Erlaubnis zur Ortung sei erteilt worden, und Dragović habe bereits herausfinden können, dass Nika Vukelić Handy zum letzten Mal in Šilo geortet worden war, und zwar kurz vor ihrem Tod. Seitdem waren keine Signale mehr empfangen worden. Sandra war enttäuscht, aber nicht besonders überrascht. Wahrscheinlich hatte der Mörder das Telefon zerstört.

»Und noch etwas«, sagte Mandić. Der grantige Unterton war nicht zu überhören. »Wenn wir per Funkzellenortung herausfinden wollen, ob ein Außenstehender am Tatort war, ist das eine verfluchte Kleinstarbeit. Wir müssten zunächst die Auflistung sämtlicher Bewohner von Šilo durchgehen, das sind knapp dreihundert, und dann noch die Touristen überprüfen mit all ihren Auslands-Handyverträgen. Wenn wir diese Personen alle ausgeschlossen haben, dann kommen wir so vielleicht auf eine externe Person. Und das auch nur vielleicht.«

»Ja, das ist mühselig«, gab Sandra zu.

»Allerdings, aufwendig und teuer noch dazu. Wenn es

am Ende doch jemand aus Šilo war, dann wäre das ganze Auseinanderklamüsern völlig umsonst. Ich betrachte das als Wenn-sonst-nichts-mehr-weiterbringt-Option. Selbst wenn es einen Fremden dort gab, würde das als Beweis nicht ausreichen. Derjenige könnte sagen, dass er dort war, aber mit dem Mord nichts zu tun hat.«

»Ich weiß, Chef, aber immerhin wäre es eine Spur zu der Person.«

Schweigen am anderen Ende der Leitung. Schließlich sagte er: »Ja, das ist natürlich richtig. Gut, ich gebe das an Šmit weiter. Der ist als Anfänger sowieso etwas unterfordert. Soll er sich darum kümmern.«

Als Sandra das Gespräch beendet hatte und ins Wohnzimmer trat, lag Tin Vukelić auf der Couch und drückte mit einer Hand eine Kompresse auf seine Stirn.

»Er hat ganz schreckliche Kopfschmerzen«, erklärte Lana. Mit einem mitfühlenden Blick auf ihren Schwager ergänzte sie: »Du solltest etwas essen.«

»Morgen muss ich wieder zur Arbeit«, sagte Tin zusammenhangslos. »Ich muss mich um meine Bar kümmern. Meine Aushilfe ist vollkommen überfordert.«

Lana hob den Kopf und sah Sandra an. »Das ist alles zu viel für ihn. Seine Gedanken schießen kreuz und quer.«

Auf dem Tisch und der Kommode flackerten jeweils zwei Kerzen. Wie es aussah, hatte die Frau für ein wenig Romantik gesorgt. Als sie Sandras Blick bemerkte, erklärte sie: »Wir haben Kerzen für Nika angezündet. Tin wollte das.«

»Hoffentlich wirkt die Schmerztablette schnell, die Sie genommen haben«, meinte Zelenika an Tin gewandt. »Wir hätten nämlich noch ein paar Fragen an Sie.«

»In Ordnung. Was wollen Sie denn noch wissen?« Tin machte Anstalten aufzustehen, schaffte es aber erst beim zweiten Versuch. So wie er sich anstellte, hätte man meinen können, er habe nach einem schweren Unfall gebrochene Knochen und den halben Körper in Gips.

Sandra und ihre Kollegen verteilten sich auf Couch und Stühlen, und Sandra wandte sich an Lana. »Frau Škalamera«, sagte sie freundlich, aber bestimmt, »es wäre uns sehr recht, wenn wir mit Herrn Vukelić alleine sprechen könnten.«

»Oh.« Lana sah zu Tin, von dem sie offenbar eine Reaktion darauf erwartete.

Er blickte schweigend von seiner Schwägerin zu Sandra. In seinem Gesicht lag ein Ausdruck von Unentschlossenheit.

Sandra ließ sich davon nicht stören und sagte mit Nachdruck an Lana gewandt: »Kommen Sie bitte morgen früh zu mir ins Präsidium. Sagen wir, um neun Uhr?«

»Sie wollen mit mir alleine sprechen? Warum?«, fragte Lana mit Unverständnis in der Stimme.

»Es gibt da das eine oder andere, das ich Sie gerne fragen würde. Und zwar, ohne dass Ihr Schwager, Ihre Eltern oder sonst wer dabei ist.«

»Ach so, na gut.« Zerstreut ging sie in den Flur,

nahm ihre Tasche und rief einen Gruß durch die geöffnete Wohnzimmertür.

Als Nikas Schwester gegangen war, fragte Sedlar: »Gibt es einen Grund, weshalb Ihre Schwägerin zu Ihnen gekommen ist?«

Tin saß mittlerweile aufrecht und warf die Kompresse in hohem Bogen auf den Tisch. »Ich weiß nicht. Sie sagte, dass ich bestimmt Trost brauche und ganz verwirrt bin.«

Zelenika stützte sich mit dem Arm auf der Stuhllehne ab. »Braucht sie als Schwester des Opfers nicht ebenfalls Trost? Und warum tröstet sie nicht in diesem Moment die Eltern, sondern Sie?«

Tin atmete hörbar aus. »Ach, keine Ahnung. Ich habe nicht gefragt. Na ja, es ist so, dass … Lana … ist einfach ein gutmütiger Mensch. Sie war ja mal verliebt in mich, und deshalb weiß ich, wie fürsorglich sie ist.« Es klang nicht danach, als würde er sich deshalb geschmeichelt fühlen, aber den Zusammenhang fand Sandra merkwürdig.

»Wann war Ihre Schwägerin in Sie verliebt?«, fragte Zelenika.

Tin fuhr sich durch die Haare. »Na ja, bevor ich Nika traf.«

»Was heißt das? Lana hat Sie Nika vorgestellt, und dann haben Sie Lana für sie stehenlassen?«

»Das klingt, als wäre ich ein abgebrühtes Arschloch.«

Zelenika schüttelte den Kopf. »Nein, ich versuche nur, die Begebenheiten aneinanderzureihen.«

Tin kratzte sich nachdenklich am Kopf, dann begann er zu erzählen. »Ich habe Lana an Silvester auf dem Korzo kennengelernt. Wir waren beide ein bisschen betrunken und haben geknutscht. Aber mehr nicht. Dann haben wir uns ein paarmal verabredet, sind ins Kino und zum Essen. Es lief ganz gut zwischen uns, und ich habe mich bei ihr wohlgefühlt. Nach unserer dritten oder vierten Verabredung habe ich sie abgeholt, und ihre Schwester hat die Tür aufgemacht.«

»Sie haben sich in Nika verliebt?« Milić kritzelte in seinen Notizblock. »War es so etwas wie Liebe auf den ersten Blick?«

»Ja. Genauso war's. Ich war hin und weg, konnte mich gar nicht bewegen. Es war nicht nur, weil sie so toll aussah. Ich spürte einfach: Das ist sie! Das ist die Richtige für mich. Meine Traumfrau. Und als sie mich anlächelte und fragte: ›Sie sind der wunderbare Tin?‹, gab es für mich keinen Weg mehr zurück.«

»Wie ist denn Lana damit klargekommen?«

Tin winkte ab. »Lana ist zäh, die hat das gepackt. Sie war wohl ein bisschen verletzt, aber sie hat sich wieder gefangen.«

Sandra sah ihn an und fragte sich, ob bei beiden noch eine kleine Flamme loderte. Waren sie vorhin wirklich nicht zusammen im Schlafzimmer gewesen? »Hatte Ihre Schwägerin seitdem eine Beziehung?«

Tin schien die Frage zu überraschen. »Nein, hatte sie nicht. Sie sagt, in einem Friseursalon für Damen lernt man keine Männer kennen.«

»Geht sie nicht manchmal aus?«

»Nein, sehr selten.«

Sandra wollte es vorläufig dabei bewenden lassen. »Herr Vukelić, haben Sie die Autoreifen der Kosićs zerstochen, ihre Autogriffe mit Fett eingerieben und Drohanrufe getätigt?«

»Ja, ja – und ja«, antwortete er selbstgefällig und reckte das Kinn.

»Was wäre eigentlich, wenn es umgekehrt wäre? Angenommen, Sie könnten nicht auf Ihr Grundstück, ohne über das Grundstück der Kosićs zu fahren …«

»Dann würde ich bei den Nachbarn klingeln, sie höflich fragen, ob das für sie ein Problem darstellt und meine Dankbarkeit zeigen, wenn sie das erlauben würden – und wenn sie es erlauben würden, dann würde ich ihnen einen Fresskorb kaufen. Wenn sie nicht mit meinem Anliegen einverstanden wären, dann würde ich ein Carport in der Nähe mieten und das Auto dort unterstellen.« Er nickte bekräftigend. »So sehe ich das.«

»Na gut. Ich frage mich nur, ob das die ganzen Streitereien wert ist. Die Kosićs haben schließlich einen Anwalt eingeschaltet.«

»Mir egal. Meine Frau hat sich darüber so oft aufgeregt. Das hat sie zehn Jahre ihres Lebens gekostet.« Als er sich der Absurdität dieser Aussage bewusst wurde, schlug er die Hände über dem Kopf zusammen und murmelte: »Was rede ich denn da?«

Sandra wechselte das Thema. »Sie hatten oder haben Schulden bei Domagoj Buneta?«

Tin wandte ruckartig den Kopf und starrte sie an. »Was? Hat er das gesagt?«

»Nein, hat er nicht.«

»Was sind das für Quellen, die Sie da haben? Das stand schließlich nicht in der Zeitung.«

»Ich kann es Ihnen nicht sagen. Würden Sie bitte auf meine Frage antworten?«

Gereizt schüttelte er den Kopf. »Warum stellen Sie mir denn all diese Fragen? Glauben Sie, ich habe meine Frau getötet? Ich hätte ihr niemals etwas antun können.«

»Das habe ich auch nicht behauptet. Wir haben an jeden aus dem Umfeld Ihrer Frau viele Fragen. Das ist eben so, um die Ermittlungen erfolgreich abschließen zu können. Sie möchten doch auch, dass wir den Mörder Ihrer Frau finden?«

»Ja, das möchte ich«, rief er laut. »Und deshalb verhören Sie *mich*?«

»Wir befragen Sie nur. Beantworten Sie doch einfach die Fragen«, sagte Zelenika eine Spur zu harsch. »Wenn Sie nichts zu verbergen haben, dann gibt es auch kein Problem.«

»Es ging um fünfzehntausend Kuna, die Sie Herrn Buneta schuldeten?«, fragte Sandra.

Tin nickte ergeben.

»Ihre Schwiegereltern haben Ihre Frau großzügig unterstützt, Ihre Frau hat gearbeitet, und Sie verdienen mit Ihrer Strandbar auch dazu. Ich meine, wenn Sie sagen, dass Ihr Mitarbeiter allein überfordert ist, dann läuft der Laden. Ich weiß, dass Sie als Gastronom viel Steuern zahlen und dass Sie Getränke einkaufen und Miete für den Platz bezahlen müssen. Dennoch bleibt unterm Strich wahrscheinlich genug übrig. Also? Wozu brauchten Sie das Geld? Und weshalb wollten Sie nicht Ihre Frau fragen?«

»Es war mir peinlich, sie zu fragen. Außerdem konnte sie manchmal richtig geizig sein. Vor ein paar Jahren ist ihre kinderlose Großtante gestorben und hat Nika eine Eigentumswohnung hinterlassen. Nika hat die Wohnung verkauft und das Geld angelegt. Sie arbeitete ja bei der Bank, da kannte sie sich aus.«

»Hat sie es für etwas Bestimmtes gespart?«

»Keine Ahnung. Aber sie hat gesagt, das Geld gehöre ganz allein ihr, und ich brauche sie gar nicht erst zu fragen.«

»Und es war Ihnen unangenehm, sie zu fragen?«

»Sie hätte es mir auf keinen Fall gegeben, weil ihre Eltern sie gezwungen haben, es anzulegen. Es würde mich nicht wundern, wenn sie Nachweise darüber verlangt hätten. Jedenfalls hätte Nika es mir nicht gegeben, egal, wie man es dreht, zumindest nicht *dafür*.«

»Wofür, Herr Vukelić?«

Er antwortete eine ganze Weile nicht und schien weit weg mit den Gedanken zu sein, dann sagte er schließlich: »Ich zocke manchmal ganz gerne.«

Es verstrichen mehrere Sekunden, bis Milić fragte: »Sind Sie spielsüchtig?«

Bei dem Wort zuckte Tin Vukelić zusammen. »Kann sein. Es hat harmlos angefangen, aber irgendwann wurde es … belastend.«

»Wusste Ihre Frau davon?«

»Ja, obwohl ich es ziemlich lange vor ihr geheim halten konnte. Dann hat sie es irgendwann geahnt, und …

na ja, irgendwann hat sie es gewusst. Ich habe es auch zugegeben. Sie wollte, dass ich eine Therapie mache, aber ich halte nichts von Therapien. Seit sie in Therapie war, hat sie sich verändert. Früher war sie so sanft und lieb, so dankbar, wenn ich etwas Nettes für sie getan habe. Aber dann wurde sie allmählich vernünftig.« Das letzte Wort hatte er abfällig ausgesprochen. »So nannte sie es jedenfalls. Sie wollte…«, er malte mit zwei Fingern Anführungszeichen in die Luft, »…›Verantwortung übernehmen‹. Meine Liebe schien ihr immer mehr auf die Nerven zu gehen.« Er schwieg einen langen Moment, dann fiel ihm noch etwas ein. »Übrigens, die Widmung in dem Buch könnte von ihrem Therapeuten sein. Das ist mir später eingefallen. Wahrscheinlich hat sie den Namen mal erwähnt. Ich kann mir zwar Gesichter gut merken, aber Namen nur ganz schlecht. Sie nannte ihn immer nur *mein Therapeut*. Das Buch kann eigentlich nur von ihm sein.«

»Danke, Herr Vukelić«, sagte Sandra, »aber das haben wir inzwischen herausgefunden. Es ist tatsächlich ihr Therapeut.«

»Aha. Na dann.«

»Hat Ihre Frau Trennungsabsichten geäußert?«

»Nein, nein, das nicht. Sie wusste schließlich, dass niemand sie je so lieben würde wie ich.«

Sandra sah, wie Zelenika eine genervte Grimasse machte.

»Ich weiß, dass Sie mich für einen Schwachkopf halten. Es ist mir egal.«

Sandra lächelte ihn versöhnlich an. »Ich halte Sie

nicht für einen Schwachkopf, Herr Vukelić. Ich frage mich nur, ob Sie vielleicht nicht hin und wieder Ihren Fokus auch auf andere Dinge hätten lenken können. Hatten Sie und Ihre Frau gemeinsame Interessen? Was haben Sie denn so unternommen?«

»Wir haben viel unternommen. Im Sommer sind wir immer irgendwohin ans Meer gefahren, nicht nur auf Krk. Und ansonsten sind wir ins Kino, manchmal auch ins Theater. Nika liebte das Theater. Wir sind zum Shoppen. Nika liebte das Shoppen. Oder wir sind in die Natur zum Wandern. Wir hatten keine gemeinsamen Freunde, weil die nur gestört hätten.«

»Keine gemeinsamen Freunde«, sprach Milić leise vor sich hin und notierte es in seinen Block.

»Nika hatte diese Ena und Astra, und schon das war mir manchmal zu viel. Sie hat manchmal etwas mit einer der beiden unternommen oder kam später von der Arbeit, weil sie noch ins Café gegangen sind. Ich wollte sie aber ganz für mich.«

Sandra würde das nicht kommentieren, auch wenn ihr das schwerfiel. »Was ist mit der Familie? Haben Sie manchmal ihre Eltern besucht, oder kamen sie zu Besuch?«

»Sie kamen selten zu Besuch. Nika hat sie manchmal am Wochenende besucht, da bin ich aber nicht mitgefahren. Darauf hatte ich keine Lust, und ihnen war das mit Sicherheit auch ganz recht so.«

»Und was ist mit Ihrer Familie, Herr Vukelić?«

»Ich habe keine Familie. Meine Schwester und meine Eltern sind bei einem Hausbrand ums Leben gekommen.

Ich war drei Jahre alt und kam dann zu meinen Groß-eltern. Sie sind längst tot.«

Sandra versuchte in seinem Gesicht zu lesen, aber sie konnte keine Spur von Traurigkeit erkennen. Mög-licherweise war es schon zu lange her, und er war zu klein gewesen, als dass es eine klare Erinnerung gab. In diesem Moment empfand sie Mitgefühl für ihn. So früh seine Eltern zu verlieren war schrecklich, später starb sein eigenes Kind durch seine Nachlässigkeit – und nun war auch noch der einzige Mensch tot, der seinem Leben einen Sinn gab.

Falls er nicht selbst der Mörder seiner Frau war.

10

Um halb elf an diesem Abend saß Sandra am Tisch mit ihren Eltern und ihrer Schwester. Sie fand es unangenehm, allein zu essen, während die anderen sie dabei beobachteten. Aber erstens hatte sie großen Hunger und zweitens hätte es ihre Mutter als persönlichen Affront gewertet. Sandra schaufelte die gebackene *Škarpina*[8] und die Rosmarinkartoffeln in sich hinein. Dieser Fisch lebte in tiefen Gewässern, am Meeresgrund, wo nicht die Gefahr bestand, dass man auf ihn treten konnte. Ihre Mutter bereitete den Fisch manchmal bei besonderen Anlässen zu. Die Stacheln waren zwar hochgiftig, aber sie lebten alle noch. Demzufolge wusste ihre Mutter wohl, wie er richtig zubereitet werden musste, ohne dass danach jemand tot in der Küche lag.

»Du lieber Gott«, staunte Nataša, während sie ihrer Schwester beim Essen zusah. »Hast du den ganzen Tag nichts gegessen?«

Sandra schüttelte den Kopf. »Nichts, den ganzen Tag.«

»Wir hätten ihr eine Mammutkeule geben sollen.«

---

8 Roter Drachenkopf

Irma Horvat schüttelte mitleidig den Kopf. »Den ganzen Tag nichts essen, also wirklich! Das ist gar nicht gesund.«

Als Dessert gab es *crno-bijeli kolač*, den schwarz-weißen Kuchen, eine Spezialität ihrer Mutter, und mit Schokocreme und reichlich Sahne war es eine göttliche Kalorienbombe. Sandra nahm sich zwei Stücke. Es lag nicht nur daran, dass sie den ganzen Tag nichts gegessen hatte, sondern auch an der Tatsache, dass ihre Mutter einfach eine großartige Köchin war. Sandra hatte weder Zeit noch Lust zum Kochen, weshalb sich im Eisfach ihres Kühlschranks Fertignahrung stapelte. Nur hin und wieder überwand sie sich zum Kochen. Ihre Mutter konnte das in keiner Weise nachvollziehen und nannte das verantwortungslos seiner Gesundheit gegenüber. Wenn Sandra ohne freien Tag von früh bis spät arbeitete, kam ihre Mutter in ihre Wohnung und brachte Essen in Tupperdosen. Nebenbei putzte sie auch ein bisschen. Sandra brachte es nicht fertig zu sagen, sie solle das nicht tun. Es hätte sie zutiefst verletzt, und das war es im Grunde nicht wert. Die Mutter tat dasselbe auch bei Nataša, und die brachte es ebenfalls nicht fertig, sich dagegen zu wehren.

»Danke übrigens für euer Geschenk.« Ihre Mutter tätschelte zwei Sekunden Sandras Hand, dann schob sie das obligatorische »Das wäre doch nicht nötig gewesen« hinterher.

»Gefällt es euch?«

»Oh ja, sehr«, rief ihre Mutter. Der Vater nickte. Um seine Mundwinkel lag der Ansatz eines Lächelns. »Ich war schon lange nicht mehr im Konzert. Dritte Reihe, das war bestimmt teuer.«

»Hauptsache, ihr verbringt einen schönen Abend.« Für Sandra gab es schönere Vorstellungen von einem gelungenen Abend als ein Cellokonzert. Aber ihre Eltern hatten schon immer einen anderen Geschmack gehabt. Die Rocksongs, die Sandra hörte, hätten ihren Eltern Bauchschmerzen verursacht.

»Es freut mich, dass es dir geschmeckt hat«, sagte ihre Mutter mit einem zufriedenen Lächeln, als Sandra sich nach hinten lehnte und den obersten Knopf ihrer Hose öffnete.

»Vielleicht ist sie schwanger.« Nataša kicherte über ihren eigenen Witz und zwinkerte Sandra zu.

»Ha, ha«, gab Sandra zurück.

»Schön wär's«, murmelte ihre Mutter, aber so laut, dass es auch jeder hörte. »Ich habe ja die Hoffnung aufgegeben, dass ich mal Enkelkinder bekomme.«

»Du meinst, wir sollten Kinder bekommen, damit du zufrieden bist?« Nataša neckte sie nicht oft, aber heute war sie anscheinend in Stimmung.

»Immer noch besser, ein Kind ohne Mann als gar keines.«

»Ach Irma, jetzt hör doch auf.« Pavle Horvat mischte sich so gut wie nie ein. Er wollte meist nur seine Ruhe haben und ging Konflikten, so gut es ging, sein Leben lang aus dem Weg. Weder Sandra noch Nataša hatten mit ihm jemals tiefe Gespräche geführt, meist nur oberflächliche Unterhaltungen. Viele aus der Familie oder dem Bekanntenkreis hielten seine Zurückhaltung für eine Tugend, doch in Sandra hatte das beizeiten Ärger ausgelöst, weil er es sich einfach machte und früher auch die Verpflichtungen in der Kindererziehung gerne auf seine Frau abwälzte. Sie liebte ihren Vater, aber er ging grundsätzlich den Weg des geringsten Widerstands und lebte in seiner eigenen kleinen Welt inmitten der Familie.

»Ich weiß nicht, was wir falsch gemacht haben, Pavle. Sieh dir die beiden doch an. Die dümmsten und hässlichsten Frauen haben einen Mann und Kinder, und unsere beiden werden einsam und verbittert ihr Dasein fristen.«

»Wow.« Sandra blinzelte irritiert und sah ihre Schwester an. »Sie versteht es wirklich, einen aufzubauen.«

Ihre Mutter ignorierte sie einfach und sprach weiter mit ihrem Mann. »Dabei sind sie doch beide klug und hübsch. Gut, Nataša ist ein bisschen hübscher und Sandra ein bisschen klüger, aber beide sind sie eine gute Partie.«

Sandra schüttelte ungläubig den Kopf. »Sie merkt es nicht einmal.«

»Kein bisschen«, pflichtete Nataša ihr bei.

»Was denn? Ihr beide legt aber auch jedes Wort auf die Goldwaage. Ich spreche doch nur von Nuancen. Ihr seid beide klug und hübsch.«

Sandra musste daran denken, was Sedlar mal zu ihr gesagt hatte. Aufgrund seiner Marotte, Leute mit Schauspielern zu vergleichen, hatte er Sandra so beschrieben: »Ganz klar, Jamie Lee Curtis in ihrer besten Zeit, auch wegen der schulterlangen Haare. Mit einem Hauch

Debra Winger. Das war eine der besten und hübschesten Schauspielerinnen der Achtziger.« Ja, so ungefähr hatte er es gesagt.

»Und wie geht es dir so, Tata?«, wechselte Nataša abrupt das Thema. Der Übergang war zwar plump, aber Sandra war es recht. Ihr Vater wollte gerade den Mund aufmachen, als seine Frau für ihn antwortete: »Er geht jetzt in eine Golfschule. Golfschule! Regelmäßig fährt er nach Poreč. Ist ja gar nicht weit«, beendete sie ihren Bericht mit einer gehörigen Portion Ironie.

Sandra beugte sich über den Tisch und sah ihren Vater überrascht an. »Du lernst Golf? Wirklich? Das ist doch schön.«

Ihre Mutter schien anderer Meinung. »Anderthalb Stunden hin und dann noch mal so lange zurück, nur um Golf zu lernen? Ich weiß nicht so recht, mir kommt das irgendwie seltsam vor. Vielleicht hat er eine Affäre.«

Nataša zog die Augenbrauen zusammen und zeigte mit der Hand in Richtung ihres Vaters. »Er sitzt doch hier und kann dich hören!«

»Eine Affäre?« Sandra sah ihre Mutter ungläubig an. »Wie kommst du denn darauf? Das ist doch Unsinn.«

»Warum? Für sein Alter ist er immer noch ein attraktiver Mann. Und Golf? Ich bitte dich! Er hat diese Sportart noch nie vorher erwähnt.«

»Ich weiß nicht, ob es dir auffällt«, warf Nataša ein, »aber er sitzt immer noch hier.«

Dann geschah das kleine Wunder. Pavle Horvat stützte die Arme auf dem Tisch ab, machte den Rücken gerade und sagte zu seiner Frau: »Ich will, dass du sofort mit diesem Blödsinn aufhörst. Ich habe hart für mein Geld gearbeitet und verpulvere meine Rente für Benzin und Golf, wie es mir gefällt. Und morgen gehe ich wieder hin, und wenn du willst, kannst du gerne mitkommen. Das wäre schön. Wenn du nicht willst, dann eben nicht.«

Alle drei starrten ihn an.

»Ich habe doch nur Spaß ...«, begann die Mutter.

»Nein, das hast du nicht!«, fiel Pavle Horvat seiner Frau ins Wort. »Das Thema ist erledigt. Ich bin müde und gehe jetzt ins Bett.« Langsam erhob er sich. Währenddessen sagte Sandras Mutter: »Morgen, sagst du? Ich würde gerne mitkommen.«

»Schön«, meinte er mechanisch, und ein kaum merkliches, winziges Lächeln umspielte seine Lippen. Dann drehte er sich zu seinen Töchtern und sagte in nüchternem Ton: »Ihr seid beide sehr klug und sehr hübsch.« Er ging aus der Küche, und sie sahen ihm verwirrt nach.

Sandra und Nataša gingen zu ihren Autos, die sie in der Nähe geparkt hatten. »Sie findet doch immer etwas, um die Stimmung zu töten.« Nataša blickte im Laufen vor sich auf den Boden.

»Das war jetzt vielleicht ein bisschen hart.« Als ihre Schwester ruckartig den Kopf wandte und sie ansah, ergänzte Sandra hastig: »Das heißt nicht, dass es nicht stimmt, was du sagst.«

»So böse war es gar nicht gemeint.«

»Das weiß ich doch, Nataša.« Einen langen Augenblick gingen sie schweigend nebeneinander her, dann fragte Sandra versöhnlich: »Willst du mal etwas Komisches hören?«

Statt zu antworten, wartete Nataša, was ihre Schwester sagen würde. »Manchmal, wenn ich mich über sie ärgere, muss ich an die Che-Geschichte denken. Dann sehe ich sie vor mir, und ich denke, wie dieses kleine Ereignis ein bisschen Glanz in diese schlimme Phase ihrer Kindheit gebracht hat. Ich meine rückblickend, wenn sie heute daran denkt.«

Nataša nickte, sagte aber nichts. Sandra wusste, wie sensibel ihre Schwester war, deshalb hätte es sie nicht gewundert, wenn ihr jetzt Tränen in die Augen geschossen wären. »Sie hat die Geschichte schon lange nicht mehr erzählt«, stellte Sandra fest.

Ihre Mutter war sechs Jahre alt gewesen, als ihr Vater starb. An einem Augusttag 1959 kam sie mit ihrer Mutter aus dem Krankenhaus, in dem ihr Vater an diesem Morgen gestorben war. Sie gingen über den Korzo und bogen links ab, zur heutigen Straße Adamićeva. Die kleine Irma entdeckte einen Mann mit einer seltsamen Uniform und Mütze, der von mehreren Männern begleitet und fotografiert wurde. Die Kleine blickte zu ihrer Mutter hoch, die traurig geradeaus starrte. »Schau mal, Mama. Der Mann da, wie der angezogen...« – »Hm-hm«, machte diese nur und zog ihre Tochter hinter sich her, ohne den Mann eines Blickes zu würdigen. Erst viele Jahre später erfuhr Sandras Mutter – durch einen Artikel und ein Foto in einer Zeitschrift, das an genau dieser Stelle aufgenommen worden war –, dass es Che Guevara gewesen war, der nur wenige Meter entfernt von ihr gestanden – und der sie angeblich kurz angesehen hatte. Wenn sie später jemand fragte, wann ihr Vater gestorben sei, sagte sie immer: »Am 19. August 1959, an dem Tag, als ich Che Guevara sah.«

Sandra lächelte nachdenklich vor sich hin. »Ich ziehe diese Geschichte heran, wenn ich mich über sie ärgere. Nicht wegen Che, sondern um mich daran zu erinnern, dass sie mit sechs Jahren ihren Vater verloren hat.«

»Schon klar, Sandra. Ich hab's verstanden.«

Früher war es meist Nataša gewesen, die Nachsicht mit den Eltern hatte, aber in letzter Zeit hatten sich die Dinge verschoben. Plötzlich fand Sandra sich als Eltern-versteherin wieder, von Eltern, die man nur als schwierig bezeichnen konnte.

»Und?«, fragte Nataša lächelnd. »Immer noch kühle Distanz zwischen deinem süßen Kollegen und dir?«

»Natürlich.« Sandra hatte ihrer Schwester gegenüber mal erwähnt, dass ihr Danijel Sedlar gefiel. Ihre Schwester und sie sahen sich nicht allzu oft, weshalb Nataša nicht auf dem Laufenden war.

»Ist wohl auch besser so«, bemerkte Nataša. »Du weißt schon, was ich meine. Verheiratet und so.«

»Genau genommen hat er die Scheidung eingereicht und ist ausgezogen.«

Nataša blieb stehen, und sie sahen sich an. »Ich weiß, ich müsste jetzt etwas sagen, aber ich weiß nicht, was«, meinte sie dann.

Sandra gestikulierte. »Du musst doch nichts sagen. Nur, wenn du es willst.«

»Okay. Dann sage ich jetzt, was ich denke. Jetzt steht doch eurer Liebe nichts mehr im Weg.«

»Oh, du bist ja ziemlich poetisch heute. Liebe ist ein gewaltiges Wort. Es ist ja erst mal nur ... wie soll ich sagen? Anziehung und Sympathie.«

»Denkst du oft an ihn?«

»Ja, schon.«

»Stellst du dir vor ... Na, du weißt schon.«

»Wie wir uns auf einer Blumenwiese entgegenlaufen?«

»Nein.«

»Zusammen eine Salzstange knabbern, bis sich unsere Lippen berühren?«

»Du weißt verdammt genau, was ich meine.«

»Ja, klar«, seufzte Sandra. »Ich bin eine erwachsene Frau, hatte verdammt lange keinen Freund mehr, und Danijel Sedlar ist perfekt. Was soll ich sagen?«

»Dann ist es Liebe.«

»Übertreib doch nicht so. Genau genommen, kenne ich ihn ja noch gar nicht richtig, nur von der Arbeit.«

»Wieso? Da lernst du den Menschen doch am besten kennen. In der Arbeit und im Urlaub.«

»Na, da hast du auch wieder recht.«

»Also?«

»Also was?« Sandra schüttelte den Kopf. »Ich will mich nicht in etwas hineinstürzen. Meine größte Angst ist, dass es nicht funktionieren könnte und ich dann jeden Tag mit ihm zusammenarbeiten muss.«

Nataša winkte genervt ab. »Wenn du schon darüber grübelst, dass es nicht funktioniert, dann wird es auch nicht funktionieren.«

»Ach du mit deiner Esoterik.«

»Das hat doch nichts mit Esoterik zu tun, sondern mit Herz. Hat er Kinder?«

»Nein, sie konnten keine Kinder bekommen.«

»Und wer von beiden ist unfruchtbar?«

»Was? Keine Ahnung.«

»Würde es dir etwas ausmachen, wenn *er* es wäre?«

»Nein… doch schon, aber nicht so sehr, dass ich einem Mann deshalb den Laufpass geben würde.«

»Siehst du, das ist Liebe.«

»Du spinnst doch.«

»Wirklich? Ich bin nicht diejenige, die tagtäglich ihren Traummann neben sich hat und sich Szenarien ausmalt, was wäre, wenn es nicht funktioniert. Bei mir im *Vital-Center* arbeitet nur ein einziger Mann, ein Yogalehrer, und der hat ein Kuscheltier als Glücksbringer und ein Medaillon mit einem Foto von sich, als er klein war.«

»Also, wenn er fruchtbar ist, würd' ich den an deiner Stelle nehmen.«

»Ja, sehr witzig. Hör mal, Sandra.« Nataša kam einen Schritt auf ihre Schwester zu und legte ihr die Hände auf die Schultern. »Selbst wenn es nicht funktioniert. Was wäre denn daran so katastrophal? Die ersten paar Wochen wäre das blöd, sicher, aber dann stünde das irgendwann nicht mehr zwischen euch.« Sie tippte mit dem Zeigefinger auf Sandras Stirn. »Hier sitzt das Problem, nur hier.«

11

Sandra stand um sechs Uhr auf, duschte und trank ihren großen Becher Kaffee, während sie nachdenklich an die Wand starrte. Um halb acht wollten sich Sandra, Sedlar, Zelenika und Milić im *Cukarikafe* treffen – *Zucker und Kaffee* im hiesigen Dialekt, nur zusammengeschrieben. Es war ein beschauliches und cooles Café in der Innenstadt.

Die Bank, in der Nika Vukelić gearbeitet hatte, öffnete um acht Uhr, und sie wollten dann gleich mit ihrer Vorgesetzten sprechen. Als sich Sandra gerade die Schuhe anzog, um aus der Wohnung zu gehen, klingelte ihr Handy. Das Display zeigte Mirta Car, die Journalistin und Milićs zukünftige Frau – sofern sie seinen Heiratsantrag annehmen würde. Sandra hatte sie gespeichert, als sie letztes Jahr im Mordfall an einem Wunderheiler ermittelt hatten. Mirta war ehrgeizig und wenn jemand Prominentes in irgendetwas Heikles verwickelt war, dann war Mirta die Erste, die darüber schreiben wollte.

»Guten Morgen, Mirta.«

»Guten Morgen, Sandra. Tut mir leid, wenn ich so früh anrufe. Ich möchte Sie auch gar nicht lange aufhalten.«

»Ja, ich wollte gerade los. Sie rufen sicher wegen des aktuellen Falls an, oder? Ich weiß allerdings auch nicht mehr als Milić, und ihn fragen Sie doch bestimmt nach Strich und Faden aus.«

Mirta erkannte, dass es als Scherz gemeint war. »Natürlich. Was glauben Sie denn? Nein, im Ernst. Ich bin gerade an etwas anderem dran. Darum geht es nicht, Sandra.«

»Kommen wir zur Sache, Mirta. Warum rufen Sie mich zu so früher Stunde an?«

»Ja, also, es ist nämlich so, dass … Die Beziehung zwischen Jakov und mir beginnt …«

»Sich zu festigen?«, fragte Sandra lächelnd.

»Nein. Mich zu nerven.«

»Wie bitte?«

»Ich habe irgendwie das Gefühl, dass er mich bald fragen will, ob wir zusammenziehen oder noch schlimmer: ob wir heiraten. Mir schnürt es bei dem Gedanken die Kehle zu. Außerdem ist er ein Muttersöhnchen. Ich kann das *Meine Mutter hat gesagt* und *Meine Mutter findet* nicht mehr hören.«

»Oje«, stöhnte Sandra. Armer Milić, er tat ihr irgendwie leid. Aber was wollte Mirta von ihr? Sah sie in Sandra etwa eine Freundin, eine Schulter zum Ausweinen? Hoffentlich nicht, denn das wollte und konnte Sandra in ihrer Position nicht sein. »Das ist schade zu hören, Mirta.« Das wird ihm das Herz brechen, überlegte Sandra, sprach es aber nicht aus. »Ich weiß nur nicht, weshalb Sie es zuerst mir und nicht ihm erzählen. Ehrlich gesagt, finde ich das gar nicht gut. Außerdem sind das die Privatangelegenheiten meiner Kollegen, und das geht mich nichts an.«

»Ja, sicher. Tut mir leid. Aber ich dachte, vielleicht können *Sie* es ihm sagen.«

Hatte sie gerade richtig gehört? Nein, sie musste sich verhört haben. Mirta konnte das unmöglich ernst meinen. »Was soll ich ihm sagen?«

»Wissen Sie, ich bin nicht so beziehungserfahren, und ich weiß gar nicht, wie man Schluss macht, habe das nur einmal gemacht, per SMS, und das kam schlecht an.«

»Was Sie nicht sagen. Verstehe gar nicht, warum.«

»Sie kennen ihn doch gut, und ich glaube, dass er immerhin die Fassung bewahrt, wenn *Sie* es ihm sagen.«

»Mirta?«

»Ja?«

»Sind Sie verrückt?«

»Nein, ich denke nur praktisch.«

»Sie können das unmöglich ernst meinen. Das ist doch ein Scherz, oder? Sie sind eine der selbstbewusstesten Frauen, die ich kenne. Aber Sie trauen sich nicht, mit Ihrem Freund Schluss zu machen, sondern rufen seine Vorgesetzte an?«

»Ich dachte ja nur ...«

»Mirta Car, ich kann jetzt leider nicht vortäuschen, dass ich in einen Tunnel fahre und die Verbindung abbricht, weil ich eben schon gesagt habe, dass ich zu Hause bin. Aber ich beende jetzt das Gespräch und tue einfach so, als hätte es niemals stattgefunden.« Sandra drückte auf den roten Knopf und schüttelte ungläubig den Kopf. »Feiges Luder«, schimpfte sie vor sich hin. Dann steckte sie das Handy ein und fragte sich, wie Milić das aufnehmen würde. Die Frauen verließen ihn immer wieder aus demselben Grund. Er hing zu sehr an seiner Mutter, hatte es nie geschafft, sich von ihr zu lösen. Er war selbst schuld, suchte immer wieder nach Rechtfertigungen und Begründungen. Sollte Milić sein Leben managen, wie er es für richtig hielt.

Als sie die Haustür hinter sich abschloss, kam Jelena die Treppen hoch. Sie wohnte im selben Stockwerk wie Sandra, was praktisch war, wenn sie einander auf einen Kaffee besuchten. Jelena trug eine Jogginghose und ein schlichtes T-Shirt. Mit dem Schlüsselbund in der Hand sah sie zu Sandra. »Guten Morgen, Mörder-jägerin.«

»Wo kommst du denn her?«

»Ich habe den Müll weggebracht.«

»Um diese Zeit?«, fragte Sandra verblüfft. »Seit wann bist du denn eine Frühaufsteherin?« Jelena arbei-tete als Kellnerin bis Mitternacht im Restaurant *Mornar* und ging nie vor zwei ins Bett.

»Ich kann nicht schlafen.«

»Wegen des Jobangebots?«

Ihre Freundin hob in hilfloser Geste die Hände. »Das Ganze ist schwierig, wirklich. Wie ich es drehe und wende, ich komme einfach nicht weiter. Hier vermisse ich München, und wenn ich in München bin, vermisse ich Rijeka. Es ist, wie wenn du zwei Kinder hast und dich für eines entscheiden müsstest.«

»Jetzt übertreib doch nicht so. Wir haben zwar keine

Kinder, aber ich glaube nicht, dass man es damit vergleichen kann.«

»Jedenfalls läuft es darauf hinaus, dass ich in dieser Hinsicht nie meinen Frieden finden werde.«

»Ich möchte nicht unsensibel erscheinen, aber ich glaube, es gibt schlimmere Schicksalsschläge.«

Jelena winkte ab und schien leicht verärgert. »Du verstehst das nicht.«

»Tut mir leid, aber ich bin etwas unter Zeitdruck.«

Jelena zwang sich zu einem Lächeln und machte mit dem Arm eine ausholende Bewegung. »Na geh schon.«

Sandra ging auf sie zu und nahm sie in den Arm. »Es tut mir leid. Ich kann mich da einfach nicht reinfühlen.«

»Ist doch nicht so schlimm«, meinte Jelena. »Aber manchmal bist du wie ein Mann, so kopfgesteuert.«

»Hmm, klingt nicht nach einem Kompliment.«

»Tja, Pech gehabt, wenn du jetzt scharf auf ein Kompliment warst.« Sie lachte leise auf. »Nein, im Ernst. Es ist schon so eine Art Lebensthema bei mir, aber ich weiß natürlich, dass es Schlimmeres gibt. Wegen des Jobangebots... na ja, was soll ich sagen, Sandra. Ich bin vierundvierzig. Das hier ist eine zufällige und einmalige Chance. Jetzt oder nie. Entweder ich entscheide mich zu gehen und kündige die Wohnung hier – dann stehe ich wieder vor dem Nichts, falls ich aus irgendeinem Grund zurückkommen will. Oder ich lehne ab, bleibe hier und kellnere bis an mein Lebensende.« Sie seufzte laut, dann rief sie: »Los, hau ab, sonst kommst du zu spät.«

»Wir reden darüber, sobald ich Zeit habe, *Rožica*[9].«

»Wann kommst du heute nach Hause?«

»Wahrscheinlich spät. Seit gestern arbeiten wir wieder an einem Mordfall.«

Jelena machte eine Grimasse des Bedauerns. »Ich muss denen in den nächsten Tagen Bescheid geben. Mach dir keinen Kopf. Die Entscheidung muss ich sowieso ganz alleine treffen.«

Sie kam zwei Minuten zu spät. Schon von Weitem sah sie ihre drei Kollegen im Außenbereich des *Cukarikafe* sitzen. Der Besitzer des Cafés schien eine Schwäche für die Farbe Weiß zu haben. Die Möbel auf der Terrasse waren genauso in dieser Farbe wie im Innenbereich. Die nostalgischen Details und die Spitzendecken wirkten dabei gar nicht bieder, sondern verströmten auf freundliche Art eine Atmosphäre aus früheren Zeiten. Zelenika rauchte, und Milić wedelte genervt den Rauch von sich weg. Manche Dinge änderten sich nie. Sedlar lächelte gerade über etwas, das Zelenika sagte, und Sandras Herz klopfte ein klein wenig schneller bei seinem Anblick. Wenn im MUP die Sprache auf attraktive Männer kam, dann fiel immer Dragovićs Name. Kürzlich wurde jemand gebraucht, um inkognito eine Verdächtige auszufragen. Mandić war der Meinung, man müsse natürlich Dragović schicken. Als Zelenika fragte, warum, antwortete er: »Haben Sie sich den Mann ein-

---

9 Blume im Dialekt sowie Kosewort für Mädchen und Frauen

mal angesehen? Wenn ich eine Frau wäre, würde ich mich nackt an sein Bett ketten.«

Als sie Mandićs Büro verlassen hatten, sagte Zelenika: »Unser Chef hat ja interessante Fantasien.«

»Ja«, antwortete Milić, »und ich wusste gar nicht, dass er heiß auf Dragović ist.«

Zelenika hatte sich vor Lachen vornübergebeugt und seinem Kollegen den Arm auf die Schultern gelegt. Milić hatte den ganzen Tag ein Lächeln im Gesicht. Es brauchte wenig, damit Zelenika ihn glücklich machen konnte. Warum er immer nach dessen Anerkennung lechzte, hatte Sandra nie herausfinden können. Aber sie wusste auch, dass Zelenika Milić gernhatte, obwohl er oft ruppig mit ihm umsprang.

Als sie sich jetzt zu ihren Kollegen setzte, fiel ihr Blick zuerst auf Milić. Der Arme. Ob Mirta ihn schon angerufen hatte, um es »hinter sich zu bringen«? Er machte einen geknickten Eindruck, das fiel ihr sofort auf, weil sie ihn lange genug kannte. Er schob ihr die Zeitung hin, und sie las einen kurzen Bericht über Nika Vukelićs Tod. Es waren nur ein paar Sätze, die Hälfte davon über Šilo, zudem stand dort, dass das Opfer in der Gemeinde beliebt gewesen sei. Das war offenbar ein bewährter Artikelfüller. Meistens wurde das Opfer als lebenslustig und beliebt beschrieben, obwohl die Journalisten das unmöglich wissen konnten.

»Was mich ehrlich gesagt wundert«, sagte Sandra und sah Milić forschend an. »Sollte man nicht meinen, dass Mirta sich schon auf Sie gestürzt hat, um mehr zu erfahren?«

Er schüttelte leicht den Kopf. »Nika Vukelić war weder berühmt noch in einer wichtigen Funktion tätig. Außerdem habe ich Mirta schon ein paar Tage nicht gesprochen«, fügte er trocken hinzu.

Zelenika und Sedlar sahen ihn verwirrt an. Sandra meinte zu wissen, was gerade in ihnen vorging. Hatte Milić doch noch gestern von Heiratsabsichten gesprochen.

Sandra bestellte einen doppelten Espresso. Der Wind wirbelte ihre Haare herum, und sie strich sie sich aus dem Gesicht. Die angekündigte Bura fing an, sich zu regen.

Am Nebentisch erzählte eine ältere Frau ihrer Freundin, dass sie jetzt bei Lebensmitteln und Drogerieartikeln nur noch kroatische Produkte kaufte, aus Trotz. Seit Untersuchungen bestätigt hätten, dass ein Großteil der Produkte aus dem Ausland erhebliche Qualitätsunterschiede aufwiesen, ließe sie sich nicht länger über den Tisch ziehen. Sandra hatte mehrmals darüber gelesen und das Thema im Fernsehen verfolgt. Die ausländischen Discounter und Drogerieketten hatten sich breitgemacht, die kleinen Läden in den Ruin getrieben und die Bevölkerung zunächst sehr glücklich gemacht. Endlich hatten sie Zugang zu den Produkten, die in den wohlhabenden Ländern angeboten wurde. Doch mittlerweile stellte sich zunehmend Unmut ein, weil die Produkte aus dem Ausland trotz gleicher Verpackung von minderer Qualität waren, und oftmals auch teurer als im Ursprungsland, wie etwa Deutschland. Was die Leute wütend machte, war das Argument, dass die

Hersteller ihre Produkte doch nur dem Geschmack der Bevölkerung anpassen würden. Als ob die Hersteller im Ausland den Geschmack hier kennen würden – und als ob irgendjemand schlechtere Qualität bevorzugen würde. Was für eine Arroganz ... »Wir sind doch selbst schuld«, hörte sie die andere Frau sagen. »Wir sollten diese Läden boykottieren und erst wieder betreten, wenn sie dieselbe Qualität und die Preise für uns anbieten, wie sie es zu Hause tun.«

Zelenika sah zum Himmel. »Hoffentlich wird die Bura nicht allzu heftig.« Dann blickte er zu Sandra. »Was geht dir gerade im Kopf herum?«

»Ich habe mir überlegt, dass ich Lana Škalamera nachher bitten werde, nach unserem Gespräch nicht direkt wieder nach Hause zu gehen. Ich möchte, dass wir uns alleine mit ihren Eltern unterhalten können.«

»Ja, finde ich gut«, sagte Zelenika.

Sedlar nickte zustimmend, nur Milić sah abwesend durch sie hindurch.

Der Kellner stellte die Kaffeetasse vor Sandra. Gedankenverloren nickte sie ihm zu und sagte zu ihren Kollegen: »Mir geht das Handy nicht aus dem Kopf. Warum nimmt der Mörder das Handy mit? Doch nur, weil es Aufschluss über ihn oder sie geben würde, oder? Da gibt es Nachrichten, die an ihn oder von ihm sind.«

»Oder ihr«, ergänzte Zelenika.

»Die Nachbarn, die ihr ohne uns überprüft habt, sind definitiv vorerst uninteressant?«

»Ja«, antwortete Zelenika. »Ein paar Häuser stehen leer, weil die Besitzer nur über die Sommermonate kommen und jetzt im Mai die Saison erst anfängt. Dann gibt es noch einen Rollstuhlfahrer und seine thrombosegebeutelte Frau. Außerdem eine junge Familie, die kürzlich ein Haus in der Nachbarschaft gekauft hat und dort hingezogen ist – und die Nika Vukelić überhaupt nicht kennt. Nun, so in der Art geht es weiter. Zwei Häuser sind bewohnt, und man vermietet dort an Touristen. So früh, dass sie etwas hätten hören können, steht aber keiner der Bewohner auf, und die Touristen hätten ja kaum ein Motiv. Bei den Hausbesitzern handelt es sich zudem noch um eine zierliche Frau und ihre Mutter und um ein Ehepaar, das erst kürzlich aus Deutschland wieder zurückgekehrt ist und Nika Vukelić kaum kennt.«

»Gibt es jemanden, den Sie bis jetzt besonders in Verdacht haben?«, wollte Sedlar von Sandra wissen. »Außer dem Ehemann natürlich.«

Sandra zuckte die Schultern. »Bei dem Ehemann drehen sich meine Gedanken im Kreis. Er hätte tausend Möglichkeiten gehabt, seine Frau zu töten, ohne zu riskieren, dass er in der Nähe des Tatorts gesehen wird. Aber andererseits, wenn er es geschickt angestellt hat, kann er es so ausgeführt haben, dass wir genau das denken – dass er wohl kaum seiner Frau zur Bucht gefolgt sein wird, um sie dort zu töten. Und vielleicht ist auch die Ausführung nur inszeniert.«

Zelenika blies den Zigarettenrauch aus. »Der Gedanke kam mir auch schon. Vielleicht war der Mord genau so geplant, damit wir denken: Das war ein dämlicher Hitzkopf, dem die Sicherung durchgebrannt ist.«

»Könnte es nicht sein, dass sich der Mörder in der Höhle versteckt und sich dann auf sie gestürzt hat?« Endlich klinkte auch Milić sich ein.

»Möglich.« Sandra nippte an ihrer Tasse. »Vielleicht hat er auch in der Bucht auf sie gewartet. Aber dann wäre sie eventuell gar nicht dort runtergegangen. Welche Frau will schon frühmorgens, wenn die meisten noch schlafen, an einem so verlassenen Ort mit einem fremden Mann alleine sein?«

»Oder er kam, während sie im Meer schwamm«, warf Sedlar ein. »Dann hätte sie höchstens die Chance gehabt, zum Festland nach Crikvenica zu schwimmen, um dem Mann aus dem Weg zu gehen. Aber wie weit ist das? Zwei, drei Kilometer?«

Sandra lehnte sich im Stuhl zurück. »Ich glaube nicht, dass der Mord geplant war. Es wäre schwachsinnig, durch eine Ortschaft zu gehen – und wieder zurück –, um einen Mord zu begehen. Vielleicht haben wir es mit einem Mann zu tun, der etwas von ihr wollte.«

»Oder es ist jemand«, dachte Sedlar laut nach, »der sie aus irgendeinem Grund ausschalten wollte. Die Kosićs vielleicht, weil dieser Streit eskalierte? Lana, weil sie neidisch und eifersüchtig auf ihre Schwester war?«

»Warum sprechen wir eigentlich nicht mehr über Branimir Toić und Domagoj Buneta? Haben wir nicht in Erwägung gezogen, dass Toić Buneta gesehen hat, als er sich vom Tatort entfernte, er ihm jedoch gefällig war, weil Buneta ihm das Leben gerettet hat?« Sandra sah ihren Kollegen direkt an. »Was meinen Sie, Milić?«

»Ich?«

»Ja. Sie.«

»Ich weiß nicht recht. Mir fehlt bei den beiden das Motiv. Außer eben, Buneta war hinter ihr her, und sie hat ihn zurückgewiesen.«

Zelenika brummte in sich hinein. »Aber das ist doch nicht abwegig. Etwas plump vielleicht, sich der Nachbarin zu nähern, während sie zum Schwimmen geht, aber durchaus denkbar. Ich finde, wir sollten Buneta noch mal besuchen.«

Sandra stimmte ihm zu. »Unbedingt.«

Plötzlich fegte ein böiger Windstoß die Asche aus Zelenikas Aschenbecher. »Hat jemand den Wetterbericht näher verfolgt?«, fragte er mürrisch.

»Irgendwas habe ich von *Bura* gehört«, sagte Sandra, »aber ich habe nicht wirklich zugehört.«

Zelenika machte eine genervte Grimasse, dann wandte er das Gesicht zu Milić. »Ist was mit dir? Du wirkst so niedergeschlagen.«

Milić setzte sich aufrecht hin, als sei er von einem Lehrer gerügt worden. »Alles in Ordnung.«

»Das glaube ich dir nicht.«

»Doch.«

»Nun sag schon«, knurrte Zelenika.

»Es geht um Mirta«, kam es mit einem Seufzer aus Milićs Mund.

Sandra sah ihn mitleidig an.

»Was ist denn los?«, fragte Zelenika.

Mit ungeheurer Erleichterung sprudelte es aus Milić heraus: »Ich muss mich ihrer entledigen.«

»Bitte was?« Zelenika sah ihn mit offenem Mund an.

»Ich hab euch doch gesagt, dass wir jetzt schon eine Weile zusammen sind und ich sie heiraten will. Aber als ich das euch und Šprem gegenüber ausgesprochen habe, kamen danach die Zweifel. Ich habe die ganze Nacht nicht geschlafen.« Er schüttelte über sich selbst den Kopf. »Ich weiß, das klingt bescheuert, aber so ist es eben.« Nachdrücklich fügte er hinzu: »Sie ist einfach nicht die Richtige.«

»Und warum nicht?« Zelenika klang ungewohnt behutsam.

»Ich weiß auch nicht. Sie erzieht an mir herum und fängt jetzt schon an herumzumäkeln, an meiner Kleidung, an meiner Frisur, an meiner guten Beziehung zu meiner Mutter.«

Zelenika zuckte kurz mit dem Mundwinkel, dann sagte er: »Hör mal, Kumpel, an dem letzten Punkt könnte was dran sein.«

»Ich habe den endgültigen Entschluss gefasst auszuziehen. Natürlich werden wir beide weiterhin den besten Kontakt halten.«

»Du und Mirta?«, fragte Zelenika.

»Nein, ich und meine Mutter.«

»Natürlich. *Mein* Fehler.«

»Jetzt suche ich eine Wohnung.« Milić sah Sedlar an. »Hey, eine kleine Wohngemeinschaft wäre doch nett. Ich könnte bei dir einziehen.«

Sedlar sah erschrocken aus. »Was ... Es sind fünfzig Quadratmeter, und nur ein Schlafzimmer.«

»Ihr könnt doch im Stockbett schlafen«, schlug Zelenika vor, und tat so, als meine er das ernst.

»Ich bin super sauber und ordentlich«, beschrieb Milić sich selbst.

»Das wäre ein weiteres Problem«, sagte Sedlar. »Ich bin es nämlich nicht, und pedantische Leute machen mich wahnsinnig. Ich bin gerade von meiner Frau weg und brauche das nicht wieder.«

»Hmm, na ja, ich werde schon etwas finden. Mein aktuelles Problem ist, wie ich es Mirta beibringen soll.«

»Sie wird's überleben«, sagte Sandra.

Zelenika musterte sie von der Seite. »Du bist ja ganz schön abgeklärt. Woher willst du wissen, dass sie sich nicht von der Brücke stürzt?«

Sandra verdrehte die Augen. »Das wird sie sicher nicht tun.«

Milić stützte den Kopf mit einem Arm ab und dachte darüber nach. »So schätze ich Mirta nicht ein. Aber sie liebt mich, ja. Ich muss dabei sehr behutsam vorgehen.«

Sandra wollte lieber nichts mehr dazu sagen. Es war doch immer wieder erstaunlich, wie aufgebläht das Ego der Menschen war. Manchmal sahen sie den Wald vor lauter Bäumen nicht. Wenn Milić und Mirta einander ehrlich gesagt hätten, was sie am anderen stört, dann hätte ihre Beziehung vielleicht sogar eine Chance gehabt.

12

Sanja Fućak war eine elegante Frau mittleren Alters. Sandra schätzte sie auf Anfang bis Mitte fünfzig. Sie war groß und schlank, mit einem brünetten Pagenschnitt und dezentem Make-up. Zu der schwarzen Hose aus feinem Stoff trug sie ein Stretch-Shirt in derselben Farbe, darüber einen dünnen, silberfarbenen Cardigan ohne Ärmel. Alles war akkurat aufeinander abgestimmt.

Ihr Büro bot einen direkten Ausblick auf den Stadtturm und den Korzo, die Fußgängerzone. Dahinter erstreckte sich der Hafen, wo einige Schiffe und große Boote zu sehen waren.

»Nett haben Sie's hier«, bemerkte Zelenika.

»Ja, danke.« Nika Vukelićs Chefin machte nicht den Eindruck, als freue sie sich über das Kompliment. Ohne Zelenika anzublicken, schob sie einen Aktenordner zur Seite und legte einige Papiere darauf, die sie von der anderen Seite des Schreibtisches nahm. »Ich habe leider nicht viel Zeit, deshalb wäre es mir recht, wenn wir die Floskeln überspringen.« Ohne mit der Wimper zu zucken und ohne ein Lächeln, blickte sie in die Runde.

»Sicher«, meinte Zelenika lässig. »Wie ich Ihnen bereits am Telefon sagte, untersuchen wir den Mordfall an Nika Vukelić.«

»Sind Sie denn sicher, dass es Mord war?«

Zelenika tat so, als sei er verwirrt. »Sie könnte natürlich auch Suizid begangen haben, indem sie mehrfach ihren Kopf gegen den Felsen schlug. Eine beliebte Methode bei Selbstmord.«

Sanja Fućak sah Zelenika forschend an, als wolle sie prüfen, ob seine Worte ernst gemeint waren. Sandra wusste, dass Menschen das manchmal taten, wenn sie kein Gespür für Ironie hatten. Allerdings fand Sandra Zelenikas überempfindliche Reaktion gerade ziemlich unnötig, schließlich konnte die Frau nichts über die näheren Umstände ihrer toten Angestellten wissen.

»Und was möchten Sie von mir wissen?«, fragte Sanja Fućak.

»Warum denken Sie bei Frau Vukelić an Suizid?« Sandra schlug einen freundlichen Ton an.

»Sie lebte in ihrer eigenen Welt, weit weg und immer mit sich beschäftigt. Sicher, das sagt noch gar nichts. Mir kam das nur in den Sinn.«

»Wie würden Sie Frau Vukelić beschreiben?«

»Ich konnte sie nie einschätzen und habe sie nicht wirklich kennengelernt. Außerdem sind wir nicht besonders gut miteinander ausgekommen. Wir gingen uns aus dem Weg, wann immer dies möglich war.«

»Können Sie das präzisieren?«, fragte Sedlar.

»Ich gebe zu, dass ich manchmal etwas streng sein kann, aber ich habe die Dinge gerne gewissenhaft erledigt. Die Angestellten kommen damit weitgehend klar. Sicher, niemand mag Kritik, aber Nika Vukelić konnte mit Kritik überhaupt nicht umgehen. Überhaupt

nicht«, wiederholte sie nachdrücklich, um dann fortzufahren: »Sie war furchtbar empfindlich und nahm alles
persönlich. Ich fand das anstrengend, und irgendwann
ging es mir auch auf die Nerven, das gebe ich zu. Wenn
es nach mir gegangen wäre, wäre sie längst hier raus-
geflogen.«

»Wegen ihrer Überempfindlichkeit? Oder machte sie
viele Fehler?«, wollte Sandra wissen.

»Nein, nein. Sie machte keine gravierenden Fehler.
Aber sie war faul, ging als Erste in die Pause und kam
als Letzte zurück. Sie schrieb während der Arbeitszeit
Nachrichten auf ihrem Handy, und ich musste sie er-
mahnen wie eine Teenagerin. Mir war das wirklich unangenehm, dass eine Erwachsene sich selbst in so eine
Situation brachte und mich herausforderte.«

»Was heißt das eigentlich, *wenn es nach Ihnen gegangen wäre*? Warum konnten Sie ihr nicht kündigen?«

Sanja Fućak atmete hörbar ein und spielte mit dem
Kugelschreiber in ihrer Hand. »Unsere Väter haben zu-
sammen studiert und waren in ihrer Jugend gute Freunde. Ich tat meinem Vater mit ihrer Einstellung einen
Gefallen, der auf diese Weise seinem alten Freund einen
Gefallen tat. Meiner Einschätzung nach war Nika Vukelić eine verzogene Göre, die alles bekam. Allerdings nur
unter der Bedingung, dass sie arbeitete. Ein In-den-Tag-
Hineinleben hätten ihre Eltern nicht geduldet. Wenn
Sie mich fragen, haben ihre Eltern gehofft, dass sie
begreift, was es bedeutet, für sein Geld zu arbeiten.
Aber so funktionierte es bei ihr nicht, weil sie sowieso alles bekam. Die Eltern waren vieles gleichzeitig,

streng und nachgiebig, kalt und weinerlich, fordernd und schwach.«

»Wissen Sie das alles von Ihrem Vater?«, fragte Milić.

»Ja. So direkt hat er es mir nicht gesagt, aber ich habe mir selbst einen Reim auf alles gemacht.«

»Hatte Frau Vukelić hier eine Kollegin oder einen Kollegen, mit dem sie sich gut verstand?«

»Ja, mit Ena Pilić. Sie arbeitete am Schalter. Nur mit ihr hat Nika sich gut verstanden. Sie gingen nach der Arbeit manchmal noch etwas trinken. Ena bewunderte Nika geradezu und empfand es als Ehre, dass Nika sich mit ihr abgab. Ena war ein bisschen naiv, ja, und ziemlich unattraktiv. Sie begriff gar nicht, dass Nika sie ausnutzte.«

»Inwiefern?«, hakte Milić nach.

Sanja Fućak schien über eine Antwort nachdenken zu müssen. »Das kann ich gar nicht richtig erklären. Irgendwie...« Sie hob die Hände und gestikulierte, »...emotional. Ena war ihr seelischer Mülleimer, um es mal so zu formulieren. Außerdem fuhr sie Nika oft nach Hause und spielte ihre Dienerin, wenn Nika nur mit dem Finger schnippte.«

»Wir würden gerne mit dieser Ena sprechen. Ist sie heute hier?«

Sanja Fućaks Gesicht nahm für eine Sekunde einen Ausdruck von Betroffenheit an. »Ena ist tot. Sie starb letztes Jahr im November. Sie hat... Selbstmord begangen. Ena hat sich in ihrer Wohnung erhängt.«

Niemand sagte etwas. Die Beamten warteten darauf, dass Sanja Fućak weitersprach.

»Es war für uns alle ein Schock. Wir haben uns gefragt, wie es möglich sein konnte, dass wir nichts bemerkt haben. Gab es Anzeichen, die wir ignoriert haben? Also, bei allem Mitleid habe ich es trotzdem nicht verstanden. Warum tun Menschen so etwas? Warum gehen sie nicht zu einem Arzt?« Sie schüttelte verständnislos den Kopf. »Nika war auch traurig, aber wegen sich selbst. Sie betrauerte sich und nicht Ena. Ich hörte einmal, wie sie sagte, dass ihr langweilig war ohne Ena. Für sie war die Kollegin ein Lückenfüller in der Arbeit. Eine Arbeit, die ihr keinen Spaß machte und die sie nur erledigte, um ihren Standard zu halten und bei den Eltern nicht anzuecken.«

»Frau Vukelićs Mann hat gesagt, dass sie mit *zwei* Kolleginnen befreundet war, Ena und Astra.«

»Astra? Wir haben hier keine Astra.«

»Früher vielleicht?«

»Ich arbeite seit achtzehn Jahren hier. Es gab nie eine Astra.«

»Merkwürdig. Er hat von Astra als Nikas Kollegin gesprochen.«

»Das kann aber nicht sein.«

»Ist Ihnen in letzter Zeit an Nika Vukelić etwas aufgefallen, das anders war als sonst? An ihrem Verhalten oder an dem, was sie sagte?«

»Nein, ich denke nicht, dass etwas anders war als sonst.«

»Hat sie vielleicht mal jemand abgeholt?«

»Sie meinen ... ein Mann, der nicht ihr Ehemann war?«

Zelenika nickte.

»Ich dachte, dass sie wahrscheinlich eine Affäre hat. Der Mann wartete manchmal in der Nähe. Ich habe das zufällig mitbekommen.«

»Wie lange ist das ungefähr her?«

»Schon länger, mehrere Jahre.«

So viel wussten sie bereits, überlegte Sandra. Doch dann überraschte sie Nikas Vorgesetzte mit dem, was sie als Nächstes sagte: »Derselbe Mann wartete kürzlich wieder auf sie.«

»Ach ja?«, rief Sandra überrascht.

»Ja, ich habe mich noch gewundert, weil das schon so lange her war und so viel passiert ist in der Zwischenzeit. Sie wissen ja von dem tragischen Tod ihres Kindes? Da tat sie mir schon leid. Jedenfalls habe ich diesen Mann vor ein paar Wochen wieder in der Nähe herumlungern sehen. Ich bekomme das von meinem Fenster aus zufällig mit. Glauben Sie bitte nicht, dass ich meinen Angestellten hinterherspioniere.«

»Keine Sorge«, sagte Sandra, dabei war es ihr ziemlich egal, ob Frau Fućak das tat oder nicht.

»So, mehr kann ich Ihnen nicht sagen.« Sie warf einen Blick auf ihre Armbanduhr. »Ich habe in fünf Minuten ein wichtiges Telefonat zu führen. Entschuldigen Sie mich jetzt bitte.«

»Moment, Frau Fućak«, sagte Sandra freundlich, aber bestimmt. »Beschreiben Sie bitte den Mann.«

»Ach je. Ich habe ihn mir gar nicht näher angesehen. Außerdem trug er jedes Mal eine Mütze und eine Sonnenbrille.«

»Was für eine Mütze?«

»Eine Wollmütze. Grau oder schwarz. Die Sonnenbrille war ... keine Ahnung, eine Sonnenbrille eben.«

»War er groß oder eher klein?«

»Er war eher groß. Schlank, dabei aber kräftig. Ich würde sagen, er war nicht jung, aber auch nicht alt.«

»Gibt es sonst noch etwas, das Ihnen bei ihm aufgefallen ist?«

»Nein, wirklich nicht.«

»Konnten Sie die Haarfarbe erkennen? Vielleicht lugten unter der Mütze die Haare hervor.«

Sanja Fućak schüttelte entschieden den Kopf. »Dafür war ich viel zu weit weg. Ich weiß es wirklich nicht.«

»Wie war er angezogen?«

»Angezogen? Jeans vielleicht, aber ich bin mir nicht sicher. Dunkle Jacke. Mehr weiß ich nicht.«

Als sie sich verabschiedeten, gab Sandra ihr die Hand. »Danke.«

Sanja Fućak hatte einen kräftigen Händedruck. »Nichts zu danken.« Nachdem sie losgelassen hatte, stand sie noch ein paar Sekunden da und sagte: »Ich mochte Nika nicht besonders, aber ich wünsche Ihnen viel Erfolg. Denn trotz allem ... Den Tod hat sie nicht verdient.«

Auf dem Weg zum MUP kommentierte Zelenika: »*Svašta*[10]! Frau Eisblock mokiert sich über Frau Eisblock.«

---

10 Sachen gibt's!/Ist ja allerhand!

»Immerhin hat sie uns ein paar wertvolle Hinweise geliefert.«

»Schon klar, Sedlar. Aber ich bin immer wieder erstaunt darüber, wie wenig die Menschen reflektieren können. Unglaublich.«

»Was ist mit dieser Astra? Wer, verdammt noch mal, ist sie?«, kam es von Milić.

»Das frage ich mich auch«, sagte Sandra.

Der Wind war kräftiger und böiger geworden. Sandra knöpfte ihre Strickjacke zu. Wenn die Bura nachmittags oder abends begann, dann wütete sie länger. Wenn sie morgens aufkam, dann gab es Hoffnung, dass sie sich im Laufe des Tages beruhigte.

Sie gingen durch Stara vrata[11]. Die Bewohner Rijekas nannten es auch Rimski luk, den römischen Bogen. Ein Überbleibsel aus der Spätantike. Es war der Eingang zu einer römischen Kommandozentrale gewesen und heute das älteste noch erhaltene Bauwerk der Stadt.

»Ich bin ja gespannt«, sagte Sandra, »ob Dragović etwas auf dem Laptop finden konnte, was aufschlussreich ist.«

Zelenika zündete sich eine Zigarette an. »Dieser Kerl, mit dem sie eine Affäre hatte, scheint nicht aus ihrem Leben verschwunden zu sein.«

»Tja, ich muss wohl nicht erwähnen, dass wir sobald wie möglich herausfinden sollten, wer er ist.« Sandra blickte sich nach Sedlar um. »Wenn Sie mal einen freien Tag haben, dann müssen Sie in diesen Laden hier

---

11 Altes Tor

gehen.« Sie zeigte zu ihrer Linken zu *Croatia in a box*.
»Hier gibt es Leckereien und Getränke – und Accessoires, aber das dürfte Sie weniger interessieren.«

»Ja, weniger«, sagte er lächelnd.

»Und das hier ist die Kathedrale Sveti Vid[12].«

»Inspektor Horvat, das ist nett von Ihnen, aber jetzt bin ich doch schon eine ganze Weile in der Stadt. Glauben Sie, ich kenne nur den MUP und meine Wohnung?«

»Aha. Wie heißt der Schutzpatron der Stadt?«

»Das weiß ich nicht.«

Sie zeigte zur Kathedrale und sah ihn abwartend an.

»Ach, jetzt weiß ich's wieder«, sagte er scherzhaft. »Es ist natürlich Sveti Vid.«

»Das hätte ich aber auch nicht gewusst«, kommentierte Milić.

»Ich schon.« Zelenika sah Milić überheblich an.

»Du bist einer von diesen Streber-Ausländern, die mehr wissen wollen als die Einheimischen.« Milić sah seinen Kollegen abschätzig an.

»Was heißt *wollen*? Ich weiß mehr als du.«

»Zelenika ist kein Ausländer«, sagte Sandra. »Er ist doch fast sein ganzes Leben hier.«

»Das war doch nur Spaß«, sagte Milić milde.

Plötzlich blieb Zelenika stehen und sah Milić ins Gesicht. »Wie viele Felder hat das kroatische Schachbrett im Wappen?«

»Was? Keine Ahnung.«

Zelenika hob den Arm und tippte mit dem Zeige-

---

12 Heiliger Vitus

finger auf Milićs Brust. »Schlechter Kroate!«, rief er eine Spur zu laut, weshalb sich ein junger Mann im Vorbeigehen umdrehte.

Sie gingen weiter. Sandra schüttelte den Kopf über ihren Kollegen, Sedlar lachte leise in sich hinein.

»Du weißt es doch auch nicht«, sagte Milić.

»Es sind fünfundzwanzig.« Zelenika zog an seiner Zigarette.

»So viele sind es bestimmt nicht.«

»Doch, fünfundzwanzig«, bestätigte Sedlar.

Milić blickte zu Sandra. »Es sind fünfundzwanzig«, sagte sie.

Zelenika grinste. »Du bist der Einzige, der es nicht weiß.« Nach gut zwei Minuten, als sie bereits unten an der Straße, kurz vor dem MUP, angekommen waren, rief Zelenika noch mal: »Schlechter Kroate!«

Sandra konnte nicht anders und musste lachen.

Milić warf ihr einen verärgerten Blick zu.

Kaum hatten sie zusammen Sandras Büro betreten, klingelte ihr Handy.

Sie blickte auf das Display, nahm das Gespräch an und sagte: »Guten Morgen, Perica. Ich stelle Sie auf laut.«

Kurz darauf vernahmen sie Pericas Stimme, der mit dem üblichen »Ich weiß, dass Sie schon auf meinen Anruf warten« einstieg.

»Was können Sie uns sagen, Perica?«, forderte Sandra ihn auf. Es war bereits kurz vor neun, und Lana sollte um neun Uhr hier sein.

»Ich habe die Obduktion nun abgeschlossen. Ich sagte ja schon, dass der Schädel mehrere Frakturen aufweist. Äußerst brutal, wirklich selten brutal. Ich glaube, dass das Opfer bereits beim ersten Schlag gegen den Felsen ohnmächtig wurde und später verblutet wäre. Insgesamt siebenmal schlug die Tatperson den Kopf des Opfers gegen den Felsen.«

»Also ein Overkill?«, fragte Sedlar rhetorisch.

»Wenn Sie sich dieser Anglizismen bedienen möchten, bitte schön.« Der pikierte Unterton in Pericas Stimme war klar herauszuhören. »Jedenfalls gibt es unter den Fingernägeln keine Faserspuren. Ich gehe davon aus, dass das Opfer keine Zeit hatte zu reagieren.«

»Wahrscheinlich kannte sie die Person«, überlegte Sandra, »sonst wäre sie bereit zum Weglaufen oder Schreien gewesen, wenn er näher gekommen wäre. Oder er hat sich in dieser Höhle versteckt und hat sie überfallen, bevor sie reagieren konnte.«

»Und wenn es doch eine Frau war?«, warf Milić ein.

»Die Tatsache, dass eine Frau sich ihr nähert«, begann Zelenika, »hätte sie doch ebenso verwundert. Außer die Frau wäre schon dort gewesen und hätte so getan, als ob sie ebenfalls schwimmen geht. Und eine Frau hätte sich natürlich ebenso in der Felsenhöhle versteckt halten können.«

»Hat die Spurensicherung etwas Interessantes gefunden, Perica?«, wollte Sandra wissen.

»Sie bekommen demnächst unseren Bericht, aber Sikirica sagt, dass er sich erst durch das ganze Zeug wühlen und selektieren muss.«

»Welches Zeug?«

»Nun ja, was eben so alles in einer Bucht zu finden ist – und dann noch mit der Höhle im Hintergrund.«

»Was meinen Sie?«, fragte Zelenika. »Zigarettenkippen und Kondome?«

»Nein, ich dachte eher an Fasern, Herr Zelenika. Handtücher, aber auch Haare. Und Kinder spielen gerne in Höhlen. Herr Sikirica und unsere Kriminaltechnikerin sind gut beschäftigt.«

»Wir sind ebenfalls gut beschäftigt. Uns bemitleidet auch niemand«, stellte Zelenika nüchtern fest.

»Es liegt nicht in meiner Absicht, Mitleid einzufordern. Wie dem auch sei. Die Haare und Fasern können mehrere Jahre alt sein, und diese zuzuordnen wird viel Zeit kosten und am Ende möglicherweise vergeblich sein. Ich hoffe, dass es nicht so weit kommt und Sie bis dahin die Tatperson überführen können.« Manchmal fragte sich Sandra, ob Perica auch privat und mit seinen Kindern so redete. Allerdings, als sie mit ihm und seiner Frau Kaffeetrinken war, hatte er genauso gesprochen. *»Hätten Sie gerne ein kleines Gebäck zu Ihrem Kaffee, Inspektor Horvat? Die Backwaren hier sind deliziös.«*

»Ist Ihnen bei der Untersuchung der Leiche noch etwas aufgefallen?«

»Mehr kann ich Ihnen nicht sagen, Inspektor Horvat.«

»Danke.«

»Bitte.«

Sandra beendete das Gespräch und legte das Handy auf den Tisch.

Zelenika fasste sich an die Stirn. »Scheiße. Weißt du, Horvat, wie viele Leute in dieser Bucht ihre Spuren hinterlassen haben?«

»Nein. Wie viele?«

»Lustig. Das ist wie die verdammte Nadel im verdammten Heuhaufen.«

»Wir werden sehen. Kannst du mal zu Dragović gehen und fragen, ob er mit dem Laptop durch ist?«

Zelenika und Milić gingen hinaus, und kurz darauf steckte Tamara ihren Kopf zur Tür herein. »Eine Dame ist hier. Möchte Sie sprechen. Lana Škalamera.«

»Ach ja. Sagen Sie ihr doch bitte, dass es noch fünf Minuten dauert.«

»Gut«, sagte Tamara und schloss die Tür.

»Warum haben Sie sie nicht gleich hereingebeten?«, fragte Sedlar.

»Ich warte noch ein paar Minuten. Vielleicht kommen die beiden mit Neuigkeiten zurück. Auf so einem Laptop lässt sich durchaus Aufschlussreiches finden.«

»Wir beide können doch auch ohne Zelenika und Milić mit ihr sprechen?« Sedlar saß auf seinem Schreibtischstuhl und sah sie an. Er teilte immer noch das Büro mit ihr. Als er neu hinzugekommen war, wollte Mandić, dass er ihr über die Schulter schaute, deshalb wurde ein Schreibtisch in ihr Büro gestellt, auf dem Sedlar unter anderem die Berichte tippte, was ihr ganz recht war. Sie hätte Mandić fragen können, wie lange dieser Zustand noch andauern und wann sie endlich ihr Büro wieder für sich haben würde. Aber sie fragte nicht, weil sie nicht wollte, dass er ging.

»Wir warten ein paar Minuten. Sie werden schon Bescheid geben, ob Dragović mit der Überprüfung fertig ist.«

Sie sahen sich schweigend an, dann wurde es unangenehm, und Sandra wandte den Blick ab.

Im nächsten Moment ging die Tür auf. Zelenika und Milić kamen herein. Zelenika stemmte die Hände in die Hüften und gab einen missmutigen Brummton von sich. »Keine Mails, die auch nur ansatzweise interessant sind. Nika schickte sich Nachrichten mit ihrer Schwester, und hin und wieder kamen Rundmails von der Bank. Keiner von beiden war in den sozialen Medien unterwegs, und sie haben weder Chats noch Foren besucht. Bei ihrem Mann ist überhaupt keine private Post zu finden. Dafür hat er jede Menge Zockerseiten besucht und kräftig mitgespielt. Aber das wussten wir ja schon. Durchschnittlich hat er monatlich fünftausend Kuna verspielt.«

»Das ist der Betrag, den er im Internet verspielt hat«, gab Sedlar zu bedenken. »Aber vielleicht hat er auch eine Menge Geld in Casinos und in den Zockerbuden gelassen.«

Milić schüttelte verständnislos den Kopf. »Wie kann man nur so blöd sein und so viel Geld verspielen?«

Zelenika sah ihn an. »Sei froh, dass du keine Ahnung davon hast, was Sucht ist.«

13

Lana saß im Vernehmungsraum und blickte verunsichert in die Gesichter der Beamten. Die Antwort auf die Frage: »Wissen Sie, wofür Ihre Schwester das Geld aus dem Erbe gespart und angelegt hat?«, blieb sie Sandra schuldig. Sie schwieg und machte keine Anstalten zu antworten.

»Frau Škalamera? Sie haben meine Frage gehört?«

Nikas Schwester bemühte sich um ein Lächeln, aber es misslang und wirkte eher wie eine Grimasse. »Wäre es möglich, dass wir alleine sprechen? Ich weiß ja, dass Sie Ihren Kollegen später sowieso alles berichten, was ich erzähle, aber ich fühle mich unwohl so.«

Sandra mochte es ganz und gar nicht, wenn bei ihren Ermittlungen die andere Seite die Regeln festsetzte und Forderungen stellte.

»Er kann bleiben.« Lana zeigte auf Sedlar.

Zelenika murmelte etwas Unverständliches, dann lauter: »Sind wir hier in einer Fernsehshow, oder was?«

»So geht das nicht«, unterstützte Sandra Zelenikas Missfallen.

»Na gut. Ich dachte, es wäre irgendwie persönlicher und netter.«

Es geschah nicht oft, dass sich jemand im Vernehmungsraum ein nettes Gespräch erhoffte. Vielleicht spielte diese Frau eine Art Unschuldslamm und machte auf naiv. Oder sie war es wirklich.

»Frau Škalamera, wissen Sie vielleicht, wofür Ihre Schwester das Geld angelegt und gespart hat?«

»Nein.«

Schweigen.

»Wirklich nicht?«

Zur Bekräftigung schüttelte sie den Kopf. »Unsere Großtante hat ja schon zu Lebzeiten gesagt, dass sie es Nika vererben wird. Sie war ihr Liebling, hat unsere Großtante immer umgarnt und ihr gesagt, wie lieb sie sie hat.«

»Sie meinen, Ihre Schwester hat das aus Kalkül gemacht, weil sie erpicht auf das Erbe war?«

»Ehrlich gesagt, glaube ich das schon. Nika konnte andere für sich einnehmen, wenn sie wollte. Sie wusste, wie's geht. Es war ja auch nicht so schwer für sie. Von klein auf haben immer alle gesagt, wie hübsch sie ist, während ich danebenstand.«

»Hat Sie das verletzt?«

»Als Kind und als Jugendliche schon, später nicht mehr. Zumindest nicht mehr so schlimm.«

»Hat es Sie gekränkt, dass die Großtante Sie nicht bedacht hat?«

»Es war mir egal. Ich habe mich damit arrangiert, dass sich immer alles um meine Schwester dreht. Das war irgendwann keine große Sache mehr für mich.«

»Hatten Sie denn ein gutes Verhältnis zu Ihrer Schwester?«

Sie dachte eine Weile darüber nach, als ob sie sich diese Frage noch nie gestellt hätte. »Ich weiß nicht, was Sie unter *gut* verstehen. Besonders innig war unsere Beziehung nicht, aber auch nicht besonders schlecht.«

Sandra nickte ihr lächelnd zu. »Hat sie sich Ihnen anvertraut?«

»Ja, manchmal.« Lanas Gesicht nahm einen verhärmten Ausdruck an. »Früher dachte ich, dass sie das tut, weil sie mir vertraut und weil sie glaubt, dass ich eine gute Zuhörerin bin und ihr gute Ratschläge gebe. Aber dann habe ich irgendwann begriffen, dass sie mich benutzt. Sie wollte meine Reaktion und meine Meinung hören, damit sie abschätzen kann, wie andere denken und fühlen.«

Verständnislos schüttelte Sandra den Kopf. »Was meinen Sie damit?«

»Zum Beispiel hat sie mir stolz erzählt, wie sie ihrer Chefin vor versammelter Mannschaft über den Mund gefahren ist, als diese sie wegen ihres Zuspätkommens zurechtwies. Ihre Chefin ist darauf vor Wut und Verlegenheit rot geworden. Ich habe Nika gesagt, dass sie sich damit keinen Gefallen tut, weil die Chefin sie vielleicht jetzt auf dem Kieker hätte, und auch bei den Kollegen wäre das sicher weniger cool als vielmehr unverschämt rübergekommen. Im schlimmsten Fall könnte sie auch gefeuert werden, wenn es der Chefin zu viel wurde. Ich habe ihr versucht klarzumachen, dass die Menschen sie dafür verurteilen würden, weil es ein schlechtes Licht auf jemanden wirft, wenn er aus eigenem Verschulden gekündigt wird. Außerdem würden unsere Eltern den Grund erfahren, und dann gäbe es richtig Ärger. Mein Vater würde sich vor seinem Freund in Grund und Boden schämen.«

»Mit seinem Freund meinen Sie den Vater von Nikas Chefin?«

»Ja. Nika hat sich das kurz durch den Kopf gehen lassen, dann hat sie gesagt: ›Stimmt, das bringt Stress und Ärger, und darauf habe ich keine Lust. Die Leute würden mir auf die Nerven gehen.‹ Solche Beispiele gibt es viele. Sie hat ihr Verhalten nicht geändert, weil sie ihren Fehler eingesehen hat, sondern weil es für sie unbequem werden könnte. Ich war sozusagen ihr Prüfstein, und ich blöde Gans habe viele Jahre gemeint, sie legt viel Wert auf meine Meinung.«

»Ich kann verstehen, dass Sie deshalb gekränkt waren.«

»Na ja, Nika war eben so. Was kann man machen …«

»Ich würde gerne auf Tin Vukelić kommen, Frau Škalamera. Ihre Eltern hätten es gerne gehabt, dass Nika ihren Mann verlässt?«

Lana wandte den Blick ab und machte ein gequältes Gesicht. »Meine Eltern haben schon immer unser Leben bestimmt. Es interessierte sie nicht, was Nika und ich sagten, weil sie sowieso immer im Recht sind, so glauben sie jedenfalls. Von uns haben sie immer Perfektion erwartet, aber unser Vater hat eine Weile getrunken. Ich glaube, man nennt so etwas Doppelmoral.«

Sedlar schob seinen Stuhl etwas näher zu Lana. »Aber wenn es Spannungen zwischen Ihnen und Ihren Eltern gibt, weshalb nabeln Sie sich nicht ab und ziehen aus?«

Lana zuckte die Schultern. »Ich komme mit Einsamkeit nicht besonders gut zurecht. Außerdem ist es natürlich auch bequem, das gebe ich zu. Ich... irgendwie gelingt es mir nicht, mit Geld umzugehen. Ich musste es nie lernen, weil unsere Eltern uns in dieser Hinsicht nie Grenzen gesetzt haben.« Müde winkte sie ab. »Ich habe es ihnen sowieso nie recht machen können.«

»Sie besitzen einen Friseursalon?«, fragte Zelenika.

»Ja, meine Eltern bezahlen die Miete.«

»Und wer bezahlt die Angestellten?«

»Das mache ich.«

»Arbeiten Sie ganztags?«, fragte Sandra.

»Manchmal. Aber ich mache schon mal frei und lasse dafür die Aushilfe arbeiten. Ich mag den Job nicht besonders, hat sich alles so ergeben.« Sie senkte den Kopf und wischte einen imaginären Fussel von ihrer schwarz-rosa Bouclé-Jacke.

Das Rascheln von Milićs Notizblock war zu hören. Er warf die Seiten auf die Rückseite des Blocks und schien nach etwas Bestimmtem zu suchen. Dann hob er den Kopf und fragte: »Wussten Sie von einer Affäre Ihrer Schwester?«

Lana nickte »Ja, aber das ist lange her.«

»Wie heißt der Mann?«

»Das habe ich Nika auch gefragt, aber sie wollte es mir nicht sagen.«

»Warum nicht?«

»Das weiß ich nicht. Ich glaube, irgendetwas steckte dahinter, aber das ist nur so ein Gefühl. Ich weiß noch, dass ich dachte, vielleicht ist er viel älter oder viel jünger oder … keine Ahnung … etwas, das ihr unangenehm war. Der Name des Mannes ist ihr dann doch mal rausgerutscht.«

»Das heißt, Nika hat den Namen genannt?«

»Wie gesagt, der Name ist ihr rausgerutscht. Nachdem Florijan verunglückt ist, haben wir ein bisschen über die letzten Jahre gesprochen, aber nichts, was für Sie jetzt interessant wäre zu wissen. Außerdem habe ich das meiste sowieso vergessen. Jedenfalls hat sie ihn beiläufig erwähnt und den Vornamen genannt.« Sie fasste sich an die Stirn, als ob sie scharf nachdenken würde. Es verging ein langer Augenblick, bis sie die Hand wieder wegnahm und sagte: »Es fällt mir einfach nicht ein.«

Sandra seufzte bedauernd. »Na ja, ein Vorname allein hätte uns vielleicht auch nicht weitergebracht. Wenn er Marko oder Luka heißt, dann müssten wir jeden zehnten Einwohner befragen.«

»Nein, nein. Es war ein eher seltener Name. Nicht so selten, dass man ihn noch nie gehört hätte, aber kein allzu geläufiger Name.«

»Könnten Sie noch mal darüber nachdenken?«

»Ja, das werde ich ganz bestimmt.«

»Danke«, sagte Sandra. »Das wäre sehr hilfreich für uns.«

»Wussten Ihre Eltern von dieser Affäre?«, fragte Sedlar.

»Oh Gott, nein!«, rief Lana erschrocken. »Sie würden so etwas niemals billigen, obwohl sie Tin nicht ausstehen können.«

»Aber hätten sie es gebilligt«, fragte Sedlar, »wenn er eine gute Partie gewesen wäre? Nehmen wir an, er wäre ein fleißiger Professor oder kultivierter Doktor, und seinetwegen hätte Ihre Schwester sich scheiden lassen – dann hätten Ihre Eltern es vielleicht doch gebilligt? Sie hätten ihn mit Tin verglichen. Das Resultat wäre eindeutig.«

»Ja, dann vielleicht schon. Ich weiß nicht.«

»Und Sie wissen wirklich rein gar nichts über diesen Mann? Nicht das kleinste bisschen? Erinnern Sie sich vielleicht an irgendein Detail, dass Nika in Zusammenhang mit ihm erwähnt hat? Beruf, Wohnort, Automarke ...«

Lana schüttelte langsam den Kopf. »Sie können mir glauben, dass ich Ihnen das erzählen würde. Aber Nika wollte über ihn nichts sagen.«

Sandra nahm sich Zeit, sich die nächste Frage zurechtzulegen. So behutsam wie möglich fragte sie: »Frau Škalamera, haben Sie Gefühle gegenüber Ihrem Schwager?« Sandra rechnete mit allem, mit Empörung und Scham, mit Überraschung, zumindest gespielt. Aber Lana spitzte die Lippen, als sei sie darüber amüsiert. »Ich kann gut verstehen, dass Sie diesen Eindruck haben, aber ich versichere Ihnen, dass ich keinerlei romantische Gefühle für Tin habe. Wir waren mal kurz zusammen, dann hat er sich in Nika verliebt. Ich bin damit irgendwann klargekommen, und dann kam der Zeitpunkt, als es keine Rolle mehr spielte.« Von einem Augenblick auf den anderen nahm ihr Gesicht einen gekränkten Ausdruck an. »Sie fragten gestern, warum es so lange dauerte, bis wir Ihnen die Tür öffneten. Ich habe an Ihrem Blick gesehen, was Sie vermuteten. Aber ich schwöre bei Gott, dass ich auf der Toilette war und Tin sich hingelegt hatte. Ich könnte doch nicht… so etwas würde ich niemals tun, und ich bin sicher, Tin auch nicht.«

»Ich fand es ungewöhnlich, dass Sie bei Ihrem Schwager und nicht bei Ihren Eltern waren. Was haben Ihre Eltern denn dazu gesagt, dass Sie zu ihm fahren wollten?«

»Ach wissen Sie, Inspektor, das ist mir egal.« Es klang beinahe schon gelangweilt, wie sie darüber sprach. »Was sollen sie denn machen? Mich schlagen und in einen Kerker sperren? Mich anzeigen? Mich enterben und alles dem Tierheim hinterlassen?«

»Was ist Ihr Eindruck? Wie kommt Ihr Schwager mit dem Verlust klar?«

»Er braucht jetzt etwas Zeit. Tin hat meine Schwester angebetet. Ich mache mir Sorgen, dass er sich etwas antut. Er ist schwach. Nika war schwach. Die beiden waren… Es klingt etwas hart, aber… Beide hatten einen Knall, jeder auf seine Weise. Ich habe Tin gern. Ich habe meine Schwester geliebt, trotz allem. Als Florijan starb, taten sie mir so entsetzlich leid. Sie waren beide völlig am Boden.«

»Der Tod Ihres Neffen hat Sie bestimmt ebenfalls sehr mitgenommen?«

Lana biss sich auf die Unterlippe. »Was glauben Sie denn«, presste sie schließlich hervor. »Für Nika kam ja noch das Unglück dazu, dass sie schwanger war, als das passierte, und durch den Schock eine Fehlgeburt erlitten hat.«

»Ach ja?«, reagierten Sandra und Zelenika gleichzeitig.

»Hat Tin das nicht erwähnt?« Sie schien ehrlich überrascht.

»Nein, das hat er nicht. War Tin sehr geknickt über die Fehlgeburt?«, wollte Zelenika wissen.

»Eigentlich nicht so sehr. Aber er musste stark sein für Nika und sie trösten.«

»Hmm«, machte Zelenika, »ja, das musste er wohl. Wissen Sie, ob Nika sich mit anderen Männern getroffen hat, außer mit unserem mysteriösen Fremden?«

»Nicht, dass ich wüsste.«

»Sagen Ihnen die Namen Ena und Astra etwas?«

»Ena war ihre Kollegin. Nika hat gesagt, dass sie sich umgebracht hat. Wir sind mal zusammen zum Kaffeetrinken gegangen. Aber die andere… Wie war der Name?«

»Astra.«

»Astra«, grübelte sie, »doch ja, Nika und Tin haben sie zwei- oder dreimal erwähnt. Nika ist mit ihr mal ins Theater gegangen und ins Kino. Aber ich habe sie nie kennengelernt.«

»Was ist Ihre Vermutung, Frau Škalamera, warum hat Nika ihren Mann nicht verlassen?«

Lana sah Zelenika ins Gesicht. »Na, weil sie Angst hatte.«

»Angst?«

»Sie hat mir mal erzählt, dass Tin zu ihr gesagt hat:

›Wenn du mich verlässt, dann bringe ich zuerst dich und dann mich um.‹«

»Das ist ja furchtbar«, sagte Milić sichtlich erschüttert. »Und trotzdem ist sie mit ihm zusammengeblieben? Ich meine, bei all dem Druck?«

Lana zuckte die Schultern. »In letzter Zeit hatte Nika sich verändert. Nicht über Nacht, aber es fing vor einigen Monaten an, und wirklich aufgefallen ist es mir vor ein paar Wochen. Sie ist etwas … netter geworden. Sie war nicht mehr so überempfindlich, aber sie wirkte nachdenklich, ganz weit weg. In letzter Zeit haben Nika und Tin mehr gestritten. Ich könnte mir vorstellen, dass ihm ihre Veränderung nicht passte.«

»Und trotzdem kümmern Sie sich um ihn?«, fragte Sedlar erstaunt. »Ich meine, in Anbetracht der brutalen Drohung gegenüber Ihrer Schwester.«

Sandra warf ihm einen mahnenden Blick zu, und er verstand sofort, aber es war bereits zu spät. Sedlar war auf einem guten Weg, aber hin und wieder machte er noch diese kleinen Patzer, indem er wertete, was die Menschen sagten. Dadurch bestand die Gefahr, dass sie entweder dichtmachten oder dass er sie in eine bestimmte Richtung lenkte.

»Entschuldigen Sie«, sagte Sedlar hastig. »Das ist Ihre Sache.«

Lana nickte lächelnd, dann sagte sie: »Er hat niemanden. Tin hat verschiedene Seiten, so wie Nika verschiedene Seiten gehabt hat. Die beiden haben nie zueinandergepasst. In schlechten Beziehungen sieht man eben nur die schlechten Seiten eines Menschen.«

»Ich habe eine Bitte an Sie«, sagte Sandra. »Könnten Sie mit dem Nach-Hause-Fahren noch etwas warten? Wir würden gern allein mit Ihren Eltern sprechen.«

»In Ordnung. Ich werde nach Krk fahren, um nach Tin zu sehen und im Haus ein bisschen Ordnung schaffen.«

»Diese Schwäche hatte sie jedenfalls nicht von uns.« Nikas Mutter nahm ihre Brille ab und legte sie auf den Wohnzimmertisch. Die Eltern schienen gefasster als gestern. Auch wenn man, bei näherer Betrachtung, Spuren von Traurigkeit in ihren Gesichtern erkennen konnte, hatten sie keine verweinten Augen mehr. Die Mutter trug ein schwarzes Kostüm mit einer dunkelgrauen Bluse, der Vater einen schwarzen Anzug und darunter ein schwarzes Hemd ohne Krawatte.

»Schwäche?«, hakte Sandra vorsichtig nach. »Vielleicht war sie sensibel. Was meinen Sie?«

»Sensibilität *ist* Schwäche. So etwas haben wir unseren Töchtern sicher nicht beigebracht.«

Garo lag neben der Couch und hob den Kopf. Der Hund sah sie an, als wäre er über ihre Worte erschrocken. Wahrscheinlich war es die Schroffheit in ihrer Stimme, die ihn aufhorchen ließ, überlegte Sandra.

Herr Škalamera nickte bestätigend. »Unsere Kinder haben uns viele Sorgen bereitet. Sie brauchten immer Lenkung und eine führende Hand.« Sein Gesicht zeigte eine Mischung aus Trauer und Enttäuschung. »Zu allem Überfluss hat Nika auch noch diesen Nichtsnutz geheiratet.«

»Ihr Verlust tut mir sehr leid«, sagte Sandra. »Sie machen gerade das Schlimmste durch, was man sich vorstellen kann. Dürfte ich Sie trotzdem bitten, mir etwas über Nika zu erzählen?«

Beide nickten gleichzeitig.

»Hatten Sie das Gefühl, dass Nika früher einmal in ihrer Ehe glücklich oder zumindest zufrieden war?«

»Das schwankte«, antwortete der Vater. »Mal so, mal so. Nun, fairerweise müssen wir dazusagen, dass es mit Nika auch nicht immer einfach war. Tin hat ihr jeden Wunsch erfüllt, der für ihn machbar war.« Mit einem kurzen Blick zu seiner Frau ergänzte er: »Das müssen wir schon zugeben, Petra.« Seine Frau reagierte nicht. Dann blickte er wieder zu Sandra. »Aber dass sie ihm verziehen hat, dass durch seine Schuld unser Enkel ums Leben kam, das war für uns unfassbar.«

»Das ist richtig«, bestätigte Frau Škalamera. »Sie wurde wütend, als ich sie darauf ansprach. Wissen Sie, wie soll ich sagen ... so richtigen Einblick hatten wir in ihre Ehe nicht. Wenn sie uns besuchte, kam sie immer allein. Wir erlebten sie selten zusammen. Über ihn und diese Beziehung wollte sie nicht sprechen. Offen gesagt, habe ich das Thema auch nicht forciert, denn je weniger ich über ihn wusste, desto besser.«

»Haben Sie Ihrer Tochter eine Belohnung angeboten, wenn sie ihren Mann verlässt? Geld zum Beispiel?«

»Nein.« Frau Škalamera sah Sandra direkt an. »Obwohl mir dieser Gedanke durch den Kopf geschossen ist. Aber es wäre mir niveaulos erschienen.« Sie beugte sich nach vorne und starrte ins Leere. »Mein Mann und ich haben vielleicht Fehler in der Erziehung gemacht, aber wir wollten immer nur das Beste für unsere Kinder. Nika und Lana sind … waren … so schwierig, und manchmal meinten wir, sie quälen uns absichtlich. Wir beide haben unter schwierigen Umständen studiert und hart gearbeitet, aber unsere Töchter waren einfach nur faul.«

»Petra«, warf ihr Mann milde ein, »nicht doch.«

Sie wandte den Kopf und sah ihn an. »Es ist die Wahrheit, Tomislav. Wir haben es nur nie ausgesprochen.« Dann sah sie zu Sandra. »Nika musste in der Bank arbeiten, sonst hätten wir unsere Großzügigkeit zurückgeschraubt, das habe ich ihr direkt gesagt. Das war unsere Bedingung, und diese Arbeit hat sie nicht durch Leistung bekommen, sondern allein durch Beziehungen. Mein Mann und der Vater der Filialleiterin kennen sich seit ihrer Jugend, und nur so bekam Nika diese Stelle. Dass die Filialleiterin zufrieden mit ihr war, bezweifle ich. Nika fehlte es an Disziplin, schon immer. Mit Lana war es nicht viel besser. Nachdem sie die Mittelschule beendet hatte, bildete sie sich ein, in den Tag hineinleben zu können. Wir haben ihr einfach kein Taschengeld mehr gegeben, und auch sonst nichts mehr, nur Essen und Geld für die Fahrkarte. Dann meinte sie, sie macht eine Lehre als Friseurin, die sie auch nur mit großer Überwindung abgeschlossen hat. Sie hat einen Friseursalon aufgemacht, und wir bezahlen die Miete. Die meiste Zeit ist sie nicht dort anwesend.« Für ein paar Sekunden vergrub sie das Gesicht in den Händen, dann riss sie sich zusammen und hob den Kopf. »Dabei wollten wir doch nur, dass sie brav sind. Wir haben ihnen doch alles gegeben, die ganze Welt stand ihnen offen.« Nachdenklich starrte Nikas Mutter vor sich hin, dann wiederholte sie: »Wir wollten einfach nur, dass sie brav sind.« Nach ein paar Sekunden fügte sie hinzu: »Und was ist dabei herausgekommen? Die eine Tochter ist unverheiratet, und die andere heiratete einen Versager. Nika ist tot, und Lana hat nichts Besseres zu tun, als zu ihrem Schwager zu fahren, um ihn zu trösten. Als ob er mehr Trost bräuchte als wir.«

Zelenika räusperte sich. »Nika hat also Ihnen gegenüber erwähnt, dass sie ihren Mann verlassen wollte?«

»Ja«, antwortete der Vater. »In letzter Zeit ist sie, das war zumindest mein Eindruck, etwas gereift. Sie hat sich erwachsener verhalten.«

Seine Frau nickte zustimmend. »Ein bisschen, ja«, murmelte sie.

»Sie wirkte insgesamt selbstbewusster. Nika sagte, das käme durch die Therapie, zu der wir sie überredet hatten. Der Nachteil war … nun ja, ich will nicht sagen Nachteil, aber sie wurde auch uns gegenüber etwas aufmüpfig.«

»Könnte man sagen«, begann Sandra, »dass Nika vermehrt für sich selbst einstand und ihr Leben ändern wollte? Zumindest gewisse Dinge in ihrem Leben?«

Der Vater nickte, die Mutter sah Sandra nur an.

»Möglicherweise lernte sie allmählich Verantwortung zu übernehmen und für sich einzustehen. Vielleicht wollte sie sich von ihrem Mann trennen und sich auch beruflich verändern?«

»Ja«, sagte der Vater verbittert. »Sie hat erwähnt, dass sie das Geld, das sie von ihrer Großtante geerbt hat, investieren möchte. Sie wollte auf Krk eine Pension oder ein kleines Hotel eröffnen. Sie hatte Pläne, ein altes, größeres Haus zu kaufen, es zu renovieren und herzurichten. Sie sagte, das würde ihr Spaß machen. Wir wollten sie später dabei unterstützen und das Vorhaben kontrollieren. Immerhin kennen wir uns besser damit aus als Nika.«

Seine Frau biss sich auf die Unterlippe, dann sprudelte es aus ihr heraus: »Der Gedanke, dass unser sogenannter Schwiegersohn sich in unserem Haus breitmacht, ist für uns unerträglich.«

»Ja, unerträglich«, bestätigte Nikas Vater. »Wir haben das Haus Nika geschenkt, samt Grundstück. Nun hat dieser Bastard, der sie wahrscheinlich auch getötet hat, Ansprüche darauf«, rief er wütend.

»Sie wollte sich doch scheiden lassen, dafür gibt es Zeugen«, rief Nikas Mutter verzweifelt.

Sandra beschloss, nichts mehr zu diesem Thema zu sagen. Die Eltern wussten ebenso gut wie sie, dass Nikas angebliche Scheidungsabsichten keine Rolle spielten. Sie hatte kein Testament aufgesetzt, und nur das zählte.

»Kennen Sie eine Astra?«, fragte Zelenika.

»Nika hat sie mal erwähnt«, antwortete der Vater. »Sie war wohl eine Kollegin bei der Bank, und sie haben manchmal etwas zusammen unternommen.«

»Haben Sie Astra persönlich kennengelernt?«

»Nein. Warum?«

»Niemand scheint sie je gesehen zu haben.«

»Dann fragen Sie doch Sanja, ihre Chefin«, schlug der Vater vor.

»Bei der Bank gibt es keine Astra, hat es nie gegeben.«

Die Eltern sahen Sandra verwundert an. »Aber sie hat doch gesagt, dass Astra eine Kollegin ist.«

»Ja. Das ist ja das Merkwürdige.«

Als sie einige Zeit später von Nikas Eltern zur Haustür gebracht wurden, sah Sandra sich die Fotos im Flur an. Ein kleiner Junge, etwa drei Jahre alt, lachte in die Kamera. »Ihr Enkel?«, fragte Sandra.

»Ja«, antwortete Nikas Mutter leise, »das ist Florijan. Drei Monate bevor ...« Dann brach ihre Stimme.

Sandra betrachtete interessiert das Foto. Hellblondes, lockiges Haar und strahlend blaue Augen. Nika war eher ein dunkler Typ gewesen, und Tin hatte dunkelblondes bis hellbraunes Haar. Tins Augenfarbe hatte sie nicht vor sich, aber es war dunkelgrün, grau oder braun, jedenfalls kein helles Blau.

»Wem sah er denn ähnlich?«, fragte Sandra und sah Nikas Eltern freundlich an.

»Schwer zu sagen«, antwortete Herr Škalamera. »Meine Großmutter war ein heller Typ, blond mit blauen Augen. Ich glaube, ihr sah er ähnlich. Genetik ist doch sehr interessant, überspringt manchmal mehrere Generationen.«

»Ja, manchmal ist das so«, sagte Sandra und fragte sich, ob Tin der Vater dieses Kindes gewesen war.

14

Auf dem Weg zum Auto fegte die Bura Papiertüten und einen McDonald's-Becher vor ihre Füße. Was nicht in die städtischen Mülleimer hineinpasste und schutzlos obenauf lag, fiel diesem Fallwind zum Opfer. Sedlar bückte sich, fing die Sachen ein und quetschte das Ganze zurück in den Mülleimer.

»Wir fahren nach Krk«, informierte Sandra ihre Kollegen. »Es gibt da ein paar Dinge, die ich Tin Vukelić fragen möchte.«

Als sie sich gerade angegurtet hatten und Sandra den Motor starten wollte, klingelte ihr Handy. Unbekannte Nummer.

Sie stellte es auf laut und meldete sich mit: »Horvat.«

»Inspektor Horvat, hier ist Lana Škalamera. Es ist mir wieder eingefallen!«

»Der Vorname des Mannes?«

»Ja, genau.« Sie klang etwas aufgeregt. »Nika sagte irgendetwas wie *Ein Künstler wie Feliks, der ...*«

»Und wie ging der Satz weiter?«

»Er ging nicht weiter, weil sie merkte, dass sie es ausgeplappert hatte. Ich erkannte, dass sie über sich selbst verärgert war.«

»Künstler kann vieles sein«, sagte Sandra. »Maler?

Schriftsteller? Bildhauer? Klavierspieler? Sänger? Schau-
spieler?«

»Ich habe keine Ahnung, Inspektor Horvat. Das ist
alles, was ich Ihnen sagen kann.«

»Gut, ich danke Ihnen, Frau Škalamera.«

»Ja, bitte. Aber warum interessieren Sie sich denn
für ihn? Das ist doch Jahre her.«

»Wir ermitteln in alle Richtungen. Das hat noch nie
geschadet«, fügte sie in freundlichem Ton hinzu. »Ach
ja, eines noch. Haben Sie Ihrem Schwager gegenüber
jemals den Namen erwähnt?«

»Nein, nie. Nika ebenfalls nicht, da bin ich ziemlich
sicher.«

»Ich würde Sie bitten, dass Sie es auch jetzt nicht
tun.«

»Keine Sorge. Sie haben mein Wort.«

»Vielen Dank!«

Nach dem Gespräch mit Lana rief Sandra Tamara
an. »Können Sie bitte nach einem Feliks suchen? Familienname unbekannt. Alter zwischen … fünfundzwanzig und sechzig. Möglicherweise in einem künstlerischen
Beruf tätig.«

»Welcher künstlerische Beruf?«

»Wenn ich das wüsste.«

»Gut, gebe Ihnen Bescheid«, sagte Tamara. »Übrigens, ein Branimir Toić ist hier. Er will seine Aussage zu
Protokoll geben und unterschreiben. Aber er fragt, ob
er bestraft werden kann, wenn später rauskommt, dass
er vergessen hat, was zu erwähnen.«

»Was soll man davon halten?«

»Keine Ahnung, aber das hat er gefragt. Ob er was verheimlicht oder nicht, in beiden Fällen könnte man denken, dass die Frage etwas außergewöhnlich ist.«

»Sagen Sie ihm bitte, Zelenika und Milić kommen in zwei bis drei Stunden in den MUP. Toić soll sich bitte etwas gedulden. Er kann ja derweil ins Kino oder ins Café gehen.«

Sie saßen zu viert im Auto und warteten auf Tamaras Rückmeldung. Das Auto wackelte von Zeit zu Zeit, jedes Mal wenn eine Böe aufkam.

»Was meint Toić damit?«, fragte Sedlar. »Könnte es wirklich sein, dass er mehr gesehen hat?«

»Ich glaube, er ist einfach nur ein ängstlicher Typ.« Milić winkte ab. »Oder er macht ein bisschen auf geheimnisvoll, wer weiß.«

»Mich beschäftigt die Schwester«, sagte Zelenika, der neben Sandra auf dem Beifahrersitz saß. »Sie ist ein nettes Ding, aber ich frage mich, ob sie wirklich über Tin hinweg ist. Sagt sie die Wahrheit, dass er ihr nur leidtut? Ich frage mich, ob man ihrem Schwur, dass sie nicht zusammen im Schlafzimmer waren, Glauben schenken kann.«

»Ich neige dazu, ihr zu glauben«, sagte Milić. »Mit ihrer Arbeitsmoral steht es nicht gut, und sie schmarotzt, kritisiert aber im selben Atemzug die Eltern. Deshalb muss sie trotzdem kein schlechter Mensch sein. Ich denke, sie ist eine nette Frau, wurde aber von den Eltern etwas verkorkst. Nicht so schlimm wie Nika, aber Spuren hat es auch bei ihr hinterlassen.«

»Die Eltern haben Nika zu einer Therapie überredet, aber eigentlich müssten sie selbst in Therapie«, kommentierte Sedlar.

»Die Eltern tun mir auch irgendwie leid«, bemerkte Milić. »Nicht, dass sie Mitleid verdient hätten, aber sie haben's doch nur gut gemeint. Das ist eben die Generation, die noch glaubte, dass man Kinder mit strengem Regiment erziehen muss.«

»Ich wünschte, deine Mutter hätte dich so erzogen, Lockenköpfchen.« Zelenika warf einen kurzen Blick nach hinten. »Dann würdest du jetzt nicht an ihrem Rockzipfel hängen.«

»Ich hänge nicht an ihrem Rockzipfel! Ich respektiere sie und bin ihr dankbar, mir das Leben geschenkt zu haben.«

Zelenika schüttelte genervt den Kopf. »Mein Gott. Bei diesen Sprüchen ist es doch kein Wunder, dass dir ständig die Weiber weglaufen.«

»Nun lass ihn doch«, mischte Sandra sich ein.

»Aber er versteht nicht, dass er sich im Kreis dreht. So wird er doch nie eine Freundin finden!«

Sedlar beugte sich ein wenig nach vorne und sagte: »Aber das ist doch seine Sache, und man muss ja nicht alles pathologisieren.«

Zelenika schüttelte verständnislos den Kopf. »Bin ich denn hier der Einzige, der es gut mit ihm meint?«

»Du meinst es gut mit mir? Dann hör auf, mich Lockenköpfchen zu nennen.«

»Ach!«, schnaubte Zelenika, »leckt mich doch alle am Arsch! Macht doch, was ihr wollt.«

Milić verschränkte lässig die Arme vor der Brust. »Sag mal, wie ist eigentlich deine Frau so? Ich wette, du bist zu Hause klein wie ein Sandkorn.«

»Meine Frau ist die liebste Frau auf der Welt. Gott weiß, wie sie es mit mir aushält. Allerdings … war ich zugegebenermaßen ein schmuckes Kerlchen, als wir uns kennenlernten.«

»Ein schmuckes Kerlchen?«, kam es amüsiert von Milić. »Und sie hat sich mit dir eingelassen, obwohl du irgendwann den Mund aufgemacht hast? Erstaunlich. Ist sie taub?«

Zelenika drehte sich nach hinten zu seinen beiden Kollegen. »Wenn du es genau wissen willst, hat *sie* mir den Heiratsantrag gemacht.«

»Was?«, dann etwas skeptischer: »Wirklich?«

»Ja. Wir saßen im Kino, sie hat sich an mich gekuschelt und geflüstert: ›Wir sind doch jetzt schon ein Jahr zusammen. Wir könnten doch heiraten.‹ Ich hab gesagt: ›Warum nicht?‹, dann haben wir den Film weitergeschaut.«

Alle starrten ihn an.

»Das glaube ich dir nicht«, sagte Sandra und lachte.

»Doch, so war's. Und wir sind zusammen durch die schönsten und schlimmsten Zeiten gegangen.«

»Liebt ihr euch immer noch?«, fragte Milić.

»Natürlich!«, fauchte Zelenika. »Für meine Frau würde ich mein Augenlicht geben.«

»Im Kino. Also wirklich. ›Vielleicht sollten wir heiraten. Warum nicht?‹« Milić schien es nicht fassen zu können.

»Wisst ihr was?« Zelenika zündete sich eine Zigarette an und öffnete einen Spaltbreit das Fenster. »Heutzutage wird ein Riesengeschiss um die Liebe und um Heiratsanträge gemacht. Die Leute gehen damit sehr aufdringlich um, machen Heiratsanträge bei Veranstaltungen und im Fernsehen, und ich denke mir dabei immer: Schön für euch, aber kapiert doch bitte, dass das kein Schwein interessiert außer euch und eure Familien. Früher hat man geheiratet, ein Fest gefeiert und gut war's. Jetzt muss man die halbe Welt darüber informieren, wenn man verliebt ist oder ein Kind erwartet. Als hätte man das Ganze quasi erfunden.«

Sandras Handy klingelte.

»Ich habe zweiundsechzig Feliks auf dem Kvarner zwischen fünfundzwanzig und sechzig«, vernahmen sie Tamaras Stimme. »Aber einer ist besonders interessant, weil er direkt in Rijeka wohnt, sechsunddreißig ist und Musiker. Feliks Vidas.«

»Musiker?«

»Spielt Gitarre in einer Band. Verdient sich sein Geld auch als Songwriter, schreibt auch für andere Bands und Solokünstler. Hat zwei Hits gehabt.«

»Wie heißen diese beiden Lieder?«

Tamara nannte ihr die Titel, aber Sandra kamen sie nicht bekannt vor. Sie blickte in die Runde, und nur Sedlar nickte zum Zeichen, das er sie kannte.

»Gibt es sonst noch etwas über ihn?«

»Sonst nichts Nennenswertes, keine Straftaten.«

»Verheiratet?«

»Nein. Unverheiratet, kinderlos.«

»Gut, danke, Tamara. Geben Sie mir die Adresse. Milić, notieren Sie, bitte.«

Feliks Vidas wohnte in einem Mietshaus an der Piramida, im östlichen Südteil der Stadt. Die Gegend wurde wegen des Obelisken so genannt, der an den Straßenbau aus der ersten Hälfte des 18. Jahrhunderts erinnerte, als Kroatien noch unter der Herrschaft von Österreich-Ungarn und den Habsburgern stand. Unter Karl VI. wurde unter anderem die Karolinenstraße in Auftrag gegeben, die das Binnenland und die Küste miteinander verband. Piramida wurde der Obelisk aufgrund des Pyramidions genannt, der oberen Spitze, die ebenfalls pyramidenförmig war.

Wenige hundert Meter entfernt von der Piramida hatte es vor wenigen Jahren eine Ampel gegeben, die Zelenika »verruchte Ampel« genannt hatte. Bei Rot leuchtete die Silhouette einer tanzenden Frau auf, bei Gelb ein Krug Bier und bei Grün ein Cannabisblatt. Obwohl viele Leute sie cool fanden, gab es auch jene, die daran Anstoß genommen hatten. Sang- und klanglos war sie plötzlich verschwunden, und seitdem stand an der Gabelung Bulevar oslobođenja, die in die Straße Križanićeva überging, wieder eine normale Ampel.

Vor dem vierstöckigen Mietshaus stand ein prächtiger Baum mit weißen Blüten. Mehrere kleine Vögel saßen in den Zweigen und Ästen. Nach dem dritten Klingeln hörten sie endlich Schritte, die in gemächlichem Tempo näher kamen. Zweimal wurde der Schlüssel umgedreht, und die Tür ging langsam und quietschend auf. Feliks Vidas steckte seinen Kopf durch den Spalt und sah sie verschlafen an. Entweder schlief er bis mittags, oder er hatte ein Nickerchen gemacht. Vidas war blond, aber nicht so hellblond wie Florijan auf dem Foto. Seine Haarfarbe war etwas zwischen hell- und mittelblond. Das Auffälligste an Vidas waren seine azurblauen Augen. Dieselbe Augenfarbe wie bei dem Kind auf dem Foto, bei Nikas Eltern.

»Wer sind Sie?«, fragte er. Es klang nicht unfreundlich, vielmehr müde und lustlos.

Sandra hielt ihm ihren Ausweis vors Gesicht und stellte sich vor. »Wir möchten mit Ihnen sprechen.«

Ein paar Sekunden verstrichen, ohne dass Vidas sich rührte. Nur seine azurblauen Augen, die er irritiert zu Schlitzen geformt hatte, wanderten vom einen zum anderen. »Polizei?« Er verzog den Mund, wie es Leute taten, die über etwas verwundert waren. »Äh... na gut, kommen Sie rein.« Er trat zur Seite und musterte jeden von ihnen einzeln.

Ordnung schien Vidas eher lästig zu sein, dachte Sandra, während sie sich umsah. Klamotten, Bücher und CDs lagen überall herum, auf dem Boden, auf Tischen und der schwarzen Ledercouch. Vidas fegte das Zeug mit einer Handbewegung auf den Boden. Er entschuldigte sich nicht für die Unordnung, was Sandra gut fand. Aber als er sie fragte, ob sie etwas trinken wollten, verneinten sie alle. Wer wusste schon, wie dieser Chaot die Gläser spülte, und ob er sie überhaupt abspülte.

Vidas setzte sich auf den Wohnzimmertisch und

blickte gähnend auf die Beamten, die ihn von der Couch aus anblickten. »Ich glaub, ich brauch Koffein«, sagte er, stand auf und nahm eine von etwa zehn Coladosen vom Regal über einem Mischpult.

»Schlafen Sie immer bis mittags?«, wollte Milić wissen.

»Meistens«, antwortete Vidas, nahm einen großen Schluck Cola und setzte sich wieder auf den Wohnzimmertisch. »Also … Polizei?« Er stellte die Dose neben sich auf den Tisch und stützte sich hinten mit den Armen ab. »Was wollen Sie von mir? Falls es um den Massenmord von vor zehn Jahren geht, das war eine Jugendsünde. Ich war nicht ich selbst.« Er grinste.

»Nein«, sagte Sandra, »aber schön zu hören, dass Sie sich weiterentwickelt haben.«

Er grinste.

Sandra wurde wieder ernst und erklärte: »Doch tatsächlich geht es um Mord.«

Das Grinsen verschwand. »Wieso? Wer wurde denn ermordet?«

»Nika Vukelić.«

Feliks Vidas' Gesicht wurde von Sekunde zu Sekunde starrer. Er fixierte Sandra beinahe mit seinem Blick, als ob er damit rechnete, dass sie jeden Augenblick sagen könnte, es sei ein Scherz gewesen. Immer noch schweigend beugte er sich vornüber und schüttelte unmerklich den Kopf. »Nika? Wie ist das passiert? Warum? Wer hat sie getötet?«

»Sie haben nicht die heutige Zeitung gelesen?«

»Ich … lese keine … Zeitung«, antwortete er zerstreut. »Außerdem bin ich vor einer Viertelstunde erst aufgestanden.«

»Frau Vukelić wurde am Strand erschlagen.«

»An welchem Strand?«

»In der Bucht in Šilo, wo sie morgens immer schwimmen ging.«

»Ja, das tut sie, hat sie mir mal erzählt«, sagte er nachdenklich. »Wer hat das getan? Und warum?«, fragte er laut und fordernd, als wollte er sofort Antworten.

»Diesen beiden Fragen gehen wir gerade nach, Herr Vidas.«

»Ach so, ja.« Er wirkte ganz weit weg. »Oh Gott, das ist so schrecklich.« Er fuhr sich durch die Haare. In seinen Augen bildeten sich Tränen.

Sandra und ihre Kollegen warteten, ob er noch etwas sagen würde. Eine Träne lief ihm über die Wange. Er schluchzte kurz auf, dann wischte er sich hastig die Träne weg. Vidas blickte auf und schniefte. So, als hätte er sich vorgenommen, sich zusammenzureißen. »Und … wie kann ich Ihnen helfen? Wie kommen Sie überhaupt auf mich?«, setzte er nach. Dieser Gedanke schien ihm gerade durch den Kopf geschossen zu sein.

»Ach«, winkte Zelenika lapidar ab, »ein wenig Info hier, ein wenig Info dort – und Abrakadabra haben wir wieder jemanden, dem wir viele unbequeme Fragen stellen müssen.«

»Ich wundere mich nur, weil Nika und ich nie von jemandem gesehen wurden. Soweit ich weiß.«

»Sie und Nika Vukelić hatten eine Beziehung?«

Vidas hob den Kopf und wirkte wieder etwas gedankenverloren. »Hmm? Ach so, ja. Das ist ein paar Jahre her.«

»Wie lange ungefähr?«

»Ich weiß nicht genau. Acht Jahre oder so.«

»Und die Nachricht von ihrem Tod bringt Sie so aus der Fassung?« Zelenika hob die Handflächen nach oben. »Ich meine, sie war nur eine Affäre, und es ist eine ganze Weile her, oder?«

»Nika war nicht nur eine Affäre. Wir haben uns geliebt, wirklich geliebt. Sie ist ... war ... die Frau meines Lebens. Und ich glaube, ich kann behaupten, dass Nika das Gleiche für mich empfunden hat.«

»Wie haben Sie sich kennengelernt?«, fragte Sedlar.

»Ich habe in einem Café gekellnert. Zu dem Zeitpunkt konnte ich von meiner Musik noch nicht leben. Nika kam mit ihrer Kollegin manchmal in das Café. Wie hieß sie noch? Ema, Eda ...?«

»Ena?«, half Sedlar ihm auf die Sprünge.

»Ja, genau, Ena. Eine nette, aber fast schon unansehnliche Frau. Das klingt hart, ist mir klar. Aber ich weiß noch, wie ich mich über die beiden wunderte, als ich sie zum ersten Mal sah. Da war Nika, die alle Blicke auf sich zog, und im Schlepptau hatte sie diese Ena. Es war beinahe schon karikativ. Jedenfalls ... haben wir uns gut verstanden. Ich mochte auch Ena mit der Zeit, sie war lustig und wirklich ein netter Mensch, sehr herzlich. Aber mein Interesse galt natürlich Nika. Wir haben uns verabredet und ... so haben wir uns halt verliebt.«

»Kennen Sie eine Astra?«, fragte Milić.

»Kennengelernt habe ich sie nicht, aber Nika hat sie ein paarmal erwähnt. Eine Kollegin in der Bank, glaube ich. Was ist mit ihr?«

»Gute Frage«, kommentierte Zelenika. »Niemand scheint diese Frau je gesehen zu haben.«

»Fragen Sie doch Nikas Chefin«, schlug nun auch Vidas vor.

»In der Bank arbeitet niemand mit diesem Vornamen.«

Vidas runzelte die Stirn. »Komisch. Das verstehe ich nicht. Ich weiß genau, dass sie sagte, diese Astra wäre eine Kollegin.«

»Wie dem auch sei«, sagte Zelenika, »wir halten weiterhin Ausschau nach ihr. Kommen wir auf Ihre Verbindung mit Frau Vukelić zurück. Sie wussten, dass sie verheiratet ist?«

»Ja, schon«, wand der Gefragte sich schuldbewusst. »Aber gegen Liebe ist man machtlos. Es hat uns erwischt, und über ihren Mann habe ich mir, ehrlich gesagt, die wenigsten Gedanken gemacht. Und bemitleidet habe ich ihn schon gar nicht. Nika hat mir erzählt, wie er sie kontrolliert. Sie konnte ihn nicht verlassen, weil er ihr damit gedroht hat, sie umzubringen, wenn sie ihn verlässt. Nika hatte furchtbare Angst vor ihm. Geliebt hat sie ihn schon längst nicht mehr.« Vidas nahm einen tiefen Atemzug und blickte zur Decke. »Ich hab ihr gesagt, dass ich sie beschütze und nicht zulasse, dass er ihr etwas tut, aber Nika sagte, ich könne sie gar nicht beschützen, weil ich viel arbeite und ich ihr nicht wie ein Schatten vierundzwanzig Stunden am Tag folgen könnte.« Hilflos zuckte er die Schultern. »Das stimmte natürlich. Na ja, dann wurde sie schwanger. Ich habe sie gefragt, ob das Kind vielleicht von mir sein könnte, aber das hat sie verneint, und sie hat mir erzählt, dass ihr Mann sie zum Sex gezwungen hat. Es war wohl nicht so, dass er sie vergewaltigte, aber weil sie verheiratet waren, vertrat er die Auffassung, dass ihm das zustünde, und deshalb übte er Druck auf sie aus.« Er wedelte mit den Händen vor seinem Gesicht herum, als wolle er die Gedanken verscheuchen. »Und dann war's vorbei. Sie hat gesagt, sie will sich jetzt nur noch um das Kind kümmern, und wenn die Zeit gekommen ist, dann nimmt sie das Kind und verlässt Tin, irgendwann. Nika sagte, dann wären wir frei und würden neu anfangen. Natürlich war ihr klar, dass ich warten würde. Aber ich habe sie nicht mehr wiedergesehen. Sie hat sich nie wieder gemeldet.«

»Haben Sie sich bei ihr gemeldet?«

»Nein.«

»Warum nicht?«

»Weil es nicht an mir gelegen hat. Alles hing von Nika und *ihrer* Entscheidung ab.«

»Sie haben ihr nicht hin und wieder eine Nachricht geschickt, sich mit ihr getroffen oder mit ihr telefoniert?«

»Nein«, antwortete Feliks Vidas ganz ruhig.

»Können Sie mir mal Ihr Handy zeigen?«, fragte Sandra.

»Sie glauben mir nicht?« Er wirkte darüber beinahe gekränkt.

»Wir wollen nur sichergehen.«

Vidas stand auf, hob seine Jacke vom Boden auf und fischte das Handy aus der Jackentasche.

Als er es ihr gab, fragte Sandra: »Haben Sie etwas dagegen, wenn ich mir mal Ihre Nachrichten darauf ansehe?«

»Von mir aus. Meinetwegen können Sie das Handy auch mitnehmen und überprüfen lassen. Bis morgen brauche ich es allerdings wieder, ich muss für Veranstalter und für meinen Manager erreichbar sein.«

Sandra sah die Nachrichten durch, aber von Nika war darauf keine Spur, auch sonst gab es keine Hinweise darauf, dass er sie vielleicht unter einem anderen Namen gespeichert hätte. Sandra hatte Nikas Handynummer noch einigermaßen im Kopf, und keine einzige Nummer endete mit den Ziffern 359. Sie reichte ihm das Handy. »Ich denke, es ist nicht nötig, dass wir es mitnehmen, vorerst zumindest.« Mit einem Lächeln fügte sie hinzu: »Ich wundere mich trotzdem ein wenig darüber, dass Sie sich bei ihr nicht nach dem neuesten Stand erkundigt haben. Sie haben doch darauf gehofft, dass Nika sich trennt?«

»Ich habe Ihnen doch schon gesagt, dass es von ihr abhing und ich ihr versichert habe, dass ich auf sie warten werde. Außerdem habe ich meinen Stolz.« Geknickt ergänzte er: »Ich weiß nicht, warum ich nichts mehr von ihr gehört habe. Ob es daran lag, dass sie den Schritt zur Trennung nie gewagt, mich aber weiterhin geliebt hat, oder ob sie mich vergessen hat. Eines von beiden ist es auf jeden Fall.«

Eine Minute des Schweigens verstrich, und als klar

war, dass er nichts mehr sagen würde, fragte Sandra: »Sie sind Musiker? Was genau machen Sie?«

»Ich schreibe Songs für meine Band und für andere Bands und Solokünstler. Außerdem spiele ich Gitarre und Keyboard.«

»Sie können davon leben?«

»Ja, inzwischen kann ich gut davon leben.«

»Als Sie mit Nika eine Beziehung hatten«, fing Zelenika an, »da ging es Ihnen finanziell nicht besonders gut, und Sie haben gekellnert. Sie konnten nicht wissen, dass sich Ihre Musik auszahlen würde. Was hätten Sie ihr denn bieten können?«

Vidas lachte bitter auf. »Ich weiß nicht, ob Sie jemals wirklich geliebt haben. Nika und ich haben über solche Dinge wie Geld nicht gesprochen. Außerdem hatte Nika ein Haus, hat gearbeitet, und ich habe auch Geld verdient. Wir wären schließlich nicht verhungert.«

»Das Kind...«, fing Sandra vorsichtig an, »ist von ihrem Mann, sagte Nika?«

»Ja, da war sie sich ganz sicher. Es gab einen Zeitraum von drei Wochen, als ich mit meiner Band Studioaufnahmen in Zagreb gemacht habe. Zu diesem Zeitpunkt muss es wohl passiert sein, dass sie schwanger wurde.«

»Ach so, hm. Haben Sie denn mal... ein Foto des Jungen gesehen?«

»Nein. Wieso?«

»Keine Ahnung, einfach so. Hat es Sie nicht interessiert?«

»Eigentlich nicht, warum auch. Es wäre ja nur ein

Foto gewesen. Wenn sie ihren Mann verlassen und mit mir zusammengelebt hätte, dann wäre ich gut zu ihrem Kind gewesen. Ich mag Kinder. Aber mir ein Foto ansehen? Wozu?«

Er schien es nicht zu kapieren, überlegte Sandra, weshalb sie es gut sein ließ. Es würde ohnehin nichts nützen, wenn sie Vermutungen anstellte. Und große Ähnlichkeit allein war noch längst kein Beweis für Verwandtschaft. Aber die Ähnlichkeit war unübersehbar. Die Augenfarbe und deren Form, das helle Haar und auch die Form des Mundes hatten das Kind und Feliks Vidas gemeinsam.

»Haben Sie denn schon jemanden in Verdacht? Nikas Mann vielleicht?«, fragte Vidas plötzlich.

Zelenika stöhnte belustigt auf. »Wir halten die Augen offen und vernehmen die Leute in ihrem Umfeld. Ein gravierender Verdacht gegen jemanden besteht bis jetzt noch nicht. Es ist allerdings interessant, dass jeder meint, ihr Mann sei es gewesen.«

Vidas sah ihn verständnislos an. »Ich möchte Ihnen ja nicht zu nahe treten, aber sollte Ihnen das nicht zu denken geben?«

»Ach, wissen Sie, wenn wir jeden festnehmen würden, der von den Leuten beschuldigt wird, dann könnten wir auch gleich Pranger und Scheiterhaufen wieder einführen. Schuldzuweisungen sind manchmal hilfreich, manchmal entlarvend und manchmal einfach nur überflüssig.«

»Das leuchtet mir ein.«

Sandra legte ihre Visitenkarte neben Vidas auf den

Wohnzimmertisch. »Melden Sie sich bitte, wenn Ihnen noch etwas einfällt, das uns nützlich sein könnte.«

»Darauf können Sie sich verlassen«, sagte er, kaum, dass sie den Satz zu Ende gesprochen hatte. Er brachte sie zur Tür und nickte ihnen zum Abschied zu. Seine Augen hatten sich wieder mit Tränen gefüllt.

15

Sandra fuhr Zelenika und Milić zurück ins Präsidium. Sie sollten noch den Bericht schreiben und die Aussage von Branimir Toić aufnehmen. Sie selbst hatte zusammen mit Sedlar einen Gesprächstermin mit Lovro Šprem ausgemacht, von dem sie sich weitere Erkenntnisse zur Beziehung der Vukelićs erhofften.

»Danke, dass Sie die Zeit gefunden haben, noch einmal mit uns zu sprechen«, sagte Sandra, als sie Lovro Šprem gegenübersaßen. Sie hatten sich wie selbstverständlich auf dieselben Plätze wie am Tag zuvor gesetzt, als wären sie hier schon Stammpatienten.

Šprem nickte freundlich. »Zeitlich ist das gerade günstig, da ich heute meine Praxis etwas früher schließe.«

»Es haben sich für uns neue Fragen ergeben«, fing Sandra an. Bevor sie die erste Frage an Nikas Therapeuten richtete, wollte sie jedoch noch etwas klären. »Ich möchte noch einmal sagen, dass wir selbstverständlich Ihre Schweigepflicht respektieren. Aber alles könnte uns weiterhelfen, und vielleicht fällt die eine oder andere Frage gar nicht unter die Schweigepflicht.«

Der Therapeut neigte den Kopf. »Fragen Sie, dann sehen wir weiter.«

Da Milić nicht mehr dabei war, zückte Sedlar Block und Stift. »Hat Frau Vukelić Ihnen gegenüber eine Astra erwähnt?«

»Astra? Diesen Namen höre ich zum ersten Mal in Zusammenhang mit Nika.«

»Sie hat diesen Namen wirklich nie erwähnt? Sind Sie sicher?«

»Nein, da bin ich sicher.« Šprem lehnte sich in seinem Sessel zurück. »Wer soll das sein, und woher haben Sie diesen Namen?«

»Angeblich eine Kollegin in der Bank, aber dort arbeitet niemand mit diesem Namen.«

»Was Sie nicht sagen. Das ist in der Tat sehr merkwürdig.«

»Sie wissen von ihrer Affäre?«, fragte Sandra.

»Ja.«

»Hatte sie noch andere Männer?«

»Nicht, dass ich wüsste. Beschwören kann ich es natürlich nicht, aber ich würde es dennoch ausschließen.«

»Für Nika kam nur dann ein Mann infrage, wenn er ihr zu Füßen lag. Kann man das so sagen?«

»Sehen Sie, das könnte man so ausdrücken, wenn man möchte, aber ich sagte Ihnen bereits, dass sie auf einem guten Weg war, das Muster zu durchbrechen.«

»Hatte sie Angst vor ihrem Mann?«

Šprem schien mit sich zu ringen. Einige Zeit verging, er nahm einen Schluck Wasser und lehnte sich dann wieder in seinem Sessel zurück. »Zu Anfang, etwa die ersten fünf bis sechs Monate der Therapie, war sie gehemmt, und ich hatte manchmal den Eindruck, als antwortete sie mechanisch. Ich spürte, dass sie nicht gelöst und authentisch war. Ich sagte ihr das nicht, denn das hätte sie nur unter Druck gesetzt. Tja, dann geschah es, dass wir eine Sitzung verlängerten. Sie war an diesem Tag meine letzte Patientin, meine Frau war verreist, und wir plauderten noch ein wenig nach der Sitzung. Plötzlich hörte ich ein Geräusch, so ein merkwürdiges Klacken. Ich brauchte ein paar Sekunden, um zu begreifen, was es war. Dann fiel es mir ein, und ich fragte: ›Nika, haben Sie etwa ein Aufnahmegerät in Ihrer Tasche?‹ An ihrer Reaktion merkte ich, dass ich richtiglag. Sie wurde rot und schüttelte vehement den Kopf. Dann sagte ich ihr, dass ich es nicht in Ordnung fände, dass sie unsere Sitzungen aufnahm, ohne mich vorher um mein Einverständnis zu bitten. Sie war beschämt und entschuldigte sich. Ich versicherte ihr, dass dies keine Auswirkungen auf unser Therapeuten-Patienten-Verhältnis hätte, wollte aber dennoch wissen, warum sie mich nicht vorher gefragt hatte. Nika holte das kleine Aufnahmegerät aus der Tasche und zeigte es mir. Sie sagte, ihr Mann wolle sich das anhören. Ich habe ihr gesagt, dass das nicht Sinn und Zweck einer Therapie ist, wenn jemand die Gespräche zwischen uns kontrolliert und überwacht. Bei der nächsten Sitzung hat sie mir erzählt, dass sie ihrem Mann gesagt hat, sie würde die Sitzungen von nun an nicht mehr aufzeichnen.« Šprem hob in bedauernder Geste die Hände. »Von da an fing gleichzeitig Nikas Wandlung an, aber ebenso nahmen die Auseinandersetzungen zwischen Nika und ihrem Mann zu, was ihr sehr zusetzte.«

»Haben Sie ihr geraten, ihn zu verlassen?«, fragte Sedlar.

»Ich kann meinen Patienten nicht sagen, tue dies oder tue das nicht. Ich kann ihnen Wege aufzeigen und sie unterstützen, das habe ich selbstverständlich getan. Aber sie hatte Angst. Allerdings hatte ich auch das Gefühl, dass sie von einer Art schlechtem Gewissen ihrem Mann gegenüber geplagt wurde. Das kristallisierte sich aber erst allmählich heraus.« Betrübt kniff er die Lippen zusammen, dann meinte er: »Nika machte solche Fortschritte, wissen Sie, aber dadurch kamen auch alte Geschichten hoch. Ihr wurde bewusst, dass sie Menschen oft unrecht getan hatte.«

»Aber warum sollte sie ihrem Mann gegenüber ein schlechtes Gewissen haben?«

»Das konnte ich bedauerlicherweise nicht mehr herausfinden.«

»Ihr Mann soll ihr massiv gedroht haben, für den Fall, dass sie ihn verlässt.«

Šprem nickte. »Normalerweise vermeide ich Ferndiagnosen, aber Nikas Mann bräuchte professionelle Hilfe. Er hat alles – und ich meine wirklich alles – auf eine Person ausgerichtet, auf Nika. Seine Frau wurde zur fixen Idee. Seine Träume, Pläne, Liebe, Zukunft … Und wenn dann diese Person eigene Wege gehen will und sich entfaltet, dann bricht das ganze Kartenhaus zusammen, und der Lebensinhalt existiert nicht mehr.«

»Was hat Nika Ihnen über ihre Affäre erzählt?«, fragte Sedlar.

»Sie wollte nicht darüber sprechen. Vergangen ist

vergangen, hat sie gesagt. Sie meinte nur, dass sie damals einen großen Fehler gemacht hat.«

»Hat sie gesagt, dass das Kind von ihrem Liebhaber ist?«

Der Therapeut sah Sedlar erstaunt an. »Nein. Das Kind ist von ihm?«

»Nein, nein, ist nur eine Vermutung.«

»Ach ja, Nika«, meinte er seufzend. »Ich werde sie vermissen. Es war so erfreulich mitanzusehen, wie sie sich weiterentwickelte.« Plötzlich lachte er kurz auf. »Einmal hat sie gesagt, dass es wundervoll ist, schön zu sein, der Nachteil aber wäre, dass ihr immer auch Idioten nachgelaufen sind. Sie erzählte, dass sie in letzter Zeit von einer Person ständig mit Nachrichten bedrängt wurde und sie ihr Handy gar nicht mehr einschalten mochte. Ich fragte, ob das nicht besorgniserregend sei, aber Nika meinte, das erlebe sie schließlich nicht zum ersten Mal, dann lachte sie gezwungen.«

»Hat sie gesagt, wer ihr so nachsetzte?«, fragte Sandra.

»Nika winkte nur ab und nannte ihn armselig und einsam.«

Warum haben Sie uns das nicht schon gestern erzählt?, hätte Sandra am liebsten gerufen, aber nun war Šprem schon über seinen Schatten gesprungen und gab bereitwillig Auskunft, da wollte sie ihm das nicht vorwerfen. Außerdem schien es Nika selbst nicht ernst genommen zu haben. Vielleicht war dieser aufdringliche Kerl wirklich nur armselig, einsam und harmlos. Vielleicht aber auch nicht.

Nachdem sie die Praxis des Therapeuten verlassen hatten, machten sich Sandra und Sedlar auf den Weg nach Krk, um noch einmal mit Tin Vukelić zu sprechen.

»Haben Sie den Wetterbericht gehört?«, fragte Sedlar, als sie in Hreljin Richtung Krk-Brücke fuhren.

»Ich habe doch schon gesagt, dass ich das selten verfolge. Wann sollte ich außerdem Zeit haben, den Wetterbericht zu hören?«

»Könnte ja sein.«

»Nein, eigentlich nicht.«

»Morgens, wenn Sie frühstücken und sich anziehen. Hören Sie dabei kein Radio?«

»Ich bin kein Morgenmensch und höre gar nicht richtig hin.«

»Wollen wir uns wirklich nicht duzen, wenn wir alleine sind?«

Sandra sah Sedlar nicht an, aber sie merkte an seiner Stimme, dass er lächelte. Sie blickte geradeaus und tat so, als müsse sie sich sehr auf den Verkehr konzentrieren. »Sie haben mich das schon mehrmals gefragt. Warum ist Ihnen das so wichtig?«

»Ich würde nicht sagen, dass es wichtig ist, aber es wäre … nett.«

»Lieber nicht, Sedlar.«

Aus den Augenwinkeln sah sie, dass er sie betrachtete. »Ist Ihnen wahrscheinlich zu intim, hm?«

»Wissen Sie, was ich nicht verstehe?«

»Was denn?«

»Warum Nika Vukelić ihren Mann nicht verlassen hat. Ich kapiere das einfach nicht.«

»Oh, was für ein abrupter Themenwechsel.« Sedlar rutschte auf dem Beifahrersitz ein Stück nach vorne. »Wenn jemand damit droht, einen in diesem Fall umzubringen, dann überlegt man sich das wahrscheinlich zweimal.«

Sandra fuhr über die Brücke, und sie tuckerten einem Touristen mit Wohnwagen hinterher. »Für mich ergibt das keinen Sinn. Die Eltern hatten zwar nicht die besten Erziehungsmethoden, aber Tatsache ist, dass sie ihre Kinder in materieller Hinsicht ziemlich verzogen haben. Auf ihre Weise lieben sie ihre Kinder, und sie würden ihnen alles zukommen lassen. Nun nehmen wir mal an, Nika packt die Koffer und sucht Schutz bei ihren Eltern – was naheliegend wäre, denn ins Frauenhaus hätte sie nicht gemusst. Die Eltern hätten doch, wenn nötig, eine Eisentür mit tausend Verriegelungen einbauen lassen, zwei Leibwächter engagiert und sonst was, um ihre Tochter zu schützen.«

»Ja, Frauen bleiben zwar manchmal aus Angst bei ihren gewalttätigen Männern, aber ... Sie haben recht. Die Eltern hätten wohl alles getan, und nicht zuletzt hätten sie ihn aus dem Haus gejagt, noch bevor er sich die Schuhe anziehen konnte.«

»Eben. Für Tin gab es viel zu verlieren. Und hat Nika ihm wirklich glauben können, dass er sie *umbringt*? Was hätte er davon gehabt, mal nüchtern betrachtet?«

»Nüchtern betrachtet stimmt das natürlich, aber wenn es mit nüchternen Betrachtungen getan wäre, dann bräuchte man keine Gefängnisse. Verstehen Sie, was ich sagen will? Der Mann hat einen gewaltigen

Knall, um es mal so auszudrücken. Er erstickt seine Frau mit Liebe – nennen wir es mal Liebe –, und gleichzeitig bindet er sie krankhaft an sich. Er hat seine Gefühle nicht im Griff, und offen gesagt, traue ich ihm zu, dass er die Kontrolle verliert. Mir scheint der Mann psychisch verdammt labil.«

»Aber warum sollte er ihr zum Strand folgen und sie dort töten? Der Mord scheint nicht geplant gewesen zu sein, und er ist nie morgens zum Schwimmen gegangen.«

»Vielleicht wollte er sie überraschen. *Hallöchen, guck mal, ich mach dir eine Freude und schwimme heute mal mit.* Dann kam es zum Streit.«

»Möglich ist vieles.« Sandra warf ihrem Kollegen einen Blick zu. »Würde er wirklich Hallöchen sagen?«

Sedlar lächelte, dann sah er sie an. »Mir gefällt Ihr neuer Haarschnitt.«

»Ich habe keinen neuen Haarschnitt. Und was ist mit Lana? Vielleicht spielt sie uns etwas vor. Möglicherweise ist sie doch in Tin verliebt. So sehr, dass sie ihre Schwester töten würde?«

»Ihre Übergänge sind heute nicht gerade fließend.« Sedlar blickte wieder geradeaus. »Der Gedanke schwirrt mir auch im Kopf herum, aber…«

»Was? Sagen Sie's, Sedlar.«

»Ich weiß, es ist komisch, dass ausgerechnet ich das sage, aber irgendwie will ich es nicht recht glauben, dass sie so etwas tun könnte.«

»Ha!« Sandra lachte. Sie erinnerte sich an Streitgespräche mit Sedlar, in denen es genau darum ging. Immer wieder hatte er beteuert, dass man keine Rücksicht auf die Täterbiografien verschwenden sollte und dass Mitgefühl oder persönliche Sympathie bei einer Ermittlung nichts zu suchen hätten. Sandra standen solche Gefühle während der Arbeit nicht im Weg, aber sie ließ sie zu, wenn sie da waren. Niemals hätte sie einen Täter deshalb verschont, aber sie konnte auch nicht agieren wie ein Roboter. »Sie mögen sie, Sedlar. Ist doch okay.«

»Also, ich würde jetzt nicht so weit gehen zu sagen, dass ich sie mag, aber ich würde mir wünschen, dass sie nicht die Täterin ist. Sie tut mir irgendwie leid. Auch für die bescheuerten Eltern wäre es gut, wenn es nicht Lana gewesen ist. Stellen Sie sich vor, wie furchtbar das für sie wäre, erst ein Kind zu verlieren und dann das andere wegen Mordes im Gefängnis zu wissen.«

»Ich mag Ihre weiche Seite, Sedlar.«

»Das hat doch mit ›weiche Seite‹ nichts zu tun. Es ist die reine …«

»Logik?«

»Mir fällt kein adäquates Wort ein.«

»Wie schade«, meinte Sandra ironisch.

»Es ist wie mit Kain und Abel. Für die Eltern muss das schrecklich gewesen sein.«

»Die Eltern waren Adam und Eva.«

»Tatsächlich? Ich dachte, Sie sind keine besonders leidenschaftliche Katholikin?«

»Erstens hat mir meine Mutter immer Bibelgeschichten vorgelesen, und zweitens ist das Allgemeinbildung.«

»Was für eine Klugscheißerin«, murmelte Sedlar leise vor sich hin.

»Wie bitte?«

Er wandte ihr das Gesicht zu und rief: »Ich sagte, was für eine kluge Chefin ich doch habe.«

Gespielt abschätzig musterte sie ihn. »Das ist korrekt, Sedlar. Absolut korrekt.«

Sie lachten, dann sagte Sedlar: »Ich mag Ihr Lachen. Es erinnert mich an Sommer, Urlaub, Frühlingswiesen ...«

»Halten Sie die Klappe.«

»Okay.«

16

Vom Auto bis zu Tin Vukelićs Eingangstür mussten sie mit ihrem gesamten Körpergewicht gegen die Bura ankämpfen.

Tin öffnete und schien überrascht. »Sie kommen bei diesem Wetter?«

»Tja, Herr Vukelić, wir arbeiten sozusagen bei Wind und Wetter«, antwortete Sandra, während sie eintraten. »Es gibt bei uns weder Hitzefrei noch Burafrei.«

»Ich bin heute nicht zur Arbeit, musste meinen Stand abbauen, damit morgen noch etwas davon übrig ist.« Vukelić führte sie ins Wohnzimmer, wo Lana gerade das Geschirr abräumte und sie begrüßte. Es sah danach aus, als hätten die beiden gerade zu Abend gegessen. In der Mitte des Tisches brannte eine Kerze. Ein Candle-Light-Dinner? Oder wurde wieder eine Kerze für Nika angezündet?

Lana schien zu bemerken, dass Sandra die Kerze ins Auge gestochen war. »Tin meinte, wir sollten für Nika jeden Tag eine Kerze anzünden.«

»Ach so, ja dann.« Sandra hoffte, dass es nicht allzu ironisch klang, aber sie wollte auch nicht, dass man sie für dumm verkaufte. Eine Kerze für die ermordete Ehefrau und Schwester auf dem Esstisch anzuzünden und dann in trauter Zweisamkeit zu Abend zu essen war mehr als ungewöhnlich, beinahe schon geschmacklos.

Lana trug das Geschirr in die offene Küche. »Möchten Sie etwas trinken?«, fragte sie, ganz die Gastgeberin.

»Nein, danke.« Sandra und Sedlar setzten sich an den Tisch, nachdem Tin sie dazu aufgefordert hatte. Er saß am Kopfende, und die beiden nahmen jeweils auf einer Seite neben ihm Platz.

»Seltsam.« Sandra schenkte Tin ein Lächeln. »Sie wundern sich, dass wir bei Bura hier rausfahren, aber bei Ihrer Schwägerin wundern Sie sich nicht?« Sandra drehte den Kopf in Lanas Richtung. »Nichts für ungut.«

»Oh«, machte Lana und schabte die Essensreste vom Teller. »Wenn ich nicht nach Tin sehen würde, dann würde er nichts essen und nicht auf sich achten.«

»Was gab es denn zu essen?«, fragte Sedlar.

Tin sah ihn verwundert an.

»Es interessiert mich einfach.«

»Schwarzes Risotto«, antwortete Tin.

»Hört sich gut an«, sagte Sedlar lächelnd. »Eines meiner Lieblings-Fischgerichte.«

»Möchten Sie etwas davon?« Lana blickte von Sedlar zu Sandra. »Es ist noch genug da.«

»Nein, nein, vielen Dank«, antworteten beide fast gleichzeitig.

»Es ist wirklich noch genug da«, bestätigte Tin.

»Das ist sehr freundlich.« Sandra schüttelte kurz den Kopf. »Aber wir möchten nichts, danke. Aber vielleicht doch zwei Gläser Wasser.« Erst jetzt wurde Sandra bewusst, dass sie auch heute wieder nicht richtig gegessen hatte. Sedlar hatte bestimmt auch Hunger. Aber dass sie hier aßen, kam natürlich überhaupt nicht infrage. Es duftete wundervoll, nach Olivenöl, Knoblauch und Kräutern.

»Frau Škalamera?«

Als Lana die beiden Gläser mit Wasser vor sie hinstellte, sah sie Sandra an und wirkte dabei fast etwas ängstlich. »Ja?«

»Leider muss ich Sie bitten zu gehen.«

Lana starrte sie an. »Ich soll in einen anderen Raum gehen?«

»Nein, ich möchte Sie bitten, dass Sie aus dem Haus gehen. Wenn Sie nur in einen anderen Raum gehen, dann kann man das Gespräch gegebenenfalls mithören. Aber wir möchten mit Herrn Vukelić alleine sprechen.«

Lana drehte sich zu ihrem Schwager und sah ihn abwartend an, als erhoffte sie sich seine Unterstützung.

Tin zuckte nur die Schultern und schwieg. Er sah beinahe gelangweilt aus, als sei es ihm egal, ob sie ging oder blieb, was vielleicht auch stimmte.

»Ja, gut. Wenn Sie meinen.« Lana ging in den Flur, zog sich Schuhe und Jacke an, winkte und rief: »Bis bald.«

Meinte sie damit Tin oder Sandra und Sedlar? Oder alle zusammen?, fragte sich Sandra, tippte aber auf Tin. Morgen würde sie mit Sicherheit wieder nach ihm sehen und ihm etwas kochen. »Ist es angenehm für Sie, dass Ihre Schwägerin sich um Sie kümmert?«

»Muss sie ja gar nicht, aber es ist schön, ja.« Tin

machte einen zufriedenen Eindruck. Sandra wartete nur darauf, dass er sich wohlig über den Bauch strich. »Ist schon komisch, irgendwie. Ich hab mich immer um Nika gekümmert, und mit Lana ist es umgekehrt – sie kümmert sich um mich.«

Sedlar wollte gerade einen Schluck Wasser nehmen, als er in der Bewegung verharrte. »Sie denken darüber nach, mit ihr eine Beziehung anzufangen?«

»Was?! Nein! Natürlich nicht!«, rief Tin erbost und lief ein wenig rot an. »Wie kommen Sie denn darauf?«

»Es war Ihr Vergleich, der mich darauf brachte, Herr Vukelić.«

Er fing an, wild zu gestikulieren. »Nein, nein, wirklich nicht. Das wäre doch unmoralisch. Mal davon abgesehen, dass Lana gar nicht mein Typ ist.« Tin blickte von Sedlar zu Sandra. »Gibt es etwas Neues?«, fragte er übergangslos.

»Es haben sich zusätzliche Fragen ergeben«, antwortete Sandra ausweichend.

»In Ordnung. Was wollen Sie denn wissen?«

»Sie haben gesagt, dass Ihre Frau Kontakt zu einer gewissen Astra hatte.«

Tin nickte. »Eine Kollegin aus der Arbeit.«

»Tja, wie es aussieht, gibt es dort keine Kollegin, die so heißt, hat es auch nie gegeben. Das hat uns die Filialleiterin der Bank gesagt, die seit achtzehn Jahren dort arbeitet.«

Sandra konnte beobachten, wie sich bei Tin sämtliche Rädchen im Kopf zu drehen begannen. »Es gibt dort keine Astra? Wie kann das sein?« Sein Gesicht nahm einen wütenden Ausdruck an. »Sie hat mir etwas verheimlicht. Aber ich hab doch ...«

»Was?«

»Die Nachrichten auf ihrem Handy gelesen.« Schuldbewusst biss er sich auf die Unterlippe. »Ich weiß, dass sich das nicht gehört, aber ich bin manchmal aus Neugier an ihr Handy gegangen.«

»Was stand in diesen Nachrichten?«

Tin grübelte. Sein linkes Augenlid fing an, nervös zu zucken. »Da stand ... so etwas wie: *Das Betriebsfest war ein voller Erfolg, nicht wahr?*, oder *Ich muss unser Treffen um eine Stunde verschieben, weil ich mit dem Kleinen zum Zahnarzt muss.* Einmal hat sie auch geschrieben: *Ich muss unbedingt mit dir sprechen. Dieser verdammte Kerl! So geht das nicht weiter!* Wahrscheinlich hatte sie Beziehungsprobleme, aber Nika war eigentlich nicht der Typ dafür, über die Probleme anderer zu sprechen. Sie hat mir auch mal gesagt, dass es sie tödlich langweilt, wenn eine Frau mit ihr über ihre Beziehungsprobleme reden will. Deshalb wundert es mich, dass diese Astra ausgerechnet mit Nika über so etwas sprechen wollte.« Im nächsten Augenblick fügte Tin aufgeregt hinzu: »Ach ja, und kürzlich schrieb sie: *Du hast es getan, oder, Nika? Selbst das würde ich dir verzeihen. Wir müssen uns sehen!* Auf diese SMS habe ich sie sogar angesprochen, ich habe gesagt, dass ich ihr Handy mit meinem verwechselt habe.«

»Und wie war ihre Erklärung?«

»Sie hat gesagt, dass Astra sie unheimlich zu nerven beginnt. Sie sei wie eine Klette, habe keine anderen

Freundinnen und jetzt belästige sie Nika mit ihren pubertären Befindlichkeiten. Nika mochte es, bewundert und umgarnt zu werden, ja, aber das wurde ihr zu anstrengend.«

»Warum haben Sie uns das nicht gestern schon erzählt, als Sie Astra erwähnt haben?«

»Was erzählt? Dass eine vereinsamte Frau die Freundschaft zu Nika nicht verlieren will? Ist das wichtig?«

»Das wissen wir nicht.« Sandra merkte, dass in ihrer Antwort ein verärgerter Unterton mitschwang. »Es könnte wichtig sein. Die Frage ist jetzt, wer diese Astra ist. Ihre Frau hatte definitiv einen Grund, Astras Identität zu verschleiern. Sie hat ihr einen Arbeitsplatz angedichtet, der nicht existiert. Wissen Sie, ob es jemanden gibt, der Ihre Frau zusammen mit dieser Astra gesehen hat? Möglicherweise ist jemand den beiden mal in der Stadt begegnet?«

»Soweit ich weiß, nicht.«

»Herr Vukelić, Ihnen ist schon klar, dass Astra auch ein Mann sein könnte?«

Das schien ihm nicht klar gewesen zu sein, wie sein entsetzter Gesichtsausdruck verriet. »Ein Mann? Was denn für ein Mann?«

Sandra und Sedlar wechselten einen Blick. Sedlar hob die Augenbrauen, als wollte er sagen, dass Tin ein hoffnungsloser Fall war.

Sandra rieb sich kurz die Lider. »Möglich ist es jedenfalls. Ich sage nicht, dass es so ist.«

»Nika hat mich geliebt!«

Sandra würde ihn bestimmt nicht daran erinnern,

dass seine Frau schon einmal eine Affäre gehabt und sie ihn damals angeblich ebenfalls geliebt hatte.

»Sie wollten Nika ganz für sich, Herr Vukelić?«

»Sie war meine Frau!«, blaffte der Gefragte Sedlar an.

»Ja, sicher. Aber Sie waren auch eifersüchtig auf die wenigen Freundschaften, die sie hatte.«

»Eifersüchtig... nein. Gut, vielleicht ein bisschen, aber nicht schlimm.«

»Waren Sie auch eifersüchtig auf ihren Therapeuten?«

Tin Vukelić wich mit dem Oberkörper zurück und sah Sedlar erschrocken an. »Was reimen Sie sich denn da zusammen? Ich war doch nicht eifersüchtig auf den alten Sack.«

»Warum sollte Ihre Frau die Sitzungen auf Band aufzeichnen, damit Sie sie anhören können? Was war der Grund?«

»Es interessierte mich, was die beiden da so bequatschten. Ich habe sie doch nicht dazu gezwungen. Als Nika sagte, dass sie es nicht mehr will, habe ich das akzeptiert.«

»Wirklich?«, hakte Sandra nach.

»Ja. Ich habe keinen Hehl daraus gemacht, dass ich dieses Gebrabbel bescheuert fand, deswegen hat es mich auch gar nicht mehr interessiert.«

»Warum fanden Sie es denn bescheuert?«

Tin rutschte nervös auf dem Stuhl herum und legte sich die Worte zurecht. »Es war auffällig, dass Nika mich als Thema gemieden hat, und wenn der Typ dann nachgefragt hat, weil er ja unbedingt herumdoktern musste, dann hat sie ein auswendig gelerntes Sätzchen gesagt wie: *Tin ist ein wundervoller Mann*, und dann haben sie wieder von Florijan und ihren Eltern geredet.«

»Wie sind *Sie* mit dem Tod des Kindes umgegangen? Haben Sie das verarbeitet?«, wollte Sandra wissen.

Er hob langsam die Arme und massierte sich mit Zeige- und Mittelfinger die Schläfen, was einige Zeit in Anspruch nahm. »Alles war so furchtbar. Ich habe mit Alen, das ist meine langjährige Aushilfe in der Strandbar, auf dem Balkon gesessen. Florijan hat in einer Ecke des Balkons mit Bauklötzen gespielt. Alen und ich saßen nur ein paar Meter entfernt, und ich habe immer wieder zu Florijan hingesehen... Wahrscheinlich ist einer der Bauklötze unter der Balustrade rausgerutscht und nach unten gefallen. Man fand den Bauklotz später. Florijan war ein zierliches Kind, dünn, so wie Nika. Er ist wahrscheinlich unter die Balustrade gerutscht, oder zwischen die Gitterstäbe, ich weiß es nicht. Wir haben es nicht gesehen. Wir haben es gehört, Alen und ich. Diesen dumpfen Aufschlag. Ich habe mich nach Florijan umgedreht, aber er war nicht da. Alen sprang auf, sah nach unten und schrie etwas. Es klang nach: *Oh Gott! Oh mein Gott!* Wir sind nach unten gelaufen. Er war tot. Das Gehirn war herausgequollen. Das Blut breitete sich um seinen Kopf herum aus und lief in alle Richtungen.«

Sandra und Sedlar schwiegen.

»Die Beerdigung war ein Horror, wie Sie sich vorstellen können«, sprach Tin schließlich weiter. »Nikas

Eltern haben mir den Tod gewünscht. Irgendjemand hat mir sogar ins Gesicht geschlagen.« Er lachte bitter auf. »Ich weiß gar nicht mehr, wer das war, wirklich. Nikas Mutter, nehme ich an.« Er stand auf und ging zur Kommode. »Ich würde jetzt gerne etwas trinken, wenn's recht ist.«

»Das werden wir Ihnen wohl kaum verbieten, Herr Vukelić«, sagte Sandra.

Er nahm ein Glas aus der Vitrine neben der Kommode und schenkte sich zwei Fingerbreit *Cezar* Vinjak[13] ein. »Möchten Sie auch etwas?«

»Nein, danke. Wir bleiben lieber bei Wasser.«

»Ach ja, Sie müssen noch fahren.« Tin hob das Glas, warf den Kopf zurück und trank alles auf ex. Er stellte das Glas an der Kommode ab und schüttelte sich kurz. »Ich trinke selten so hartes Zeug. Aber die Erinnerung … ich …« Er setzte sich wieder auf den Stuhl, ohne seinen Satz zu beenden.

»Das muss sehr schwer für Sie gewesen sein.« Sandra sah ihm mitfühlend ins Gesicht. »Sie haben Ihren Sohn bestimmt über alle Maßen geliebt.«

Statt zu antworten, sprang Tin wieder auf, ging in die Küche und nahm sich ein alkoholfreies Bier aus dem Kühlschrank. Laut kramte er in einer Schublade nach dem Flaschenöffner. Sandra stand auf und ging zu ihm. In dem Moment, als er die Flasche öffnete, noch bevor er den ersten Schluck nahm, sagte er: »Ja, hab ich.«

---

13 Weinbrand

Sedlar verließ ebenfalls den Tisch und stellte sich neben Sandra. »Hat er Ihnen ähnlich gesehen?« Sedlar stellte die Frage mit einer gewissen Leichtigkeit, fiel Sandra auf.

Tin stellte die Flasche ab und stützte sich mit der anderen Hand am Rand der Küchenzeile ab. »Das Kind war nicht von mir.«

»War es nicht?« Sandra sah ihn abwartend an.

Tin schüttelte den Kopf. Erschöpft lehnte er sich mit den Händen auf die Küchenzeile.

»Kommen Sie«, forderte Sandra ihn auf und berührte ihn leicht am Arm. »Setzen wir uns wieder hin.«

Langsam ging Tin wieder zum Tisch und ließ sich auf den Stuhl fallen.

»Haben Sie es von Anfang an gewusst?«

»Ich hab's geahnt, wollte es aber nicht wahrhaben. Doch als Florijan größer wurde, da wurde es immer offensichtlicher, dass er nichts von mir hatte. Ich meine, wirklich gar nichts. Er war eher das Gegenteil von mir. In einem Streit habe ich Nika gesagt, dass ich weiß, dass das Kind nicht von mir ist. Außerdem hat es ja auch zeitlich gut gepasst. Mit der Affäre, meine ich.«

»Hat sie es sofort zugegeben?«

»Wir waren beide wütend, und dann hat sie es mir mit einer Genugtuung an den Kopf geworfen.«

»Wer weiß es noch außer Ihnen?«

»Niemand. Kein Mensch.« Dann fiel ihm ein: »Ach doch, Lana weiß es, glaube ich.«

»Wie haben Sie eigentlich von der Affäre erfahren?«, wollte Sedlar wissen.

»Ich kannte Nika, habe alles an ihr studiert. Ich kannte die kleinste Regung und konnte sie interpretieren und analysieren. Ich habe gemerkt, dass sie sich verliebt hat. Ich wollte, dass sie den Kerl vergisst und mich wieder liebt, deshalb habe ich alles getan, was sie wollte, und war aufmerksam und lieb zu ihr.«

»Hm«, kam es von Sedlar, und sein »Okay« klang mehr nach einer Frage.

Sandra stand vom Stuhl auf und ging ein paar Schritte. »Nach dem ... Unfall ... wurde Ihre Frau wieder schwanger und erlitt eine Fehlgeburt. Warum haben Sie das nicht erwähnt?«

Er zuckte die Schultern. »Weiß nicht. Sie war ja nur ein paar Wochen schwanger und hatte noch keinen Bauch. Es war keine Tragödie für mich. Ehrlich gesagt, war ich erleichtert.«

Sandra stellte sich hinter den Stuhl und umfasste die Lehne. Verwirrt starrte sie auf Tin. »Sie waren erleichtert, dass Ihre Frau das Kind verloren hat?«

»Ja. Als Florijan noch lebte, da kümmerte sie sich ständig nur um ihn. Mich beachtete sie kaum noch. Deshalb war ich über die Fehlgeburt nicht traurig. Ich fand die Vorstellung angenehm, dass ich Nika mit niemandem teilen musste.« Er blickte zu Boden.

Sedlar warf Sandra einen verstörten Blick zu.

»Es gibt noch etwas, das ich wissen muss, Herr Vukelić. Dann werden wir Sie für heute in Ruhe lassen.«

Er sah sie beinahe ängstlich an.

»Hatte Ihre Frau Angst vor Ihnen?«

»Angst? Nein, warum hätte sie denn Angst vor mir haben sollen? Ich habe ihr nie etwas getan.«

»Sie haben Ihrer Frau damit gedroht, dass Sie sie töten würden, wenn sie Sie verlässt?«

Tin sah sie entsetzt mit offenem Mund an. »Wo haben Sie denn diesen Scheiß wieder her?«, schrie er und hob theatralisch die Arme, um sie gleich darauf hilflos wieder fallen zu lassen. »Das würde mich wirklich mal interessieren. Wer hat Ihnen diesen Blödsinn erzählt?«

»Wir haben es nicht nur aus einer Quelle.«

»Ihre Quellen sind scheiße.«

Sandra sah ihm in die Augen. »Bei allem Verständnis für Ihre Situation, aber ich würde Sie bitten, sich zu mäßigen. Und hören Sie auf, so herumzuplärren. Das geht mir auf die Nerven.«

Das schien ihm unangenehm. »Gut, entschuldigen Sie«, sagte er, um einiges leiser. »Aber ich schwöre Ihnen, nie im Leben habe ich jemals irgendwelche Morddrohungen ausgesprochen. Kann schon sein, dass ich kein Heiliger bin, aber ich könnte keinen Menschen töten. Schon gar nicht einen Menschen, den ich liebe.«

»Vielleicht hat Nika das aus Kalkül erzählt.«

Tin starrte sie an. »Aus Kalkül? Wie meinen Sie das?«

»Na ja, ich bin mir nicht sicher, ob Sie mein Gedankenspiel hören wollen.« Sie verschränkte die Arme und wartete auf seine Reaktion.

Es dauerte eine Weile, aber dann sagte er: »Doch, ja. Ich will es hören.«

»Nur mal angenommen, Nika plante, Sie zu verlassen. Dafür brauchte sie keinen Grund, denn jeder hätte es verstanden. Sie haben das Kind auf dem Gewissen, sind ein Schmarotzer... so ist doch ungefähr die allgemeine Meinung, nicht wahr?«

»Ja, wahrscheinlich«, presste er hervor.

»Wenn Sie wirklich die Wahrheit sagen, Herr Vukelić, und gegenüber Ihrer Frau nie eine Morddrohung ausgesprochen haben, dann frage ich mich zwei Dinge. Erstens, warum hat Nika Sie nicht einfach verlassen? Zweitens, brauchte Nika vielleicht einen triftigen Grund, weshalb Sie plötzlich erstochen im Haus liegen?«

»Was?« Tin schien es tatsächlich nicht zu begreifen.

»Wenn Nika allen erzählt, dass ihr Mann unberechenbar ist und ihr damit droht, sie zu töten, wenn sie ihn verlässt, dann musste sie sich verteidigen, als sich das Ganze zuspitzte. Nika hätte dann nur in Notwehr gehandelt, um ihr eigenes Leben zu retten.«

Tin lachte verbittert auf. »Das ist doch Irrsinn!«

»Gut, nehmen wir an, dass es eine irrsinnige Theorie ist. Aber wenn es stimmt, was Sie sagen, dann brauchte Ihre Frau einen vorgeschobenen Grund, um Sie loszuwerden. Nun bleibt aber die Frage, weshalb ist sie nicht einfach gegangen, Herr Vukelić?«

Nervös rieb er sich die Stirn. »Sie hätte *mich* doch nicht getötet.« Es klang nicht mehr ganz so überzeugend.

»Warum ist sie nicht einfach gegangen? Hatten Sie Ihre Frau mit irgendetwas in der Hand?«

Tin ließ den Kopf sinken und schnappte nach Luft. »Ich wollte doch nur nicht, dass sie mich verlässt.«

»Sagen Sie mir, worum es ging, Herr Vukelić.«

Die Zeit verstrich. Im Hintergrund hörte man das Ticken einer Uhr, die in Intervallen vom Tosen der Bura übertönt wurde. Endlich sah Tin sie an und sagte: »Ich wusste Dinge über Nika, die sie den Kopf gekostet hätten.«

17

»Was war es, das Sie über Nika wussten?«, fragte Sandra, nachdem Tin über seinen letzten Satz eisern schwieg.

»Aus dieser Sache hätte sie sich nie und nimmer rauswinden können. Wenn ich das an die Öffentlichkeit gebracht hätte, wäre Nika im Knast gelandet und ihre Eltern hätten... Ich weiß nicht, ob sie Nika verstoßen hätten, aber es hätte schlimme Konsequenzen für sie gehabt, auch weil sie ihren Job losgewesen und vorbestraft gewesen wäre.«

»Verstehe.« Sandra stellte sich vor Tin und bemühte sich, neutral zu klingen, damit er weitersprach. »Ihre Frau hat bei der Bank irgendwelche Dinger gedreht, oder?«

Er nickte. »Sie hat sich oft so teure Sachen gekauft, richtig teure Sachen. Nikas Eltern machten ihr von Zeit zu Zeit teure Geschenke, kauften ihr aber keine teuren Handtaschen, damit kannten sie sich gar nicht aus, weil sie nie teure Markenware gekauft haben. Zum Geburtstag bekam sie immer das obligatorische Kuvert mit zehntausend Kuna. Wenn Nika sagte, dass unser Kühlschrank kaputt war, dann stand nach zwei Tagen der Lieferant mit einem neuen Kühlschrank vor der Tür.«

»Aber Geldgeschenke bekam sie nicht, außer zum Geburtstag?«

»Und manchmal zusätzlich zu Weihnachten. Mir war klar, dass sie das Geld für dieses ganze Zeug nicht verdient haben konnte, und in diesem Ausmaß konnte es auch nicht von ihren Eltern stammen. Das Erbe von ihrer Großtante hat sie angelegt, weil ihre Mutter sie dazu gezwungen hat. Wenn ihre Mutter gestorben wäre, hätte Nika das Geld am nächsten Tag abgehoben und ziemlich schnell verprasst. Nika und Lana konnten noch nie mit Geld umgehen, weil sie, sobald es alle war, wieder neues bekamen.«

»Wie haben Sie davon erfahren, dass Nika in der Bank mauschelt? Hat sie es Ihnen erzählt?«

»Wir haben gestritten, woher das ganze teure Zeug kommt. Ich habe befürchtet, dass ein Mann dahintersteckt. Ein reicher Kerl, der ihr all diese Sachen kauft. Aber dann hat sie mich wütend angefunkelt und gefragt: ›Hältst du mich für eine dümmliche Schlampe, oder was? Wenn hier jemand andere manipuliert, dann bin *ich* das. Ich bin der Wolf und nicht das Lamm, hast du mich verstanden?‹ So hat sie es gesagt, wortwörtlich. Das habe ich mir eingeprägt, weil ich nie diesen kalten Blick vergessen werde und diesen überlegenen Gesichtsausdruck. Dann hat sie mir davon erzählt, wie sie jemandem hohe Kredite gewährt, obwohl er nicht kreditwürdig ist. Sie klang beinahe stolz dabei, voller Genugtuung. Ich spürte, wie erleichtert sie war, als all das aus ihr heraussprudelte. Als hätte sie es kaum erwarten können, es endlich jemandem zu erzählen.«

Sandra seufzte und wandte sich ab. Sie ging im Wohnzimmer herum. Sedlar hatte sich über den Tisch gelehnt und beobachtete sie.

»Das ist ein Phänomen, das man immer wieder beobachtet«, erklärte Sandra. »Irgendwann wollen die Täter über das vermeintlich perfekte Verbrechen reden. Sie wollen Anerkennung für ihre Cleverness und Überlegenheit. Und dass Nika generell Anerkennung brauchte, wissen wir bereits.«

Tin reagierte nicht. Er sah sie nur an und schloss von Zeit zu Zeit die Augen.

»Was hat Nika Ihnen über ihre Machenschaften erzählt?«

»Sie hat jemandem dabei geholfen, dass er hohe Kredite bekommt.«

»Also Kreditbetrug.«

»Kann sein.«

»Wer war dieser Jemand?«

»Das wollte sie nicht sagen. Ich habe sie danach noch einmal gefragt, wer es ist, aber sie hat gesagt, dass sie nicht mal unter Folter gestehen würde.«

Sedlar nickte gespielt anerkennend und kommentierte: »Na sowas, da war sie aber verdammt solidarisch gegenüber einem Kriminellen.«

Sandra sah zu ihm hinüber. »Na ja, kriminell ist sie ja auch geworden, und Kriminelle sind miteinander immer solidarisch. Müssen sie ja sein.« Sie blickte wieder zu Tin. »Was hat sie darüber erzählt? Irgendetwas wird sie doch geäußert haben.«

»Viel wollte sie nicht erzählen. Ich weiß nur, dass sie

außerdem für diesen Typen viele Konten eröffnen und verwalten ließ, damit größere Beträge in viele kleine Konten gesplittet wurden und die Bank nicht misstrauisch wurde. Nika sagte, es ging zwar nicht um einen ganz großen Typen, also nicht um einen Politiker oder Wirtschaftsboss, aber immerhin um größere Geldbeträge in regelmäßigen Abständen.«

»Aber sie arbeitete doch in der Kreditabteilung. Wie konnte sie da Konten eröffnen und verwalten?«

»Ich habe echt keine Ahnung, wie das bei denen so läuft. Hat mich auch nicht sonderlich interessiert.«

Sedlar suchte Sandras Blick. »Aber ihre Freundin Ena hat am Schalter gearbeitet. Vielleicht hat sie Ena überredet, das zu tun.«

»Oh … ach ja.« In Sandras Kopf begann es zu arbeiten. »Deshalb hat sie sich mit Ena abgegeben. Weil sie ihr bei den Betrügereien helfen konnte.«

Das Öffnen der Haustür ließ Tin zusammenzucken. Das Getöse der Bura breitete sich bedrohlich im Haus aus. Lana ließ die Tür hinter sich zufallen und umfasste atemlos den Türrahmen.

»Hast du was vergessen?«, fragte Tin zerstreut.

»Ich habe zehn Minuten von der Garage bis zur Haustür gebraucht«, sagte sie atemlos. Dann schüttelte sie den Kopf. »Nein, ich habe nichts vergessen. Sie haben die Brücke gesperrt.«

»Die Brücke ist gesperrt?«, fragte Sedlar erschrocken.

»Ja. Nun sitze ich hier fest und muss leider bei dir übernachten.«

»Du kannst im Gästezimmer schlafen, musst nur das Bett frisch überziehen.«

Verdammt, sie und Sedlar saßen ebenfalls fest, dachte Sandra. Aber wo sollten sie beide übernachten? Sie warf einen Blick auf ihre Armbanduhr. Es war mittlerweile kurz vor neun. »Wir gehen jetzt. Es ist spät geworden.«

»Aber Sie können nicht nach Rijeka zurück«, gab Lana zu bedenken.

»Werden Sie von einem Hubschrauber abgeholt?«, fragte Tin.

»Von einem Hubschrauber? Nein. So großzügig ist man in solchen Fällen leider nicht. Und bei dieser Bura würde man sowieso keinen Hubschrauber losschicken. Nein, nein. Wir haben … Pläne.«

»Pläne? Bei dieser Bura? Was denn für Pläne? Sie gehen spätabends zu Leuten zur Befragung?« Tin schien sich sehr für ihre weiteren Pläne zu interessieren, was Sandra nicht willkommen war, da sie diese Pläne erst einmal erstellen musste.

»Nachts besuchen wir die Leute nur, wenn ein Haftbefehl vorliegt. Ansonsten lassen wir sie schlafen.«

Tin stellte zum Glück keine weiteren Fragen mehr.

Der Weg zum Auto war mühsam. Es kostete beide Kraft, den Widerstand gegen die Naturgewalt aufzubringen. Sedlar nahm ihre Hand. Einfach so, ohne zu fragen.

»Was soll das? Glauben Sie, ich fliege davon wie Dorothy in *Der Zauberer von Oz*?« Seine Hand fühlte sich warm und seltsam vertraut an. Als sie den Wagen erreichten, ließ er sie los. Ein Gefühl von Bedauern stellte sich bei ihr ein, aber sie schob das Gefühl zur Seite, wie sie es oft tat, wenn es um Danijel Sedlar ging.

»Und wie ist Ihr Plan?«, fragte Sedlar, als sie die Türen des Dienstwagens von innen zuschlugen.

»Mein Plan?«

»Sie haben keinen, oder?«

»Wie denn auch? Hätte ich damit rechnen sollen, dass wegen dem bisschen Bura gleich die Brücke gesperrt wird?« Eine Böe kam auf, und das Auto schaukelte, nur kurz, aber dennoch war es etwas unheimlich.

»Also, wir haben mehrere Möglichkeiten«, dachte Sandra laut nach. »Wir können sehen, ob wir irgendwo noch ein Zimmer bekommen.«

Sedlar hob den Arm und blickte auf seine Uhr. »Es ist zehn nach neun. Wir können doch nicht einfach irgendwo klingeln und fragen, ob man noch ein Zimmer für uns freihat?«

»Grundsätzlich könnten wir das. Irgendeinen Vorteil muss man doch haben, wenn man bei der Polizei ist. Das Problem ist nur, dass die Leute eventuell einfach Nein sagen. Dann trotten wir zurück zu unserem Auto und stehen wie zwei Idioten da.«

Sedlar lachte, kommentierte es aber nicht.

»In die nächste Ortschaft zu fahren, bei dieser Bura, kostet uns zusätzlich Zeit, und dann klingeln wir irgendwo, wenn die Leute schon im Bett liegen. Die würden uns doch gar nicht aufmachen.«

»Also bleiben wir die ganze Nacht im Auto?«

»Na und? Das wäre nicht das erste Mal für mich. Und was bleibt uns sonst auch übrig? Ich fahre da rüber.« Sie zeigte auf eine offene Garage, die neben einem alten Häuschen stand. »Wie es aussieht, wohnt da niemand. Zumindest sind wir da nicht dem Wind ausgesetzt.«

»Ja, genau. Wenn uns jemand sieht, dann tun wir einfach so, als hätten wir das von Anfang an geplant. Sie wissen schon, wie Kinder, die sagen, dass es Absicht war und kein Missgeschick.«

Sandra ließ den Motor an und fuhr im Rückwärtsgang in die Garage, schräg gegenüber vom Haus der Vukelićs und oberhalb des Café *Sklonište*. Sie hatten einen guten Blick auf einen Teil von Šilo.

Sandras Handy klingelte. Es war Zelenika. Sie stellte ihn auf laut. »Wo bist du?«, fragte er und übersprang einen Gruß.

»In Šilo.«

»Oh, das habe ich befürchtet. Ich muss dir leider sagen, dass die Brücke gesperrt ist.«

»Ich weiß. Sedlar und ich sitzen im Auto und warten auf den Sonnenaufgang.«

»Wie romantisch. Kann aber noch 'ne Weile dauern.«

»Ich hab dich auf laut gestellt«, bemerkte Sandra wie nebenbei und spürte Sedlars Blick auf ihrem Gesicht. Dann erzählte sie von ihrem Besuch bei Tin und was er über seine Frau und deren Betrügereien am Arbeitsplatz erzählt hatte.

»Scheint ja ein ziemliches Miststück gewesen zu sein,

diese Nika.« Sandra hörte Geschirr im Hintergrund klappern. Zelenika und seine Frau hatten gerade zu Abend gegessen, nahm Sandra an. Der Glückliche.

»Könntest du morgen früh zusammen mit Milić nach Astra suchen? So viele mit diesem Namen wird es ja nicht geben.«

»Gut, wird erledigt. Und die Vukelić hat ihrem Mann wirklich nicht gesagt, wer dieser kreditunwürdige Kerl ist?«

»Nein, und ich glaube, er sagt die Wahrheit.«

»Hat er denn gar nicht weiter nachgehakt? Was ist denn mit diesem Dummkopf los? Hat ihn nicht interessiert, was seine Frau da treibt?«

»Das ist nun einmal alles, was er weiß. Behauptet er zumindest. Wir treffen uns morgen früh im Büro. Sedlar und ich gehen aber vorher noch zu Nika Vukelićs Chefin.«

»In Ordnung. Die Bank öffnet um acht, bitte nicht verschlafen, ja?«, witzelte Zelenika.

»Gute Nacht.«

»Tja, wird wohl eine lange Nacht werden. Aber seht ihr den Mond? Es ist eine wundervolle Vollmondnacht. Wie ihr wisst, spielen die Menschen verrückt bei Vollmond, mehr Kriminalität, Schlafwandeln …«

»Sehr interessant. Also dann …«

»Warum hast du es denn eilig? Ihr habt doch die ganze Nacht, um euch Polizeigeschichten zu erzählen. Ich bin wirklich froh, dass ich nicht die ganze Nacht im Auto …«

Sandra drückte den Ausschaltknopf, was Sedlar amüsierte. »Ja, manchmal ist er eine *Gnjida*[14].« Er grinste, was bedeutete, dass er den Begriff nicht ganz ernst meinte. Dann lehnte er sich im Sitz zurück und machte es sich gemütlich. »Ehrlich gesagt, bin ich genauso erstaunt darüber wie Zelenika, dass es Tin Vukelić überhaupt nicht interessiert hat, wer dieser Kreditnehmer bei der Bank ist.«

»Tja. Nika wurde dafür geschmiert, und ihrem Mann konnte es recht sein – um es mal so auszudrücken.«

»Glauben Sie, dass Lana heute Nacht ihre Chance wahrnimmt?«, fragte Sedlar mit einem hinterlistigen Lächeln. »Ich meine, falls sie uns etwas vorspielt, aber insgeheim doch in ihren Schwager verliebt ist.«

»Ich bin mir nicht sicher, aber ich glaube irgendwie nicht, dass sie in Tin verliebt ist. Interessant fand ich jedoch den Vergleich, den er angestellt hat. Möglicherweise ist Lana tatsächlich nur fürsorglich und hält es bei den Eltern nicht aus, weshalb sie zu ihm fährt. Lana hat aber in den letzten Jahren keine Beziehung gehabt, was bedeutet, dass sie nicht unbedingt nach einem Mann Ausschau hält. Ich glaube aber, dass Tin nicht allein sein kann.«

»Vielleicht waren sie *doch* zusammen im Schlafzimmer, als wir geklingelt haben, oder sie kommen sich heute Nacht näher.«

Sandra musste darüber lächeln. »Sie wollen die beiden unbedingt verkuppelt sehen, scheint mir.«

»Nein, natürlich nicht. Diese Ehe zwischen Nika

---

14 Nisse/Fiesling

und Tin ist ziemlich abenteuerlich, oder? Er hat sie viel mehr geliebt als sie ihn. Obwohl ich es nicht Liebe nennen würde. Der Mann ist verzweifelt.«

»Extrem verzweifelt, würde ich sagen.«

»Obwohl es ja schon schlimm genug ist, jemanden zu mögen, der nichts von einem wissen will.«

Sandra wusste genau, was er damit sagen wollte. Kaum waren sie allein, kamen diese zweideutigen Anspielungen von ihm. Damit machte er es ihr nicht einfach. Sedlar wusste wahrscheinlich sowieso, dass er ihr gefiel, aber bis jetzt war er verheiratet gewesen. Dieses Problem hatte sich nun zwar aufgelöst, aber es blieb immer noch das Problem, dass sie tagtäglich zusammenarbeiteten. Es war für sie einfach ein furchtbarer Gedanke, sich auf etwas einzulassen, was dann vielleicht nicht funktionierte – und dann hatte man diesen Menschen weiterhin jeden Tag um sich.

»Ich finde, wir sollten uns duzen«, sagte er unvermittelt.

»Finden Sie, ja?«

»Mit Zelenika duzen Sie sich doch auch.«

»Weil wir uns schon lange kennen.«

»Was für ein Argument. Zumindest wenn wir allein sind, können wir uns doch duzen.«

Genervt hob sie den Arm. »Ja, dann duzen wir uns halt, um Gottes Willen, wenn Ihnen das so viel bedeutet. Mir egal.«

»Schön. Nun erzähl doch mal, Sandra, was machst du so in deiner Freizeit? Was sind deine Hobbys?«

Darauf musste sie lachen. »Meine Hobbys ... hmm ...

Lesen, am liebsten Jane Austen, von der ich jeden Roman mindestens dreimal gelesen habe. Ansonsten bin ich nicht so festgelegt, und ich lese alles Mögliche. Ich würde gerne mehr reisen, aber du weißt ja, wie schwierig das manchmal mit den Urlauben ist, die ich nicht selten verschieben muss.«

»Ja, sicher«, meinte er bedauernd.

»Ich würde gerne eine exotische Sprache lernen.«

»Wirklich? Welche denn?«

»Mandarin, oder... das ist weniger exotisch, aber vielleicht auch Finnisch oder Isländisch.«

»Geht's nicht eine Stufe einfacher?«

»Nein, es sollte eine Herausforderung sein. Und weißt du, welches Hobby ich außerdem gerne hätte?«

»Welches?«

»Parasailing.«

»Tatsächlich? Warum ausgerechnet Parasailing?«

»Das habe ich ein paarmal gemacht, wenn ich mit Suzana im Sommer auf Krk war. Suzanas Verwandter kam jeden Sommer für ein paar Wochen aus Australien. Er hatte ein Boot, hier in Punat, und er besaß die Ausrüstung zum Parasailing. Hast du das mal gemacht?«

»Nein, aber ich stelle es mir schön vor.«

»Es ist großartig, ein unbeschreibliches Gefühl.« Sie lächelte. »Die schönste Zeit meines bisherigen Lebens waren die Sommer mit Suzana auf Krk.«

Er lächelte sie an. Sogar in der Dunkelheit konnte sie das Leuchten seiner wunderschönen Augen sehen. »Dinge verändern sich«, fing er an, »ohne dass wir Einfluss darauf haben. Man kann eben nicht alles festhalten und damit weitermachen. Später hast du studiert, dann kam die Arbeit, und dann war es mit den Sommern auf Krk eben vorbei. Aber du hast die schönen Erinnerungen, das ist doch wundervoll.«

»Ja, das ist es.«

»Schade nur, dass die Freundschaft zwischen dir und Suzana nicht gehalten hat.«

»Das finde ich auch. Wir haben uns so gut verstanden, hatten so viel Spaß. Manchmal wussten wir genau, was die andere denkt oder was sie gleich sagen wird. Nachts sind wir rausgeschlichen, haben zu dritt am Strand gelegen und in den Sternenhimmel gesehen. Manchmal konnte man sogar die Milchstraße sehen.« Sandra sah Sedlar an und lächelte bei dem Gedanken.

»Zu dritt?«

»Es gab in der Nachbarschaft einen Jungen, Petar. Er war ein Jahr älter als wir, und er lief Suzana pausenlos hinterher, aber sie wollte nichts von ihm wissen. Ich weiß nicht, warum sie ihn ignorierte, er war nett und witzig und sah nicht schlecht aus. Einmal hat er mit der Band, die auf der Hochzeit ihrer Tante spielen sollte, heimlich ein Lied geübt. Und bei der Hochzeit hat er es dann gesungen, ›Susanna‹ von The Art Company. Er hat es so wunderschön gesungen, alle haben begeistert mitgesungen, und es war so eine tolle Stimmung. Nur Suzana saß da und verzog keine Miene. Ich war total gerührt, wie er auf der kleinen Bühne stand und sein Bestes gab, und alles ganz allein für sie. Aber Suzana saß nur da und sagte: ›Das ist so peinlich. Er macht sich total zum Affen.‹ Ich ging nach draußen auf die Terrasse, sah aufs Meer hinaus und fing an zu weinen.«

»Warum?«

»Ich dachte, wenn ein Junge *mich* so lieben würde und so etwas für mich tun würde, dann wäre ich das glücklichste Mädchen der Welt.«

Ein paar Sekunden herrschte Schweigen zwischen ihnen, dann legte Sandra eine Hand aufs Lenkrad und sagte: »Tja, so ist das eben, wenn man jung ist. Gott, hab ich Hunger. Zu trinken haben wir übrigens genug. Es sind ein paar Flaschen Wasser im Kofferraum. Im Handschuhfach müsste noch Schokolade mit Puffreis sein. Ich gebe zu, nach Kaffee ist sie mein zweites Laster. Für mich besser als jede andere Schokolade auf der Welt.«

»Aber Marin hat dich doch geliebt, oder?«

Sandra blickte durch die Frontscheibe und beobachtete einen Strauch, der über das Land fegte. »Es war schrecklich mitanzusehen, wie er zu Tode kam. Das war ein Schock, der mich wochenlang nicht schlafen ließ. Aber Marin und ich … Ja, sicher, es war schon irgendwie Liebe, und wir hatten eine gute Zeit. Aber jetzt, durch den zeitlichen Abstand, bezweifle ich, dass wir zusammengeblieben wären. Er war nicht der Richtige, aber ich wollte allmählich eine Familie gründen, und da habe ich mich selbst davon überzeugt, dass Marin der Mann fürs Leben ist. Er hatte keinen Sinn für Humor, war oft rechthaberisch, und er konnte seine Gefühle ausschalten, wenn sie ihm aus irgendeinem Grund im Weg waren. Auf Dauer hätte mich das gestört. Ich meine, mit einer Macke kann man zurechtkommen, aber das ganze Paket hätte mich irgendwann genervt.« Sie musterte Sedlar, dann fragte sie, so neutral wie möglich: »Und du, Danijel? Bist du über deine Frau hinweg?«

»Ich bin seit Langem über sie hinweg. Wir haben nur noch in der gleichen Wohnung gelebt, das war's. Ich bin so erleichtert, ich kann das kaum beschreiben.«

»Im Grunde tut es mir jedes Mal leid, wenn ich höre, dass wieder eine Ehe gescheitert ist.«

»Und in meinem Fall nicht?«

»Was? Keine Ahnung. Es ist nicht meine Sache.«

»Wir sollten uns mal verabreden, finde ich.«

»Findest du, ja?«

»Unbedingt.«

»Ich glaube, das ist keine so gute Idee.«

»Warum? Weil wir …« – er hob Zeige- und Mittelfinger und malte Anführungszeichen in die Luft – »… Kollegen sind?«

»Wir *sind* Kollegen. Warum setzt du das in Anführungszeichen?«

»Ich wollte damit deine vorgeschobene Begründung demonstrieren.«

»Vorgeschobene Begründung? Was soll denn das heißen?«

»Geht es wirklich darum, dass wir Kollegen sind? Ich glaube, dass die meisten Leute sich bei der Arbeit kennenlernen, oder nicht?«

»Ich bin aber auch deine Vorgesetzte.«

»Na ja, schon. Aber jetzt machen wir das doch nicht

problematischer, als es ist. Mandić ist unser aller Chef, und sein Chef ist die Staatsanwaltschaft. Wenn du also ein Techtelmechtel mit einem Staatsanwalt hättest und es geht nicht gut aus, dann wäre das ein viel größeres Problem.«

»Das finde ich nicht, denn den Staatsanwalt müsste ich nicht regelmäßig sehen, dich aber jeden Tag.«

»Normalerweise wird doch Männern immer vorgeworfen, dass sie zu rational denken. Du hast den Körper einer Frau, aber das Gehirn eines Mannes. Ich merke gerade, das macht mich irgendwie an. Ist das normal?«

Sie schüttelte den Kopf. »Es wird kein Date geben.«

»Nur eines. Wenn du dann sagst: *Ich würde mich lieber einem Tiger zum Fraß vorwerfen, als mit diesem Idioten noch mal eine Verabredung zu haben*, dann werde ich dich um kein zweites bitten. Versprochen. Absolut zwanglos. Ich würde dir gerne ein Lied vorsingen, weil dich das von Petar doch so beeindruckt hat, aber das könnte, nach dem was du gesagt hast, etwas schleimig rüberkommen. Also, nichts Schleimiges. Keine verstreuten Rosenblätter und kein Flugzeug, das deinen Namen in den Himmel schreibt.«

»Soll mich das motivieren, wenn du mir aufzählst, was du *nicht* tun willst?«

»Ich will damit nur sagen, dass du keine Sorgen haben musst, dass ich es übertreibe und dich bedränge.«

»Tust du das nicht gerade? Mich bedrängen?«

»Wenn *du* mich bedrängen würdest, dann müsste *ich* das nicht tun.«

»Welch verquere Logik.«

»Also?«

»Und was werden wir an unserem ersten Date machen? Wenn du jetzt keinen Plan hast, und ich merke, dass du dir bis jetzt keine Gedanken darüber gemacht hast, dann ist das dein Todesurteil.«

»Todesurteil. Wow. Ich dachte, dass eine Absage der Worst Case ist. Aber gut.«

»Hey, der Tod ist mein Job.«

»Das sagen auch Auftragskiller. Na ja, jedenfalls habe ich mir Folgendes überlegt: Du kommst an einem mordfallfreien Samstag zu mir zum Mittagessen. Du hast keine Ahnung, wie gut ich kochen kann. Ich will nicht angeben, aber ...«

»Natürlich nicht.«

»Wir essen, du spülst ab. Nein, das war ein Scherz. Sieh mich nicht so mürrisch an. Okay, also nach dem Essen gehen wir ans Meer. Ursprünglich war eine Bootstour geplant, um dir zu beweisen, was ich auf mich nehmen würde. Wie du weißt, habe ich seit dem Bootsunfall ein Trauma entwickelt. Das wäre die perfekte Gelegenheit, es zu besiegen. Ich dachte, wir könnten so ein Inselhopping machen. Aber ich habe mich gerade spontan für Parasailing entschieden. Ich organisiere das schon. Danach gehen wir zum Tanzen, kein Club, eher etwas Konventionelles. Später gehen wir zum Abendessen und wenn du willst, danach noch in eine schöne Bar. Am Ende dieser wundervollen Verabredung bringe ich dich nach Hause.«

Sie verzog anerkennend den Mund. »Klingt gar nicht schlecht.«

»Und wenn du willst, komme ich noch mit hoch.«
Als er ihren Blick sah, lachte er aus vollem Hals, umfasste ihren Arm und sagte: »Das war ein Scherz.«

»Ach, wirklich?«

»Es schiebt sich immer in meine Fantasie. Ich kann
nichts dafür. Jedes Mal, wenn ich mich in Gedanken
umdrehe, sehe ich uns deine Treppen hochgehen.« Er
legte die Hände auf seine Brust. »Ich kann nichts dafür.
Nein, ich … werde dir ein Küsschen auf die Nasenspitze
geben und verschwinden. So machen wir das.«

»Du bist durchgeknallter, als ich gedacht habe.«

»Frauen stehen auf so etwas, habe ich gelesen.«

»Tatsächlich? Faszinierend, was Männer glauben,
über Frauen zu wissen. Der Autor dieser Zeilen war
doch ein Mann, oder?«

»Wahrscheinlich.«

»Ihr Jungs gebt euch die falschen Ratschläge. Der
Fehler ist, dass ihr euch untereinander austauscht, statt
Frauen zu fragen, was sie wollen.«

»Ist es umgekehrt nicht genauso?«

»Hmm, wahrscheinlich schon.«

Sie saßen eine Weile schweigend nebeneinander, dann
sagte sie schließlich: »Also gut, Danijel. Aber wir behalten diese erste Verabredung schön für uns. Du bist
vor den anderen wie immer und siezt mich weiterhin.«

Er sah sie ernst an und nickte. »Ich verspreche es.«

»Gut.«

Plötzlich streckte er die Arme aus, umfasste Sandras
Gesicht und zog sie zu sich heran. Er küsste sie. Erst
ganz zart, dann fordernder. Zuerst wollte sie sich

wehren, aber im nächsten Augenblick fiel jeder Widerstand von ihr ab. Er roch so gut, nach Meeresbrise und Vanille.

18

Sandra schreckte hoch. »Scheiße! Was ist los?!«

Sedlar, der auf dem Beifahrersitz eingenickt war, fuhr ebenfalls hoch und blickte zum Fenster hinaus. Sie sahen einen Mann, in etwa zwanzig Meter Entfernung, mit einer Heckenschere in den Händen. Gerade hatte er den Motor angelassen und damit begonnen, die Hecke seines Hauses zu bearbeiten.

Sandra blickte auf die Uhr. »Halb sieben.«

»Die Bura hat sich gelegt.« Sedlar rieb sich mit Daumen und Zeigefinger die Lider und fuhr sich dann durchs Haar.

Sandra klappte die Sonnenblende nach unten und besah sich im Spiegel. »Hast du einen Kamm dabei?«, fragte sie.

»Einen Kamm? Warum sollte ich einen Kamm mit mir herumtragen? Du hast so eine große Handtasche, und da ist kein Kamm…«

»Papperlapapp. Kein Kamm, danke. Nicht so viel Text, kurz nach dem Aufwachen.«

»Zur Kenntnis genommen.«

Sandra strich sich mit den Fingern durchs Haar, was es immerhin ein wenig besser machte. Sie nahm ihr Handy aus der Tasche. »Ich sehe mal nach, ob die

Brücke inzwischen wieder frei ist.« Die Information, die sie fand, ließ sie aufatmen. »Na, Gott sei Dank.«

»Sieh dir mal das an«, forderte Sedlar sie auf und richtete seinen Blick durchs rechte Seitenfenster.

»Was denn?« Sie folgte seinem Blick und sah hinaus. Branimir Toić ging über die Straße, Domagoj Buneta sah ihm nach und rief ihm etwas zu. Toić hob die Hand zum Gruß, ohne sich umzudrehen.

»War er bei Buneta?«, fragte Sandra.

»Ja, samt seinem Kulturbeutel.«

»Er hat bei ihm übernachtet?«

»Sieht so aus.«

»Sein Haus ist doch nur eine Minute entfernt. Warum übernachtet er bei seinem Freund wie ein Zehnjähriger?«

»Interessante Frage.«

»Los, ich will mit Toić sprechen.«

Buneta drehte sich gerade um und ging zurück ins Haus.

Sandra und Sedlar stiegen aus und gingen die kurze Strecke über die Straße. Der Himmel nahm langsam wieder sein freundliches Blau an, das die Bura vertrieben hatte. Möwen kreischten über dem Meer und flogen im Kreis. Das Meer, es konnte einen im Inneren berühren, einem vor Ehrfurcht den Atem rauben. Aber es konnte auch bedrohlich sein, in Zeiten von Bura und Sturm Menschen und Boote verschlingen, die Farben von klarem Mintgrün zu mystischem Dunkelblau wechseln. Ein verrückter Zufall, dass das Wort *More* sowohl für Meer als auch für Albträume stand, nur mit unterschiedlicher Betonung.

Man spürte nur noch einen leichten Wind. Aber die Bura hinterließ stets ihre Spuren, mal in kleinerem und mal in größerem Maße. Vor einem Haus waren mehrere große Pflanzentöpfe umgefallen. Auf der Straße lag ein Betttuch, das wohl jemand vergessen hatte, von der Leine zu nehmen, bevor es der Bura zum Opfer fiel. Ein Dreirad und ein Spielzeug-Lastwagen lagen herum, möglicherweise weit weg von ihren kleinen Besitzern.

Toić öffnete, kaum dass sie geklingelt hatten. »Sie sind aber früh dran. Ich mache mich gerade fertig für die Arbeit. Ich muss bald los.«

»Die Leute werden schon nicht toben, wenn sie ihre Post eine Stunde später bekommen, Herr Toić. Und Ihrem Vorgesetzten können Sie sagen, dass wir gerne bestätigen, dass Sie uns behilflich waren. Das wird er wohl verstehen.«

Er seufzte. »Na gut, kommen Sie rein.« Toić bot ihnen einen Platz an, aber nach der auf Autositzen verbrachten Nacht blieben sie lieber stehen.

»Gut, dass Sie es gestern Abend noch geschafft haben, auf die Insel zurückzukommen«, sagte Sandra.

»Das war beinahe in letzter Minute. Kurz darauf hab ich im Radio gehört, dass sie gesperrt ist.«

»Sie haben bei Herrn Buneta übernachtet?«

Toić runzelte die Stirn. »Woher wissen Sie das?«

»Wir haben Sie beobachtet, wie Sie aus seinem Haus gekommen sind«, erklärte Sandra.

»Was? Liegen Sie hier auf der Lauer?«

»Das nicht gerade. Nennen wir es Zufall.«

Toić stand etwas verlegen herum. »Das ist doch nicht verboten, oder?«

»Natürlich nicht.« Sandra kam zwei Schritte auf ihn zu. »Als Sie gestern Ihre Aussage zu Protokoll gegeben haben, da stellten Sie meinem Kollegen eine ungewöhnliche Frage.«

»Ach Gott, ja.« Er zuckte die Schultern und ließ sich auf die Holztruhe fallen, die neben dem Ofen stand. »Ich bin halt etwas nervös bei dieser Sache, und ich dachte, was, wenn ich etwas übersehen habe, oder vergessen, und dann geht man hin und macht mir Probleme. Ich will keine Probleme mit der Polizei.«

»Das kann ich verstehen, Herr Toić. Glauben Sie mir, ich will Ihnen bestimmt nicht unnötig Probleme machen, aber Sie verheimlichen uns etwas, oder?«

Erschrocken sah er sie an. »Verheimlichen? Ich? Nein, bestimmt nicht!«

»Herr Toić, Sie schlafen bei Ihrem Nachbarn, der nur einen Steinwurf entfernt wohnt. Was geht hier vor?«

Er schüttelte heftig den Kopf. »Gar nichts geht hier vor.«

»Aus welchem Grund haben Sie bei Herrn Buneta übernachtet?«

»Wir haben Karten gespielt, und da ist es spät geworden.« Er sprach jetzt betont ruhig. »Das war nicht geplant.«

»Und da schleppen Sie vorsichtshalber Ihre Zahnbürste mit?«

»Was?«

»Sie hatten doch Ihren Kulturbeutel dabei.«

»Ach so, ja. Ich hab gedacht, vielleicht wird's spät, hab ich so bei mir gedacht.«

Sandra sah ihm in die Augen. »Sie haben bei Herrn Buneta übernachtet, weil Sie Angst haben.«

Er starrte sie an.

»Wovor haben Sie Angst?« Sedlar zog einen Stuhl heran und setzte sich Branimir Toić gegenüber, der verschreckt auf seiner Holztruhe saß und mit einem Bein wippte. »Wollte Herr Buneta, dass Sie bei ihm übernachten?«

»Unsinn. Wieso sollte er wollen, dass ich bei ihm übernachte?«

»Vielleicht haben Sie wichtige Dinge zu besprechen.«

»Was denn für wichtige Dinge?«

»Zum Beispiel über den Mord. Ich meine ...«, Sedlar tat ahnungslos, »vielleicht möchten Sie beide sichergehen, dass sich Ihre Aussagen decken und Sie die gleiche Geschichte erzählen. Vielleicht wollte er genauer wissen, was Sie zu Protokoll gegeben haben.«

»Lassen Sie bloß Domagoj da raus. Das ist ein netter Kerl, der hat damit gar nichts zu tun. Domagoj könnte nicht mal auf eine Ameise treten. Er ist so gutmütig, dass er seinem halben Verwandten- und Bekanntenkreis die Getränke nicht berechnet.«

»Gut. Aber warum übernachten Sie bei ihm, Herr Toić? Es war durchaus geplant, sonst hätten Sie Ihren Kulturbeutel doch nicht mitgenommen.«

Als er Sedlar ansah, lag in seinem Blick eine Mischung aus Angst und Traurigkeit. »Ich wollte Sie nicht anlügen, wirklich nicht. Ich hab doch nichts getan.«

Sedlar nickte verständnisvoll. »Sie haben ihn gesehen. Ist es so, Herr Toić? Sie haben den Mörder gesehen?«

»Ich bin ja so ein Trottel, dass ich zu Domagoj rüberlaufe und schreie. Der Mörder muss mich ja gehört haben«, sprudelte es aus Toić heraus. »Es war nämlich so: Ich bin raus und hab das Mofa abgestellt, um das Gartentor zu schließen. Dann bin ich auf mein Mofa drauf und hab über die Mauer nach unten gesehen. Da lag Nika. Ein Mann war über sie gebeugt. Vielleicht wollte er sehen, ob sie tot ist, weiß nicht. Jedenfalls hat er laut gekeucht, das hab ich gehört. Vielleicht war es auch ein leises Weinen. Ich kann's nicht genau sagen. Ich bin weggerannt, so schnell ich konnte, hab dann an Domagojs Tür gehämmert und war dabei sehr laut. Der hat mich gehört, ganz bestimmt. Wir haben die Polizei gerufen, und dann sind wir beide zusammen noch mal zur Bucht, bis die Polizei kam. Aber da war der Mann schon verschwunden. Domagoj hat gesagt, ich soll Ihnen die Wahrheit sagen, aber ich hatte Angst. Gestern Nachmittag waren Leute von der Presse da und haben die Nachbarn befragt. Ich hab denen nicht die Tür aufgemacht.«

»Wie sah der Mann aus?«, fragte Sandra.

»Ich hab nur seinen Rücken gesehen.« Verzweifelt hob er die Hände. »Ich schwöre, ich hab nur den Rücken gesehen. Ein schwarzes T-Shirt hat er angehabt und Jeans. Die Schuhe habe ich nicht gesehen.« Dann fiel ihm noch etwas ein, und er ergänzte hektisch: »Und eine schwarze Schirmmütze hatte er auf. Sein Gesicht und die Haare hab ich nicht gesehen, auch nicht ob er Schmuck hatte. Eine Tätowierung an den Armen hatte er aber nicht.«

»Sie könnten nicht sagen, dass Ihnen die Statur des Mannes bekannt vorkam?«

»Ich hab doch nur den Rücken gesehen.«

»War er groß, klein, dick, dünn?«

»Eher groß als klein. Schlank, aber nicht dünn.«

»Sonst gibt es nichts, was Ihnen an dem Mann aufgefallen ist? Denken Sie nach.«

»Ich hab doch schon darüber nachgedacht, ständig denke ich daran. Das können Sie mir glauben.«

»Na gut«, sagte Sandra enttäuscht.

»Ich hab jetzt Angst, dass er glaubt, ich habe ihn gesehen, und dann kommt er zurück und bringt auch mich um. Ich hab mit Domagoj ausgemacht, dass ich bei ihm schlafe, bis der Kerl gefasst ist.«

»Wenn Herr Buneta damit einverstanden ist und Sie sich dabei besser fühlen, dann ist das doch in Ordnung.«

»Äh… ich… hab doch gestern die Aussage und so gemacht. Ich nehm stark an, dass ich noch mal eine neue machen muss?«

»Ja, Herr Toić. Aber ich werde veranlassen, dass Ihre Beobachtung nicht an die Presse geht.«

»Danke.« Er atmete erleichtert aus.

»Ja, schon gut.« Ein kleiner Hoffnungsschimmer ließ Sandra fragen: »Gibt es vielleicht doch noch ein Detail, wie Gürtel, Körperbehaarung oder Sommersprossen an den Armen?«

»Ich sag's Ihnen doch, nein! Immer wieder bin ich

das durchgegangen, obwohl es ja nur ein paar Sekunden gedauert hat. Wenn da noch etwas wäre, dann würden Sie es jetzt erfahren.«

»Alles klar. Eine Frage noch, Herr Toić. Könnten Sie den Mann vielleicht bei einer Gegenüberstellung identifizieren? Vielleicht könnten Gesten und Körperbau Ihr Erinnerungsvermögen auffrischen?«

Toić sah sie resigniert an und sagte langsam, aber laut: »Ich hab doch nur den Rücken gesehen.«

Toić stieg auf sein Mofa, Sandra und Sedlar wollten zu Domagoj Buneta, weil Sandra mindestens einen doppelten Espresso brauchte. Auf halbem Weg sagte Sedlar: »Diese ständige Koffeinzufuhr in solcher Dosis kann nicht gesund sein.«

»Wenn ich Lust auf solche Gespräche hätte, würde ich noch bei meinen Eltern wohnen.«

Sandras Handy klingelte. Jelena. »Ist alles in Ordnung bei dir?«

Sie wandte sich von Sedlar ab und ging ein paar Schritte in Richtung Meer. »Ja, alles in Ordnung. Ich habe die Nacht im Dienstwagen verbracht.«

»Hey, Sandra, ich weiß ja, dass die Mieten immer teurer werden, aber musste es wirklich so weit kommen?«

»Sehr witzig. Ich fühle mich grässlich. So muss ich jetzt den Tag verbringen, ungeduscht und ungekämmt.«

»Unangenehm, aber du wirst es überleben. Ich wollte nur mal durchrufen, weil ich nicht gehört habe, dass du nach Hause gekommen bist. Ich hör doch immer den

Schlüssel, und dein fetter Schlüsselbund ist so laut, dass du sogar den Hausmeister übertrumpfst.«

»Lieb von dir, dass du anrufst. Aber es ist alles in Ordnung.«

»Warum hast du die Nacht im Dienstwagen verbracht?«

»Die Krk-Brücke war gesperrt.«

»Oh, wie ärgerlich.«

»Ja.«

»Wart ihr denn wenigstens alle vier zusammen? Du hast doch nicht alleine die ganze Nacht im Auto gesessen?«

»Mein Kollege Danijel Sedlar und ich.«

»Ach jaaa?«

Sandra hatte ihr bereits erzählt, dass es um Sedlars Ehe schlecht stand und er Trennungsabsichten hatte. Jelena wusste nur noch nichts davon, dass er die Scheidung eingereicht hatte und ausgezogen war. Sandra senkte die Stimme, als sie fragte: »Warum sagst du das so schlüpfrig?«

»Waaas? Keine Spuuur.«

»Immer, wenn du die Worte so auseinanderziehst, hast du etwas im Sinn. Egal. Ich muss jetzt weiter.«

»Bis bald. Viel Spaß noch.«

»Spaß?«

»Sagte ich Spaß? Ich meinte Erfolg.«

Als Sandra wieder zu Sedlar ging, erblickte sie Ivanka und Dragutin Prendivoj, die auf dem Balkon ihres Hauses saßen und über Šilo schauten. Die beiden winkten ihnen zu.

Sandra kam es etwas albern vor, ihnen zuzuwinken, aber was blieb ihr anderes übrig.

Sedlar nickte dem Paar grüßend zu. »Sie sind früh auf«, rief er dann, wahrscheinlich nur, um irgendetwas zu sagen. Wenn er schon nicht winkte.

»Früh?«, rief der Alte lachend. »Ich war mein halbes Leben Fischer, da bin ich jeden Morgen um vier Uhr aufgestanden. Das kann man sich nicht mehr abgewöhnen, mein Lieber.«

»Aber seine Frau war doch keine Fischerin«, murmelte Sandra, »steht sie auch um vier Uhr auf?«

Sedlar lachte leise, dann gingen sie zügig weiter. »Schönen Tag noch«, wünschte Frau Prendivoj. »Die Bura ist vorbei, und heute soll ein schöner Tag werden.«

Ein paar Minuten später saßen sie im Café *Sklonište,* und Sandra kam endlich zu ihrem Koffein. Sedlar sah jedoch etwas unglücklich aus. Schließlich meinte er: »Kaffee ist ja schön und gut, aber wenn ich nicht bald etwas zu essen bekomme, dann falle ich um.«

»Ich kann Ihnen schnell etwas zu essen machen, wenn Sie wollen«, bot der Wirt an, der Sedlars Worte gehört hatte.

»Nein, lassen Sie nur, danke. Wir müssen gleich zurück nach Rijeka.«

Buneta warf sich das Geschirrtuch über die Schulter und meinte: »Ist doch gleich gemacht. Mögen Sie Schinken-Käse-Toast?«

Sandra nickte zufrieden. »Wir würden jetzt wahrscheinlich auch einen Krokodilkopf essen.«

»Damit kann ich leider nicht dienen, aber einen

Schinken-Käse-Toast mache ich Ihnen gerne. Ich kann auch schnell hochgehen und in meiner Küche Rühreier machen.«

»Nein, vielen Dank«, sagte Sandra. »Wir nehmen den Toast.«

Buneta drehte sich um und holte die Zutaten aus dem kleinen Kühlschrank neben dem Elektrogrill.

»Danke, dass Sie für uns früher aufgemacht haben.«

»Das macht doch keinen Unterschied«, sagte Buneta, während er Käsescheiben auf Toast verteilte. »Ob Sie nun hier sitzen, während ich meine Arbeit mache, oder nicht, ist egal.«

»Nicht ganz.« Sedlar schob die leere Kaffeetasse von sich. »Wir halten Sie offensichtlich von Ihrer Arbeit ab.«

»Machen Sie sich darüber mal keine Sorgen«, meinte er nonchalant.

»Kommen hauptsächlich Einheimische oder Touristen in Ihr Café?«

»Im Sommer kommen auch einige Touristen, die hier in der Gegend in Apartments untergebracht sind.« Er legte die Sandwiches auf den Grill, klappte den Deckel zu und verstaute die Lebensmittel wieder im Kühlschrank. »Die meisten von ihnen sind nett«, plauderte er weiter. »Das Einzige, das mir auf die Nerven geht, ist, wenn sie Getränke verlangen, die sie aus ihrer Heimat kennen. Früher habe ich dann im Internet gesucht und das zusammengemixt, so gut ich konnte. Jetzt mache ich das nicht mehr. Also wirklich, was soll das? Ich sage jetzt immer nur *Choose from the menu, please*, das habe ich auswendig gelernt. Ich hatte nämlich Deutsch in der Schule und nicht Englisch. Zu den Deutschen und Österreichern sage ich es natürlich auf Deutsch.« Er klappte den Deckel des kleinen Grills auf und schnitt die Toasts in Hälften, sodass sie Dreiecke ergaben. Auf einem großen Teller brachte er ungefähr zehn oder zwölf dieser Dreiecke und stellte ihn in die Mitte des Tisches. »*Navalite!*«[15], sagte Buneta.

Das ließen sie sich nicht zweimal sagen. Buneta ging wieder hinter seine Theke und befüllte den Thekenkühlschrank mit Flaschen, die er mehreren Getränkekästen entnahm.

»Was hat es eigentlich mit diesem großen Anker auf sich, der unten am Strand ausgestellt ist?«, fragte Sandra.

»Hier in der Nähe ist mal ein griechisches Schiff gesunken, und man hat den Anker aufgehoben. Manchmal kommen Leute hierher und tauchen zum Wrack.«

»Ach so. Eine ganz andere Sache, Herr Toić hat uns nun eine etwas ausführlichere Version der Geschichte erzählt, wie er Frau Vukelić aufgefunden hat«, begann Sandra neutral, um zu sehen, was Buneta dazu sagen würde. Sie rechnete damit, dass er innehalten und sie unsicher ansehen würde. Aber er befüllte weiterhin seinen Kühlschrank und kommentierte: »Ich habe ihm gleich geraten, die Wahrheit zu sagen, aber er hatte so eine Scheißangst. Ich habe ihm gesagt, dass ich es erzählen würde, aber da ist er in Panik geraten. Also habe

---

15 »Stürzt euch drauf!« bzw. »Haut rein!«

ich einfach meinen Mund gehalten. Wenn Sie mich jetzt dafür bestrafen müssen, gut. Aber mir sind meine Freunde wichtiger als das Gesetz.« Nun hielt er doch kurz inne und besann sich. »Na ja, wichtiger als ... Na, Sie wissen schon. Aber entschuldigen will ich mich trotzdem bei Ihnen. Es tut mir leid, ehrlich.«

»Es lässt sich ja jetzt nicht mehr ändern, Herr Buneta«, sagte Sandra. »Auf der einen Seite kann ich das nachvollziehen, aber auf der anderen Seite sind es diese Dinge, die häufig die Ermittlungen erschweren und verzögern.«

»Ja, schon klar.«

»Wie wir hörten«, meldete sich Sedlar, »sind Sie ein gutmütiger Mensch, der seinen Freunden nicht immer die Getränke berechnet.«

»Ja, ich bin manchmal ein Idiot. Wenn ich heute auf einen Schlag all das Geld hier auf dem Tresen hätte, das ich den Leuten erlassen habe, dann könnte ich davon eine Weltreise machen.«

»Ach, was wollen Sie denn mit einer Weltreise«, sagte Sandra scherzhaft, »hier haben Sie doch alles. Das Meer, den Wald, frische Luft ...«

»Dann vergessen Sie die Weltreise. Ich könnte mir einen Ferrari kaufen.«

»Denken Sie an die Geschwindigkeitsbegrenzung, das Salz, die Versicherungssumme ...«

»Gut, dass Sie nicht Motivationstrainerin geworden sind.«

»Nein, im Ernst«, sagte sie lächelnd, »ich weiß, was Sie meinen. Letztendlich ist es doch so, dass man nicht aus seiner Haut kann, egal, wie viele Gründe für etwas anderes sprechen.«

Buneta ließ den Kühlschrank zukrachen. »So ist es wohl.«

Als sie aufstanden und bezahlen wollten, sagte Buneta: »Zweiundvierzig Kuna für die Getränke, der Toast geht auf mich.«

»Nein, tut er nicht.« Sandra hielt ihm einen Hundert-Kuna-Schein entgegen. »So wird das nichts mit dem Ferrari.«

Er nahm den Schein und gleichzeitig seinen Bedienungsgeldbeutel aus der Schublade. »Seien Sie doch nicht so festgefahren. Ich lade Sie ein.« Er zog einen Fünfzig-Kuna-Schein aus dem Geldbeutel und reichte ihn ihr. »Ich hab Sie belogen, und das würde ein bisschen mein Gewissen erleichtern. Es kommt von Herzen. Bitte.«

Zaghaft nahm sie den Schein. »Danke.«

19

Sanja Fućak saß ihnen gegenüber und schaute sie entsetzt an. Im nächsten Augenblick kippte das Entsetzen in Wut um. »Ich hätte wissen sollen, dass man ihr nicht trauen kann!«, stieß sie aus. »Aber ich kann schließlich nicht sämtliche Mitarbeiter auf Loyalität prüfen und sie ständig kontrollieren. Dann wäre ich nur noch damit beschäftigt.«

»Ich sage das ungern«, begann Sandra, »aber Frau Vukelić scheint das ja ganz clever gemacht zu haben, wenn Ihnen nichts aufgefallen ist.«

Nikas Vorgesetzte dachte eine Weile über etwas nach, dann erklärte sie: »Das fällt nicht einfach so auf, schließlich geht man davon aus, dass in der Kreditabteilung kompetente Leute sitzen. Kompetent war Nika. Wie hätte ich annehmen können, dass sie Kreditbetrug betreibt? Noch dazu hat sie diesen Arbeitsplatz durch die Freundschaft unserer Väter bekommen. Ich dumme Gans habe anfangs angenommen, dass sie deshalb bestrebt sein wird, mich nicht zu enttäuschen.«

»Nun, Frau Fućak, mein Eindruck war, dass Sie Ena Pilić als Mitarbeiterin geschätzt haben ...«

»Wie kommen Sie denn jetzt plötzlich auf Ena?« Der Zusammenhang schien sich Sanja Fućak nicht gleich zu erschließen, doch dann wandte sie ein wenig den Kopf und sah Sandra forschend an. »Wollen Sie sagen, dass Ena sie in irgendetwas unterstützt hat?«

»Hat Frau Vukelić auch manchmal am Schalter gearbeitet? Ist sie manchmal für jemanden eingesprungen?«

»Nein.«

»Der Ehemann von Frau Vukelić erzählte, dass mehrere Konten für diesen Mann eröffnet wurden. Ena Pilić käme dafür infrage.«

»Ach, so ist das.« Die Filialleiterin biss nervös auf ihre Unterlippe. »Wenn es sich so zugetragen hat, dann kann nur Ena unter Nikas Einfluss gehandelt haben, denn mit jemand anderem hatte Nika kaum Kontakt hier.«

»Warum mehrere Konten? Könnte es hier um Geldwäsche gehen?«

»Davon muss man ausgehen. Wir werden skeptisch, wenn ein größerer Betrag eingezahlt wird, dann fragen wir, woher das Geld kommt. Und wie Sie wissen, geben wir der Polizei dann Bescheid, und der Kontoinhaber muss erklären, woher das Geld kommt.« Geringschätzig winkte sie ab. »Die Leute sind bei ihren Erklärungen aber ziemlich kreativ. Angeblich haben sie im Ausland ein Auto verkauft, haben Geldgeschenke von der Verwandtschaft bekommen, sich das über viele Jahre angespart und so weiter. Das Letztere gefällt mir besonders gut«, fügte sie sarkastisch hinzu. »Wie dem auch sei. Manchmal sind bei Geldwäsche große Beträge im Spiel, das Geld findet den Weg in die Wirtschaft – und die Betrüger werden immer gewiefter. Verzeihen Sie, wenn ich das so sage, aber meines Erachtens drücken die Staaten auf der ganzen Welt gerne beide Augen zu, weil mit diesen Pseudorestaurants und -geschäften eben auch hohe Steuern bezahlt werden. Der Betrüger gibt an, mit seinen drei Restaurants Unsummen zu verdienen, obwohl er Verluste schreibt. Casinos sind auch beliebt, was auch die Anfänge von Las Vegas erklärt.«

»Ja, ich weiß«, sagte Sandra. »Und die Leute meinen, Geldwäsche käme nur durch Drogen oder Erpressung zustande, dabei sind es oft genug gebildete Anzugträger, die genau wissen, wie es läuft.«

»Die Geldwäsche ist ein altes Problem, das auf unseren Al Capone zurückgeht.« Sandra glaubte zu wissen, warum Sanja Fućak *unseren* sagte, auch wenn sie das Wort mitnichten freundlich ausgesprochen hatte. Al Capones Buchhalter hatte in Rijeka durch Geldwäsche einen Wolkenkratzer bauen lassen, Al Capone wohnte in den Zwanzigerjahren in einer Villa zwischen Rijeka und Opatija mit seiner Mutter, die er dort versteckt hielt. Es gab Aussagen seiner Verwandten und Papiere, die Aufschluss darüber gaben, dass seine Mutter in Rijeka geboren war und nicht wie angegeben in Angri, Italien. »Auf ihn geht ja auch der Begriff Geldwäsche zurück«, erklärte Sanja Fućak, »weil er mit dem illegal verdienten Geld viele Waschsalons eröffnete.«

»Frau Fućak, ich möchte Sie um etwas bitten. Können Sie so bald wie möglich, am besten heute noch, Nika Vukelićs Aktionen überprüfen?«

»Darauf können Sie sich verlassen, dass ich das heute

noch tun werde. Das hätte ich in jedem Fall getan, auch wenn Sie mich nicht darum gebeten hätten.«

»Ja, natürlich.«

»Ich habe heute Vormittag zwei wichtige Telefonate zu führen, aber gleich danach werde ich mich darum kümmern. Die Informationen kann ich für Sie ausdrucken und bringe sie Ihnen in den MUP.«

»Großartig, danke. Vielleicht können wir die Sache beschleunigen, indem ich Ihnen einen Namen gebe. Es ist eine Person aus Frau Vukelić' Umfeld, die eventuell infrage kommt. Aber es wäre hilfreich, wenn Sie allgemein prüfen, ob Ena Pilić für jemanden mehrere Konten eröffnet hat, und auch sonstige Auffälligkeiten.«

»In Ordnung.« Sanja Fućak nahm einen Stift zur Hand und riss ein Papier vom Block. »Wie ist der Name dieser speziellen Person?«

»Feliks Vidas«, sagte Sandra und fügte dann erklärend hinzu, »das ist ein Musiker, bei dem es schwierig ist zu prüfen, ob er alle Einnahmen angibt. Konzerte fallen vielleicht mal unter den Tisch, wer weiß. Vielleicht war Frau Vukelić nicht mehr bereit, diese Machenschaften zu unterstützen. Wie wir erfahren haben, wollte sie ihr Leben verbessern.«

»Ach ja?« Skeptisch hob Sanja Fućak die Augenbrauen, während sie sich den Namen notierte. »Tja, schade, dass es dazu nicht mehr gekommen ist, wenn sie es wirklich vorhatte.«

»Vielleicht stoßen Sie auch auf eine Frau namens Astra. Auch wenn ich vermute, dass das nicht der richtige Name ist, aber es zu überprüfen schadet sicher nicht.«

»Astra? Ach ja, die angebliche Kollegin.« Sie notierte auch das.

»Noch eine Bitte, Frau Fućak. Es geht um den Mann, der auf Frau Vukelić wartete. Dürfte ich Sie bitten, sich ein paar Fotos aus der Datenbank anzusehen, wenn Sie im MUP sind? Es sind die Fotos, die für die Personalausweise verwendet und gespeichert werden.«

»Selbstverständlich, aber ich sagte schon, dass ich den Mann nur von Weitem gesehen habe, und er trug immer Mütze und Sonnenbrille.«

»Einen Versuch ist es wert. Wann können Sie heute zu uns kommen?«

»Lassen Sie mich kurz nachdenken. Die Telefonate dauern nicht allzu lange, dann kann ich mich an die Überprüfung machen... Ja, ich denke, bis zum frühen Nachmittag bekomme ich das hin. Zumindest im Groben. Wenn Sie es detaillierter möchten, müssen Sie sich ein paar Tage gedulden. Falls die erste Überprüfung länger dauert, melde ich mich.«

»Hervorragend. Ich danke Ihnen. Sollten ich oder meine Kollegen nicht dort sein, wenn Sie kommen, dann wenden Sie sich bitte an Herrn Dragović.«

»Sie können sich auf mich verlassen.«

Unterwegs kauften sie eine Zeitung am Kiosk. Heute war der Bericht etwas ausführlicher als gestern. Ein Nachbar hatte die Tote entdeckt, war in dem Artikel zu lesen, und war zu einem anderen Nachbarn gelaufen, um die Polizei zu verständigen. Dass Toić, dessen Name nicht genannt wurde, auch den Mörder gesehen hatte, würde nicht an die Presse gehen. Sandra würde ihr Versprechen halten. Der arme Toić würde vor Angst von Krk wegziehen. Weiter stand in der Zeitung, die Tote habe ein Handy dabeigehabt, aber das sei verschwunden. Dann folgte ein kurzer Abriss über Nika Vukelić, Alter, Familienstand und Beruf. Niemand der Nachbarn könne sich dieses schreckliche Verbrechen erklären, da sie freundlich und beliebt gewesen sei. »Faszinierend«, meinte Sandra. »Und wieder wird sie in den Himmel gelobt.«

Sedlar stand direkt neben ihr und warf einen Blick über ihre Schulter. Ihm so nahe zu sein, machte sie ein wenig nervös.

»Was denn?«, fragte Sedlar.

»Mordopfer waren – wenn es sich nicht gerade um Schwerverbrecher handelt – grundsätzlich beliebt, fürsorglich und lebenslustig. Warum schreiben die das?«

»Weil es die Familie und die Nachbarn sagen. Außerdem heißt es, über die Toten nur das Beste.« Er wich ein paar Zentimeter zurück und fragte: »Würdest du das nicht über deine Schwester sagen?«

Darüber dachte sie ein paar Sekunden nach. »Doch, schon. Aber bei Nataša würde es stimmen.«

Er lachte leise auf, dann sah er ihr in die Augen, bis sie den Blick abwandte.

Als sie wenige Minuten später ins Büro kamen, machte sich Sandra einen Kaffee und wies Sedlar an, Zelenika und Milić zu holen. Sie stellte die Tasse auf das Gitter und drückte den Knopf an der Kaffeemaschine. Ihr Blick wanderte nach oben zu dem gerahmten

Bild. Sie hatte es vor ein paar Wochen aufgehängt, weil sie es so nett und positiv fand. Zwei Straßenkehrer, Arm in Arm, die lachend in die Kamera blickten. Als Sandra und Zelenika am frühen Morgen nach einer nächtelangen Befragung an den beiden vorbeigekommen waren, hatte sie ihr Handy genommen und ein Foto vom Sonnenaufgang gemacht. Daraufhin hatte einer der Straßenreiniger gesagt: ›Warum fotografierst du die Sonne, die siehst du jeden Tag. Fotografiere uns, wir sind mindestens genauso schön.‹ Dann hatten sich die Männer die Arme über die Schultern gelegt, und Sandra schoss das Foto. Sie fragte sich, woher die beiden wohl kamen. Ihre Haut hatte ein dunkles Braun, die Augen und Haare waren pechschwarz, und sie sprachen Kroatisch mit einem Akzent, den sie nicht einordnen konnte. Sie waren mit Eifer bei der Arbeit gewesen und hatten so viel Sympathie ausgestrahlt. Als Sandra sich längst entfernt hatte, hatte sie sie noch lachen gehört.

Ihre Kollegen traten ein. Sandra setzte sich auf die Tischplatte ihres Schreibtisches, Sedlar auf den Stuhl hinter seinem Schreibtisch, und Zelenika und Milić zogen sich zwei der fünf Stühle heran, die entlang der Wand standen.

Sandra unterrichtete Zelenika und Milić über ihren Besuch bei Branimir Toić.

»Ist ja wunderbar«, brummte Zelenika. »Jetzt noch mal einen neuen verdammten Bericht aufsetzen.«

»Ich habe ihm versprochen, es würde nicht an die Presse gehen, dass er den Mörder gesehen hat.« Sandra blickte vorsichtshalber zu Milić.

Zunächst reagierte dieser nicht, dann begriff er. »Ich habe Mirta gegenüber nichts ausgeplappert, als wir noch zusammen waren. Also werde ich es auch jetzt nicht tun.«

Die Tür wurde aufgerissen, und Ika kam herein. Mit entsetztem Gesichtsausdruck und mit ausholender Handbewegung warf sie die Tür sogleich hinter sich zu. »Wisst ihr, was ich gerade erfahren habe?«

Niemand antwortete, weil sie sowieso gleich loslegen würde.

»Ich kann es immer noch nicht fassen. Ich stehe unter Schock. Absolut und unendlich unter Schock.« Theatralisch legte sie sich die Hand auf die Brust. »Ihr werdet es nicht glauben, was ich gerade gehört habe. Nein, ihr werdet es nicht glauben!«

»Jetzt rede halt endlich, verdammt noch mal«, blaffte Zelenika sie an. »Wir haben viel Arbeit vor uns. Also, du hast zwei Minuten. Was hast du denn so Weltbewegendes gehört?«

»Wusstet ihr ...« Kunstpause. »Dass Dragović schwul ist?«

»Was? Wirklich?« Milić schien ehrlich überrascht.

Sedlar reagierte überhaupt nicht, genauso wenig wie Sandra.

Zelenika wollte es dann doch genauer wissen. »Woher hast du das?«

»Hört zu.« Sie hob die Hände, wie in Abwehrhaltung. »Ich gehe an Mandićs Büro vorbei, die Tür steht einen Spaltbreit offen. Tamara macht das absichtlich, wenn ihr mich fragt. Furchtbar neugierige Person. Also,

Dragović sagt zum Chef: ›Könnte ich bitte Anfang Juli zwei Wochen Urlaub nehmen? Mein Freund und ich wollen heiraten und in die Flitterwochen fahren.‹ Genauso hat er's gesagt.«

»Und was hat Mandić geantwortet?«, fragte Zelenika. »Ich nehme doch an, du bist zufällig stehen geblieben und hast den Rest mitbekommen.«

»Zuerst hat er gar nichts gesagt, dann hab ich gehört, wie Dragović sagt: ›Chef? Geht das in Ordnung?‹ Und dann hat Mandić irgendwas von *Ja, ja, ähhm kein Problem* gebrabbelt. Der Arme ist ganz durcheinander.«

»Dragović?«, fragte Zelenika.

»Nein, Mandić.« Ika schüttelte den Kopf. »Ich verstehe das nicht. Der kann doch jede haben.«

»Mandić?«

»Nein, Dragović.«

»Er will aber keine Frau«, startete Sandra einen Versuch. »Das hat doch nichts damit zu tun, wie man aussieht. Er ist eben schwul, na und?«

Ika sah sie an, als habe Sandra den Verstand verloren.

Zelenika verdrehte die Augen. »Ja, soll er doch glücklich werden mit seinem schwulen Freund, geht uns doch nichts an.«

Ika verstand die Welt nicht mehr. »Diese Arbeit hat bei euch tiefe Spuren hinterlassen. Zwei Männer können doch kein Kind zusammen machen.«

»Ich habe auch kein Kind«, meldete sich Milić, »und ich bin nicht schwul.«

Ika winkte ab. »Du bist ein spezieller Fall.«

Milić blickte zu Sedlar. »Was meint sie denn damit?

Inspektor Horvat hat auch kein Kind und du auch nicht.«

Sedlar zuckte die Schultern.

»Oder vielleicht ernährt ihr euch einfach zu ungesund.« Ikas Gedankengängen konnte man nicht immer folgen. Sie war ein Gesundheitsapostel und eine Verfechterin von Ayurveda und Traditioneller Chinesischer Medizin. Sie ging auf Sedlar zu und legte ihm eine Hand auf die Schulter. »Na, wie geht es deinem hübschen Köpfchen?«, fragte sie mit süßlicher Stimme.

»Hervorragend, danke, Ika. Deine Massagen haben mich von meinen Kopfschmerzen befreit. Du hast wirklich begnadete Hände.«

Sie strich ihm über den Kopf, was etwas Liebevolles hatte. Trotzdem sah Zelenika sich veranlasst zu schimpfen: »Ika, du verbringst die Hälfte deiner Arbeitszeit damit, Sedlar und Dragović zu betatschen. Ich glaube, ich muss wirklich mal ein ernstes Wörtchen mit deinem Mann reden.«

»Gott, bist du ein Spießer. Es sind doch nur liebevolle Gesten. Ich drücke damit meine Sympathie aus.«

»Ja, genau«, knurrte er, »seltsamerweise gilt deine Sympathie nur Sedlar und Dragović.«

Ika ließ langsam von Sedlar ab und bewegte sich Richtung Tür. »Du musst doch nicht eifersüchtig sein. Du kannst jederzeit eine Massage von mir haben.«

»Ach ja? Wann?«

Ika machte die Tür auf, und bevor sie hinaustrat, sagte sie: »Ich habe zu tun. Die Böden wischen sich nicht von selbst.«

»Was für eine Verrückte«, sagte Zelenika, als Ika die Tür hinter sich schloss.

»Ich werde jetzt Perica anrufen«, stieg Sandra gleich ein. »Mich interessiert dieser Selbstmord von Nika Vukelićs Kollegin. Möglicherweise hat das was mit Nikas Manipulationen bei der Bank zu tun. Man kann nie wissen. Vielleicht kann Perica sich an die Untersuchung erinnern und mir den Bericht vorlesen oder schicken. Habt ihr inzwischen diese Astra überprüft?« Sie sah Zelenika an.

»Ja, aber da kam nichts Verwertbares bei raus. Es gibt nur eine Handvoll. Drei arbeiten im Ausland und kommen, laut Familie, nur im August zum Urlaub machen. Vier Astras sind unter fünfzehn Jahre alt. Eine ist seit Wochen nach einem schweren Unfall auf Kur, und eine weitere pflegt ihren alten Vater rund um die Uhr. Sie verlässt kaum das Haus, sogar die Einkäufe muss jemand anders erledigen.«

»Das könnte man noch mal genauer prüfen, aber legen wir das vorerst mal zur Seite. Später kommt Sanja Fućak, möglicherweise bringt uns das weiter.« Sandra erzählte von ihrem Gespräch mit Nika Vukelićs Vorgesetzter. Sie ging um ihren Schreibtisch herum und setzte sich.

Die Tür ging auf, und Tamara stand im Türrahmen. »Sollen zum Chef. Will auf den neuesten Stand gebracht werden. Laune mittelmäßig.«

»Danke, wir kommen gleich.«

Tamara nickte und schloss die Tür.

»Wer hätte das gedacht«, raunte Mandić, mehr zu sich selbst. Sandra war sich ziemlich sicher, dass ihm gerade Dragović durch den Kopf ging.

»Was denn, Chef?« Zelenika stellte sich ahnungslos.

»Was? Ach nichts. Jedem das Seine, nicht wahr?« Dann wandte er ruckartig den Kopf und sah auf das Team. Sein Blick wechselte zwischen Sandra und Sedlar. »Sie beide sehen mir aber sehr erschöpft aus. Alles in Ordnung?«

Milić verspürte den Drang, Klarheit zu schaffen. »Die beiden haben die Nacht zusammen verbracht.«

Mandić zuckte ein bisschen zusammen.

»Im Auto, meine ich«, fügte Milić hinzu und meinte, es damit besser zu machen.

»Schon gut, *Blebetalo*[16]«, brachte Zelenika sich ein, »lass mich mal lieber. Die Brücke war gesperrt, und sie konnten nicht zurück in die Stadt.«

»Tut einfach so, als wären wir gar nicht da.« Sandra war sich bewusst, dass sie gereizt klang, aber im Augenblick war ihr das egal. »Wir mussten im Auto ausharren, weil die Brücke gesperrt war.«

Zelenika hob die Handflächen nach oben. »Habe ich das nicht gerade gesagt?«

»Das hast du. Ich kann aber für mich selbst sprechen.« Sie blickte zu Mandić und sagte entschlossen: »So, nun widmen wir uns dem Zwischenbericht.«

Die nächsten siebzig Minuten erzählten sie abwechselnd von den Ermittlungen und setzten Mandić in

---

16 Plappermaul

Kenntnis. Er wirkte wie immer desinteressiert und abwesend, inhalierte aber jedes Wort – später konnte er oft ganze Sätze wiedergeben. Mal sah er zum Fenster hinaus, dann stand er auf und goss sich einen Tee ein. »Will jemand?«

»Wissen Sie was?«, meldete sich Zelenika. »Jedes Mal bieten Sie uns einen Ihrer scheußlichen Tees an, und wir sagen jedes Mal Nein. Also, wir trinken jetzt mal einen Tee mit.«

Mandić nahm vier Tassen von der kleinen Ablage und goss sie voll. Er stellte sie auf den Rand seines Schreibtisches, und alle griffen zu.

Zelenika probierte als Erster. Er nahm einen großen Schluck. Kurz darauf verzog er das Gesicht und zwang sich, den Tee hinunterzuschlucken, um ihn nicht zurück in die Tasse zu spucken. »Was ist das für eine verfickte Sorte?«

»Salbei«, antwortete Mandić seelenruhig und setzte sich wieder hinter seinen Schreibtisch. »Anfangs hat es mich auch Überwindung gekostet, aber man gewöhnt sich dran. Übrigens, Salbei ist gut für den Darm.«

»Und wenn es mich zwanzig Jahre jünger machen würde, saufe ich das Zeug nicht. Bieten Sie mir nie wieder einen Tee an.«

Sandra, Sedlar und Milić hielten die Tassen in der Hand, dann stellten sie diese fast zeitgleich zurück auf den Schreibtisch.

»Jedenfalls ist Šmit fertig mit der Überprüfung der Handynummern«, erklärte der Chef. »Das mit den Ausländern war am Ende auch kein größeres Problem.«

»Meinen Sie die Touristen?«

»Ja, wen den sonst. Zum Glück ist die Touristensaison erst in der Anfangsphase, und es gab zur Tatzeit nur sechzehn Touristen in Šilo.«

»Lassen Sie mich raten«, sagte Sandra. »Es gibt keine Person von außerhalb.«

»Korrekt. Weshalb wir davon ausgehen müssen, dass es ein Einheimischer war.«

»Tja, das könnte die Sache erleichtern.« Zelenika schien von seinen Worten nicht überzeugt. »Wir dürfen uns nur nicht auf diese These versteifen.«

»Also gut«, begann Mandić, »wir warten mal ab, was uns Sanja Fućak erzählen kann. Könnte es nicht sein, dass Tin Vukelić die Geschichte mit den Bankbetrügereien erfunden und er doch Morddrohungen gegenüber seiner Frau ausgesprochen hat?«

Sandra schüttelte den Kopf. »Dafür würde ich nicht meine Hand ins Feuer legen, aber ich gehe davon aus, dass es stimmt, was er sagt. Sie wissen ja, wie das ist. Bauchgefühl und Instinkt.«

»Na gut. Halten Sie mich auf dem Laufenden.«

Sie standen auf und gingen aus dem Raum, Milić und Zelenika in ihr Büro und Sandra und Sedlar in das ihre.

Während Sedlar den Bericht tippte, rief Sandra Perica an. Es dauerte lange, bis er sich meldete. »Inspektor Horvat, ich werde Ihnen die Berichte von mir und Sikirica noch heute schicken. Wir sind noch nicht ganz fertig.«

»Deshalb rufe ich nicht an, aber gut zu wissen. Können Sie bitte Dragović in CC setzen, weil ich vielleicht nicht im Büro bin? Er kann uns dann Bescheid geben, falls ihm etwas Neues auffällt.«

»Selbstverständlich. Und weshalb rufen Sie an?«

»Letztes Jahr im November hat eine Ena Pilić angeblich Selbstmord begangen. Sie soll sich erhängt haben. Erinnern Sie sich an den Namen?«

»Nein, aber letztes Jahr war ich die zweite Novemberhälfte in Urlaub.«

»Oh. Ach so. Wer hat Sie vertreten?«

»Eine junge und unerfahrene Dame, an deren Namen ich mich nicht mehr erinnere. Es war mir gar nicht recht, wenn ich ehrlich sein soll. Sie war gerade mal mit dem Studium fertig und arbeitete als Assistenzärztin in der Pathologie. Aber es war sonst niemand verfügbar, weil wir doch diese grässliche Grippewelle hatten.«

»Ja, ich erinnere mich«, sagte Sandra enttäuscht.

»Ich sehe mir die Aufnahmen an, die von der Toten gemacht wurden und lese den Bericht durch. Ich rufe Sie dann unverzüglich an.«

»Vielen Dank, Perica.«

Als sie den Hörer ablegte, sah Sedlar sie an. »Wenn Nika Vukelić von ihrem Mann getötet wurde … Warum sollte er dann vorher noch ihre Kollegin umgebracht haben?«

»Ich glaube nicht, dass er es war.« Sandra überschlug in Gedanken nochmals die bisherigen Erkenntnisse und lehnte sich in ihrem Schreibtischsessel zurück. »Ich mag mich täuschen, aber es spricht zu vieles dagegen. Er stand nicht früh auf, um ihr an den Strand zu folgen.

Sicher, es hätte eine Ausnahme sein können, und er hätte dort die Nerven verlieren können.«

»Aber vielleicht glauben alle, er hätte es nicht getan, weil sie sein Lebensinhalt war. Kann hier nicht genau das Motiv liegen? Er verliert die Fassung, eben *weil* sie sein Lebensinhalt ist.«

»Mich interessiert viel mehr dieser Kerl, dem sie Kredite gewährt hat.«

Sedlar lächelte. »Falls Tin die Wahrheit gesagt hat.«

»Und wer diese Astra ist. Diesen Namen hat sie ja nicht nur Tin gegenüber ausgesprochen.«

»Und wenn der Kreditnehmer und Astra dieselbe Person sind?«

Sandra nickte. »Ich glaube, dass es sich genau so verhält.«

20

»Ich habe mir nun die Aufnahmen angesehen und den Bericht gelesen.«

»Ja, Perica?« Sandra war sehr gespannt, was der Gerichtsmediziner über Ena Pilićs Tod zu berichten hatte.

»Wie ich befürchtet hatte, entspricht der Bericht nicht dem Niveau, welches ich pflege.« Pericas hohe Meinung von sich selbst war mitunter anstrengend, aber Sandra hatte seine Akribie zu schätzen gelernt, was in ihrer Zusammenarbeit wichtiger war als seine Allüren. »Mit dem Bericht möchte ich uns nicht länger aufhalten. Aussagekräftig sind die Aufnahmen, Inspektor Horvat. Wenn jemand sich erhängt, hinterlässt der Strang logischerweise Spuren am Hals. Im Fall von Ena Pilić finden sich eindeutig – jedenfalls für *mich* eindeutig – Hinweise von Erdrosselung. Der Strang hat hier eine waagrechte Spur hinterlassen, was nicht der Fall wäre, wenn sie sich nur erhängt hätte. Verzeihen Sie das ›nur‹, ich meine es selbstverständlich in Zusammenhang mit der Todesursache.«

»Verstehe, Perica. Ihrer Meinung nach wurde sie erdrosselt, und dann wurde der Tatort so inszeniert, dass es nach Selbstmord aussah?«

»Korrekt. Das ist meine Meinung, und ich erlaube

mir die Bemerkung, dass Sie getrost davon ausgehen können, dass es sich so zugetragen hat.«

»Vielen Dank, Perica.«

»Bitte.«

Sandra beendete das Gespräch und wies Sedlar an, Zelenika und Milić zu holen. Es dauerte keine Minute, bis sie in ihr Büro kamen und sich setzten. Sandra erzählte ihnen, was Perica gesagt hatte.

»Wie bist du überhaupt darauf gekommen?«, wollte Zelenika wissen.

»Ich dachte, es kann nicht schaden, mal nachzuforschen«, erklärte Sandra. »Ena Pilić hat bei der Bank gearbeitet, *und* Sanja Fućak meinte, es hätte keine Hinweise darauf gegeben, dass sie depressiv war, bevor sie angeblich Selbstmord begangen hat.«

»Wenn es der Kreditnehmer getan haben sollte, dann wusste diese Ena vielleicht zu viel über die Kredite. Möglicherweise dachte Ena, dass es nur um diese Konten geht und erfuhr dann von Nikas Manipulationen.« Milić nahm seine Brille ab und putzte sie mit einem Taschentuch. »Vielleicht hat Nika es ihr erzählt, und der Kerl wollte nicht, dass Ena darüber Bescheid wusste. Oder sie ist Nika auf die Schliche gekommen, und Nika hat dem Typen gesagt, er soll sie kaltmachen. Sie war ja ziemlich gefühllos, nach allem, was wir bisher über sie wissen.« In diesem Moment klingelte Milićs Handy. »Mirta«, stellte er nach einem Blick aufs Display fest. »Die hat mir gerade noch gefehlt.« Dann zog er sich zurück. Nach wenigen Minuten kam er zurück und vermied den Blick seiner Kollegen.

»Was ist denn?«, fragte Zelenika.

»Sie hat mit mir Schluss gemacht.« Fassungslos blickte er auf sein Handy und schüttelte den Kopf.

»Aber du wolltest doch sowieso mit ihr Schluss machen. Sie ist dir zuvorgekommen und hat nun den unbeliebten Drecksjob gemacht. Gut für dich.«

»Gut für mich? *Ich* wollte Schluss machen!«

Zelenika verdrehte die Augen. »Ja, darauf kommt es an. Ich hoffe nur, du hast ihr das eben am Telefon nicht so gesagt.«

»Nein, ich habe gesagt, dass ich ihre Entscheidung respektiere, denn schließlich sind wir erwachsen.«

Zelenika schnalzte mit der Zunge. »Du bist zu gut für diese Welt.«

»Ich wollte ihr nicht wehtun.«

»Alles klar, Schmusekätzchen.«

Tamara öffnete wieder die Tür. »Eine Dame will Sie sprechen. Sie sagt, es wäre vereinbart, dass sie ohne festen Termin kommt. Ihr Name ist Sanja Fućak.«

Sie saßen im Vernehmungsraum um den großen Tisch. Sanja Fućak legte eine Mappe auf den Tisch. »Ich habe alles für Sie ausgedruckt und zusammengestellt.«

»Danke«, sagte Zelenika und zog die Mappe ein paar Zentimeter zur Mitte des Tisches. Er klappte sie auf und fragte beiläufig: »Könnten Sie uns trotzdem eine Zusammenfassung Ihrer Recherchen geben? Damit wir das jetzt nicht alles einzeln lesen müssen. Die Zeit drängt.«

Sanja Fućak war, wie die Beamten bereits wussten,

keine Freundin von großen Einleitungen, weshalb sie gleich zur Sache kam. »Ich habe die Namen überprüft, um die Sie mich gebeten haben. Einen Feliks Vidas haben wir nicht als Kunden. Es gibt auch keine Astra. Ena hat für zwei Männer namens Matej und Željko Kosić jeweils acht Konten eröffnet.«

»Matej und Željko Kosić?«, wiederholte Sandra die Namen. »Es gibt einen Nachbarn mit Namen Matej Kosić, und mit dem Nachbarschaftsverhältnis steht es nicht zum Besten. Aber wer ist der andere?«

»Wie heißt der Sohn noch mal? Was hat Valeria Kosić gesagt?«, fragte Zelenika.

»Leonardo«, fiel es Sedlar sofort ein.

»Er lebt in Afrika, hat sie gesagt.« Sandra winkte ab. »Gut, um diesen Željko kümmern wir uns später. Erzählen Sie bitte weiter, Frau Fućak.«

»Nika hat beiden Kredite in sechsstelliger und zweimal sogar siebenstelliger Höhe gewährt. Der erste Kredit ging an Matej Kosić über achthunderttausend Kuna. Später wurden ihm und Željko Kosić von Nika immer weitere Kredite gewährt.«

»Verstehe«, meinte Sandra. »Und für die Eröffnung der Konten war Ena Pilić zuständig?«

Sanja Fućak schüttelte ungläubig den Kopf. »Sie hat es für Nika getan, da bin ich sicher. Nika hat sie wahrscheinlich bearbeitet, denn Ena war bis dahin immer loyal und anständig. Ena hatte ein gutes Herz. Sie hat sich von Nika ausnutzen lassen.«

»Normalerweise würde ein Bankangestellter also nicht mehrere Konten für jemanden eröffnen?«

»Nein, außer ein Privat- und ein Geschäftskonto. Das ist legitim.«

»Und die beiden Kosićs haben regelmäßig auf diese Konten Geld eingezahlt?«

»Ja. Manchmal in Kuna und manchmal in Euro. Der Betrag war nie höher als fünftausend Euro oder dreißigtausend Kuna. Über die Jahre hat sich da eine hübsche Summe angesammelt, wobei auch immer wieder Transaktionen für Käufe jeglicher Art getätigt wurden. Aktuell sind es eine halbe Million Euro, die auf den Konten verteilt sind. Es wurde immer mal wieder viel Geld abgehoben, überwiesen und eingezahlt, alles sehr unregelmäßig. Ich gehe davon aus, dass die beiden Männer die Abhebungen und Einzahlungen unter anderem tätigten, um zu investieren. Mit einem Koffer voller Bargeld kann man sich schließlich kein Auto kaufen. Also mussten die beiden das Geld auf die Bank bringen, um größere Beträge ausgeben und diese beispielsweise an ein Autohaus überweisen zu können.«

»Können Sie sagen, wofür die Männer das Geld sonst noch ausgegeben haben?«, fragte Sandra.

»Ja, steht aber auch alles in den Unterlagen. In der Hauptsache für Immobilien, mehrere Autos, Luxusreisen. Sogar ein kleines Flugzeug war dabei.« Sie machte eine Pause, dann fügte sie hinzu: »Aber eins ist auffällig.«

»Und was?«

»In den letzten Monaten gab es keine Kredite mehr.«

»Vielleicht hat Nika sich irgendwann geweigert, da mitzumachen«, sagte Milić.

Sanja Fućak dachte darüber nach. »Ich habe Ihnen doch gesagt, dass der Mann, der manchmal auf Nika wartete, erst kürzlich wieder da war. Das muss vor etwa fünf oder sechs Wochen gewesen sein. Mir ist später eingefallen, dass er dieses Mal angespannt wirkte, beinahe wütend. Ich habe ihn nie von Nahem gesehen, aber das habe ich gemerkt.«

»Und wann genau haben die Transaktionen unter Nikas Bearbeitung aufgehört?«, wollte Sedlar wissen.

»Vor sechs Wochen.«

»Interessant«, kommentierte Sandra. »Können Sie bitte sofort die Konten sperren lassen? Der Fall geht heute noch an die Abteilung für Wirtschaftskriminalität.«

»Das Geld habe ich bereits einfrieren lassen.«

»Sie sind perfekt«, sagte Sandra und lächelte ihr freundlich zu. »Um etwas möchte ich Sie noch bitten, Frau Fućak. Ich sagte ja schon, dass wir Fotos in unserer Datenbank haben, die wir bei der Bearbeitung von Personalausweisen speichern. Könnten Sie sich mal ein paar Gesichter ansehen?«

»Sie meinen, ob einer der Kosićs der Mann ist, der auf Nika wartete?«

»Ja.«

»Sicher.«

Nachdem sie herausgefunden hatten, dass Željko und Matej Kosić dieselben Eltern hatten, wussten sie zumindest, dass es sich um Brüder handelte, die hier gemeinsame Sache machten. Sanja Fućak betrachtete ein paar Sekunden das Foto von Željko Kosić, um sicher zu sein. »Nein, ich glaube nicht.« Beim Foto von Matej Kosić rief sie: »Der könnte es sein!«

»Sicher?«, hakte Sandra nach.

Sie sah das Foto lange an. »Er stand einfach zu weit weg. Aber ich denke, dass er es sein könnte.«

Sandra besah sich das Foto auf dem Bildschirm, dann fragte sie: »Auf einer Skala von eins bis zehn. Eins ist unwahrscheinlich, zehn ist ganz sicher. Wo steht er da?«

»Sechs bis sieben«, antwortete Sanja Fućak spontan.

Als die Filialleiterin später aufstand, um zu gehen, streckte Zelenika ihr die Hand entgegen und sagte: »Danke.« Die beiden hatten einen schlechten Start gehabt, aber sie waren wohl beide nicht nachtragend. Die Frau ergriff Zelenikas Hand, lächelte und sagte: »Aber das ist doch selbstverständlich.«

Die Überprüfung von Željko Kosić ergab, dass er mehrere Wechselstuben im Raum Kvarner besaß, außerdem zwei größere Casinos.

»Sollen wir zu ihm fahren?«, fragte Sedlar.

Sandra überlegte. »Ich weiß nicht, ob wir erst zu ihm oder zu seinem Bruder nach Krk fahren sollen. Wo wohnt Željko Kosić überhaupt?«

Sedlar sah auf den Bildschirm. »Hier in der Nähe. In der Straße Pomerio.«

Zelenika nahm sein Handy aus der Hosentasche und blickte zu Sandra. »Ich rufe mal an. Wenn er nicht zu Hause ist, dann soll er eben hierherkommen, sobald er von unserem Anruf erfährt.«

»Ja, in Ordnung.«

Zelenika las die Telefonnummer ab und wählte. Er stellte sich kurz vor und fragte nach Željko Kosić. »Sie sind seine Frau? Ach so? Und in welchem Krankenhaus? Aha. Gut. Wir melden uns wieder.« Pause. »Darüber möchte ich nicht am Telefon sprechen. Wir haben ein paar Fragen an Ihren Mann und melden uns wieder. Danke.« Zelenika steckte sein Handy wieder ein. »Er ist am Sonntag im Garten vom Baum gefallen.«

»Was hat er denn auf einem Baum gemacht?«, wollte Milić wissen.

»Hätte ich fragen sollen?«, knurrte Zelenika. »Vielleicht hat er Obst gepflückt, keine Ahnung. Ist doch egal. Seine Frau sagt, er hat eine Gehirnerschütterung und einen doppelten Armbruch erlitten und wird morgen aus dem Krankenhaus *Sušak* entlassen.«

»Soll ich das überprüfen?«

»Ja, Sie überprüfen das, Sedlar. Zelenika und Milić, geht zu Mandić und übergebt ihm die Mappe mit den Informationen von Sanja Fućak. Er soll das an die Abteilung für Wirtschaftskriminalität weiterleiten. Und ich rufe Matej Kosić an. Er soll sofort nach Hause kommen und auf uns warten. Ich sage nicht, worum es geht, und weiche aus, wenn er fragt.«

»Wäre es nicht besser, wir lassen ihn herkommen?«, fragte Milić zaghaft.

»Nein. Ich will, dass seine Frau dabei ist. Wenn wir beide auffordern zu kommen, werden sie misstrauisch. Das will ich auf keinen Fall. Sie sollen lieber nichts Böses ahnen, wenn wir kommen, und denken, es ginge

immer noch um die Streitigkeiten wegen des Grundstücks. Und dann will ich den Ausdruck in seinem Gesicht sehen.«

21

Schwungvoll machte Sedlar die Tür des MUP auf, stellte sich daneben und ließ seine Kollegen nach draußen treten. Sandra kam als Letzte heraus, und ihre Blicke trafen sich für eine Sekunde. Ein kleines Lächeln lag um Sedlars Mund, und Sandra lächelte zurück.

Sie gingen auf den zivilen Dienstwagen zu, den Sandra und Sedlar nehmen würden. Daneben stand der Streifenwagen für Zelenika und Milić, weil sie davon ausgingen, mit Matej Kosić zurückzukehren. *Sigurnost i povjerenje*[17], war der Slogan, der unter *Policija* in blauer Schrift auf dem weißen Dienstwagen zu lesen war.

Eine Frau mittleren Alters kam ihnen lächelnd entgegen. Sie war vollschlank, und das grauschwarze Kostüm und die rosa Bluse saßen perfekt, ebenso wie der mittellange Haarschnitt. Die hellbraunen Haare fielen in leichten Wellen fast bis zur Schulter.

»Was willst du denn hier?«, raunte Zelenika der sympathisch lächelnden Frau zu.

»Guten Tag.« Sie begrüßte Sandra, Milić und Sedlar mit Handschlag.

---

17 Sicherheit und Vertrauen

»Das ist Maja, meine Frau«, kam es brummig von Zelenika.

»Ach, wirklich?« Milić konnte seine Überraschung kaum verbergen.

»Wie schön, dass wir uns mal begegnen«, meinte Zelenikas Frau strahlend.

»Was willst du?«, wiederholte Zelenika barsch.

»Ach«, winkte sie ab. »Ich will euch ja gar nicht bei der Arbeit stören, aber hast du die Kreditkarte eingesteckt? Es ist doch der Termin in der Schneiderei vereinbart.« Sie sah zu Sandra. »Ich habe eine Woche Urlaub, und jetzt gehe ich schönen Stoff kaufen und lasse ein paar Vorhänge nähen.«

Zelenika holte sein Portemonnaie aus der Gesäßtasche und suchte nach der Kreditkarte.

»Mihajlo qualmt alles voll. Deshalb kaufe ich diesmal beigefarbenen Stoff, dann sticht das Nikotin nicht mehr ins Auge.«

Die drei lachten, Zelenika nicht. Er hielt ihr die Kreditkarte hin. »Hier. Hab vergessen, sie wieder in die Schublade zu stecken. Entschuldige.«

Seine Frau nahm die Karte an sich, nickte, ohne ihn anzusehen, und sagte zu seinen Kollegen: »Kommen Sie doch mal zu uns, auf Kaffee und Kuchen. Oder zum Essen. Mihajlo hat Sie so gern, er sagt immer nur das Beste über ...«

»Ja, ja«, fiel Zelenika ihr ins Wort. »Geh du jetzt mal Stoff kaufen. Ich hoffe nur, du meinst damit Textilien.« Sanft schob er sie zur Seite, dann ging er weiter. Seine Frau entfernte sich winkend.

Alle drei winkten lachend zurück, dann wurde Milić mit einem Schlag ernst, holte Zelenika ein und fragte verwundert: »*Das* ist deine Frau?«

Sandra und Sedlar holten die beiden ein.

»Nein, das ist nur eine Schauspielerin, die ich engagiert habe, damit sie sich als meine Frau ausgibt.«

»Ich fasse es nicht. So eine nette und hübsche Frau hast du?«

Zelenika zündete sich eine Zigarette an und bedachte ihn mit einem strengen Blick. »Wie hast du dir meine Frau denn vorgestellt? Mit einer Warze auf der Nase und einer Katze auf dem Buckel?«

»Ehrlich gesagt, ging es in diese Richtung.«

Zelenika schüttelte genervt den Kopf.

»Also?«, fragte Milić heiter. »Wann dürfen wir zum Essen kommen?«

»Ich will dich nicht auch noch in meinen vier Wänden sehen, du Freak.« Er zog an seiner Zigarette und musterte Milić mit skeptischem Blick. »Außerdem bist du ein bisschen zu sehr begeistert von meiner Frau.«

»Kommt sie eigentlich auch aus Serbien?«

»Nein, sie ist Kroatin.«

»Mögen dich ihre Verwandten?«

»Natürlich, jeder mag mich«, antwortete Zelenika, wie es seine Art war. »Anfangs war es ein bisschen schwierig«, ergänzte er ernsthafter, »aber als dann unser Sohn geboren wurde, war das nie wieder ein Thema.«

»Wie heißt dein Sohn überhaupt? Du hast nie seinen Namen erwähnt, sondern sagst immer nur *mein Sohn*.«

»Er heißt Borna.«

»Du hast deinen Sohn nach einem kroatischen Fürsten benannt?«

»Meiner Frau hat der Name gefallen. Ich hatte nichts dagegen.«

»Hast du hier auch ›Warum nicht?‹ gesagt, wie bei der Heiratsplanung?« Milić hob fragend die Augenbrauen.

»Kann sein. Die besten Entscheidungen trifft man schnell. Je mehr man rumfaselt, desto schlechter das Resultat.«

»Ich werd's mir merken.«

»Tu das, Lockenköpfchen. Ich lass dich jederzeit gerne an meiner Weisheit teilhaben.« Grinsend zog Zelenika wieder an seiner Zigarette. Dann sah er Milić von der Seite an, legte einen Arm um seine Schultern und sagte: »Es wäre eigentlich ganz schön, wenn ihr mal zum Essen kommt.«

Valeria Kosić öffnete die Tür. Die Ohrringe, die sie trug, waren sogar noch größer als beim letzten Mal. Das pinkfarbene T-Shirt sah an ihrem dunklen Typ sehr vorteilhaft aus. »Kommen Sie rein«, forderte sie die Beamten auf. »Mein Mann warte schon auf Sie. Muss wichtige Frage sein, wenn er solle schnell nach Hause komme.« Es hörte sich leicht vorwurfsvoll an, aber nicht so sehr, dass es unhöflich wirkte.

Matej Kosić saß im Wohnzimmer und sah fern. Leger hatte er die Füße von sich gestreckt, zumindest tat er leger. Sandra vermutete, dass er von dem Anruf bei seiner Schwägerin bereits wusste.

»Was Sie wolle schon wieder von uns?«, fragte Valeria Kosić. Noch bevor sie Gelegenheit hatten zu antworten, bot sie ihnen einen Platz an. »Sie setze sich. Meine Gäste nicht stehen im Haus herum wie Blumentopf.«

»Danke«, sagte Sandra, daraufhin nahmen sie alle Platz.

Matej Kosić hatte bereits den Fernseher ausgeschaltet und legte nun die Fernbedienung auf dem Beistelltisch ab.

»Wir wollen nicht um den heißen Brei herumreden, Herr Kosić«, begann Sandra ohne Umschweife. »Wir wissen von den Machenschaften, die Sie und Ihr Bruder sich haben zuschulden kommen lassen.«

Valeria hob die Hände. »Was bedeute Machenschafte?«

»Es bedeutet kriminelle Handlungen, Frau Kosić«, erklärte Sandra.

»Kriminelle Handlungen?« Sie sah ihren Mann an. »Wovon spreche die Leute hier?«

Ihr Mann schien sie gar nicht zu hören. Wie versteinert saß er da und starrte Sandra an. Es verstrichen viele Sekunden, bevor er zum Sprechen ansetzte, doch dann entschied er sich, doch lieber zu schweigen.

»Es hat überhaupt keinen Zweck zu leugnen«, warnte Zelenika im Voraus. »Bezüglich dieser Dinge werden sich die Kollegen mit Ihnen und Ihrem Bruder in Verbindung setzen. Da kommt einiges auf Sie zu, Kreditbetrug, Geldwäsche ... *Wir* untersuchen allerdings einen Mordfall.«

»Ich verstehe.« Kosićs Stimme klang nun nicht mehr tief und männlich. Er sprach stockend und brüchig.

»Sie sind also irgendwann auf die Idee gekommen, Nika Vukelić zu ... engagieren?«

Er nickte.

Valeria stieß einen Schrei aus. »Was?! Unsere Feind? Die verdammte ...« Sie bekreuzigte sich, um dann fortzufahren: »Diese schreckliche Frau, die uns terrorisiere hat?«

»Ich ... also ... zuerst wollte sie nicht, aber als ich ihr die Provision der Summen nannte, war sie ziemlich schnell einverstanden.«

Valeria fasste sich an den Kopf, sagte aber nichts.

»Die Casinos und die Wechselstuben führen Sie mit Ihrem Bruder gemeinsam, nehme ich an?«, fragte Sandra.

»Ja. Er kümmert sich um die Rechnungen und so. Aber ich war es, der investiert hat, deshalb bekomme ich zwei Drittel.«

Sandra warf einen Blick auf seine Frau, die innerhalb weniger Minuten um Jahre gealtert schien. Dann sah sie wieder Matej Kosić an. »Diese Investitionen konnten Sie sich aber nur leisten, weil Sie mit Ihren Immobilien getrickst haben, oder?«

»Kann sein.«

»Und wie haben Sie das gemacht?«

Er schwieg, bis seine Frau ihn anschrie: »Spreche, du Schwein!«

Sie zuckten ein wenig zusammen, doch Matej Kosić befolgte den Befehl. »Ich wollte eigentlich nur einen einzigen Kredit. So kaufte ich günstig das Grundstück hier. Der Preis war deshalb geringer, weil es keinen Zugang von der Straße gibt, weshalb wir auch schon jahrelang mit diesem Vollidioten Tin Vukelić im Streit liegen. Jedenfalls dachte ich ... Wenn ich immer wieder mal von Nika einen Kredit bekomme, dann kann ich eine Wohnung kaufen, sie renovieren und dann teurer weiterverkaufen. Ich habe eine Wohnung gefunden, die seit fast einem Jahr zum Verkauf stand. Niemand wollte sie, weil Renovierungsarbeiten nötig waren. Dann habe ich begonnen nachzudenken, und ich dachte, wie einfach das ist. Mein Bruder ist handwerklich geschickt, der kann Parkett verlegen und auch sonst alles, was gemacht werden muss. Aber wir brauchten Geld, um zu starten. Wir haben klein angefangen, mit einer Wohnung und zwei kleinen Apartments. Ich habe Nika abgefangen und ihr gesagt, dass ich für mich und für meinen Bruder einen größeren Kredit brauche. Sie hat sich empört und gesagt, sie habe mir nur dieses eine Mal geholfen.« Kosić grinste höhnisch. »Mir geholfen, von wegen. Sie hat es getan, weil ich ihr diese Gefälligkeit gut bezahlt habe. Dann habe ich ihr eröffnet, was sie alles erwartet, wenn sie uns unterstützt, nämlich fünf Prozent der Kreditsumme. Das hat sie dann auch getan. Sie hat günstige Zinsen für uns festgesetzt. Wir haben immer mehr gekauft und verkauft, Wohnungen und Häuser, dann wollten mein Bruder und ich uns vor ein paar Wochen an Villen machen, aber da ist Nika abgesprungen.«

»Wie muss ich mir das vorstellen?«, fragte Zelenika. »Sie kaufen ein Haus mit einem Wert von drei Millionen Kuna, zwei überweisen Sie und die restliche Million zahlen Sie im Köfferchen. So ist es doch?«

»So in etwa«, gab Kosić missmutig zu.

»Und wenn Sie verkaufen? Dann ist auch ein Köfferchen im Spiel?«

»Was ist diese Köfferche?«, rief Valeria, und klang dabei verzweifelt.

»Kleiner Koffer«, erklärte Sandra. Dann wandte sie sich wieder Valerias Mann zu. »Frau Vukelić hat ihre Kollegin Ena Pilić wahrscheinlich überreden müssen, für Sie und Ihren Bruder mehrere Konten zu eröffnen. Haben Sie Frau Pilić etwas dafür gegeben?«

»Nein. Wie Nika das intern mit ihr geregelt hat, war mir ziemlich egal. Vielleicht hat sie ihr etwas von ihrem Schmiergeld gegeben, keine Ahnung.«

»Sie haben also immer größere Investitionen getätigt«, konstatierte Milić, »und dann mussten Sie das illegale Köfferchen-Geld auf legalem Weg in Umlauf bringen, damit Sie weitere Investitionen und Ausgaben tätigen konnten?«

»Ja.«

»Verdienen Sie mit den Wechselstuben und Casinos überhaupt? Oder dienen die nur zur Tarnung für die Geldwäsche?«

Er antwortete nicht.

»Na ja, das werden die Kollegen schon noch herausfinden«, bemerkte Milić.

»Ich befürchte, Sie haben noch Geld irgendwo gehortet« meinte Zelenika. »Aber mein Kollege hat recht, darum sollen sich die Kollegen kümmern. Der Grund, weshalb Sie Nika Vukelić vor der Bank mehrmals aufgelauert haben ...«

»Aufgelauert«, wiederholte Kosić abfällig und blickte zur Seite.

»Hast du eine Liebe mit ihr gehabt?«, schrie seine Frau ihn an.

»Nein! Natürlich nicht! Was denkst du denn von mir?«

»Was ich von dir denke?«, kreischte sie. »Hab ich auch nicht gedenkt, dass du ein Dieb bist! Wenn wir in Venezuela, mein Vater dich jetzt an Füße aufhänge!«

»Dein Vater hat betrunken Fahrerflucht begangen. Das ist mindestens genauso schlimm!«

»Er hat das Auto nicht gesehen!«

»Wie denn auch, wenn er betrunken war.«

»Lassen Sie uns doch wieder zu Nika Vukelić kommen«, sagte Zelenika bestimmt. »Sie haben des Öfteren vor der Bank auf sie gewartet.«

Kosić rutschte auf der Couch nach vorne und versteifte sich. »Ich habe früher ein paarmal auf sie gewartet, damit wir die Vorgänge besprechen. Wir sind dann immer in so eine heruntergekommene Bar mit Billardtisch gegangen, wo uns garantiert niemand kennen würde. Dann hat sie mich vor ein paar Wochen auf dem Handy angerufen und gesagt, sie will ihr Leben ändern und will mit diesem Dreck nichts mehr zu tun haben. Das waren ihre Worte.« Plötzlich lachte er bitter auf. »Nachdem sie viel Zaster durch mich verdient hat, wollte sie ihr Leben verbessern. Verfluchtes Miststück!« Im nächsten Augenblick schien ihm seine emotionale Entgleisung bewusst zu werden. »Gott hab sie selig«, schob er eilig hinterher.

»Uns interessieren Mordmotiv und Täter«, sagte Sandra lauter als beabsichtigt. »Nika Vukelić wollte Ihnen nicht mehr gefällig sein und ...«

Panisch sprang Kosić von der Couch auf. »Sie glauben, ich hab sie getötet?«

»Ihr Bruder kann es nicht gewesen sein, der lag ja im Krankenhaus.«

Gehetzt blickte Kosić in die Gesichter, deren Augen ihn fixierten. »Valeria«, sagte er sanft, als er sich zu seiner Frau umdrehte, »du glaubst doch nicht, dass ich einen Menschen töten könnte, oder? Bitte, sag es.«

Seine Frau stand offensichtlich unter Schock. Sandra leuchtete es ein, dass sie sich nie um die Buchführung und das Immobilienprozedere gekümmert hatte. Es haperte bei ihr an den Sprachkenntnissen, und wahrscheinlich interessierte es sie auch nicht sonderlich, wie und woher das Geld herkam. Sie glaubte einfach, dass sie sich all das leisten konnten, mit legalen Immobilienkäufen, Sanierungen und Verkäufen. Davon ließ sich auch sehr gut leben, wenn alles legal lief, aber man wäre damit nicht so wohlhabend geworden wie die Kosićs.

»Warum hast du diese falsche Sachen gemacht?«, rief Valeria verzweifelt.

Kosić senkte den Blick. »Anfangs hatte ich Skrupel, aber es war so verlockend. Es war so einfach, und alles lief ganz problemlos. Bis Nika sich querstellte und sagte, sie wolle ihr Leben auf die Reihe bekommen und alte Fehler wiedergutmachen.«

»Sie dachten, Nika hätte es jemandem erzählt und dabei Ihren Namen genannt?«, fragte Milić.

»Nein«, warf Sandra ein. »Dann hätte sie sich doch selbst ans Messer geliefert.«

»Ich habe ihr nichts getan!« Nachdrücklich schüttelte Matej Kosić den Kopf. »Ich habe sie nicht getötet.«

»Er ist neben mir im Bett gelege«, bestätigte seine Frau.

»Na ja«, meinte Zelenika, »ich sagte Ihnen ja schon bei unserem ersten Besuch, dass das kein glaubwürdiges Alibi ist. Sie sind seine Frau und haben wahrscheinlich sowieso geschlafen, als der Mord passiert ist.«

»Habe ich nicht geschlafe diese Nacht. Ich habe Kopfweh gehabt. Das habe ich Ihnen gesagt. Erinnert Sie sich?«

»Nein«, sagte Zelenika nur.

»Aber habe ich gehabt!«

Sandra stand auf. »Herr Kosić, ich muss Sie bitten, mit meinen beiden Kollegen nach Rijeka aufs Präsidium zu fahren.«

»Ich bin verhaftet?«

»Nein«, antwortete Sandra. »Wir ...«

»Sie haben keine Beweise, dass du Mörder bist«, erklärte ihm seine Frau.

Sandra warf ihr einen mahnenden Blick zu. Valeria schien zu verstehen, dass sie die Inspektorin mit ihrer Unterbrechung verärgert hatte. »Wir möchten, dass Sie eine Aussage machen. Und vielleicht brauchen wir noch Informationen von Ihnen. Danach werden Sie an die Kollegen übergeben.«

Kosić atmete hörbar aus und rieb sich die Schläfen.

Für Sandra war das ein gewohntes Bild. Alle bereuten sie angeblich ihre Taten. Die einen aus schlechtem Gewissen heraus, die anderen aus Verärgerung darüber, geschnappt worden zu sein. Manche taten während der Vernehmung oder der Haft geläutert, fanden zu Gott und schrieben herzzerreißende Briefe an Angehörige oder Lebenspartner. Manche fanden später den Weg zurück in ein normales Leben, aber zu viele Straftäter knüpften dort an, wo sie aufgehört hatten. Vergessen waren dann all die schönen Versprechen in den Briefen voller Herzchen und Gedichte. Matej Kosić hatte bisher zu viel Geld verdient, als dass er irgendwo als Angestellter zufrieden gewesen wäre. Mit Immobilien würde er in Zukunft jedenfalls nicht mehr betrügen können.

Die Nachbarn interessierten sich sehr für Matej Kosićs Gang zum Polizeiauto. Gardinen und Rollos bewegten sich, und Gesichter pressten sich an die Scheibe oder lugten durch geöffnete Fenster. Üblicherweise wurden solche Dinge in Dorfgemeinschaften oder Mietshäusern gerne ausgeschmückt, schon am nächsten Tag hatte der Abgeführte dann angeblich Handschellen getragen und es war eine Ganzkörperuntersuchung vorgenommen worden, bevor er ins Auto geschoben worden war – natürlich nicht ohne dass ein Beamter die Hand schützend auf seinen Kopf gelegt hatte, damit er sich diesen nicht anstieß. So würde es auch bei Matej Kosić sein. Jeder hatte es später *mit eigenen Augen* gesehen. Mit wessen Augen auch sonst.

Als Zelenika und Milić mit Matej Kosić davonfuhren, kam Tin Vukelić gerade die Straße heruntergefahren. Beim Vorbeifahren reduzierte er die Geschwindigkeit und sah ins Innere des Polizeiwagens. Die Blicke von Kosić und Vukelić trafen sich kurz. Schließlich beschleunigte Vukelić, fuhr vors Haus und schaltete den Motor aus. Er sprang aus seinem Auto und ging eiligen Schrittes auf Sandra und Sedlar zu. »Sie haben Kosić verhaftet?«, rief er so laut, dass es die gesamte Nachbarschaft hören konnte. »Matej Kosić hat Nika getötet?«

Sandra hob in abwehrender Haltung die Hände. »Langsam, Herr Vukelić. Gegen Herrn Kosić wird wegen eines anderen Delikts ermittelt. Ob er etwas mit dem Mord zu tun hat, müssen wir noch prüfen.«

Tin neigte den Kopf, als ob er überhaupt nicht verstand, was hier vor sich ging. »Wegen eines anderen Delikts? Wieso? Was hat er denn getan?«

»Sprechen Sie bitte leiser.«

Er blickte sich um und sah die Gesichter an den Fenstern. Sandra folgte seinem Blick. Ein paar Neugierige entfernten sich, andere blieben am Fenster kleben und verfolgten das weitere Geschehen.

»Was hat er denn getan?«, wiederholte Vukelić leise seine Frage.

»Herr Kosić ist derjenige, für den Ihre Frau bei der Bank betrogen hat.«

Tins Augen wurden immer größer. Er lächelte unsicher, wobei seine Oberlippe zitterte. »Das ist doch ein Witz, Inspektor Horvat. Das kann gar nicht sein. Nika hat die Kosićs gehasst.«

»Es ist wahr, Herr Vukelić. Alles spricht dafür, dass Ihre Frau ihr Leben ändern wollte und ihre Fehler bereut hat. Aber es ist auch wahr, dass sie Herrn Kosić und seinen Bruder bei dem kriminellen Vorgehen unterstützt hat.«

Er verzog die Augen zu Schlitzen. »Haben die beiden... etwas miteinander gehabt?«

Sandra konnte gut verstehen, dass diese Frage bei Valeria und Tin schnell aufkam. Aber das war für die Ermittlungen zurzeit nicht interessant. Trotzdem wählte sie ihre Worte mit Bedacht. »Darauf gibt es keine Hinweise, Herr Vukelić. Ich denke, das spielte bei deren Kontakt keine Rolle.«

»Es wäre aber möglich«, klinkte Sedlar sich ein, »da der Tötungsakt aus Affekt geschah, also starke Emotionen im Spiel waren. Falls Herr Kosić der Täter sein sollte, wäre es jedenfalls nicht aus Liebe geschehen, sondern wegen des Geldes.«

»Das sind alles nur Mutmaßungen«, griff Sandra schnell ein. »Wie gesagt, gibt es bis jetzt keine Hinweise auf eine intime Beziehung zwischen den beiden.«

Tin sah in die Ferne und schien weit weg. »Ich kapiere das nicht. Wir... Nika und ich... hassen die Kosićs.«

»Mit wem hat Ihre Frau denn immer gestritten?«, fragte Sandra. »Nur mit Frau Kosić oder auch mit deren Mann? Soweit ich mich erinnere, sagten Sie, dass der nur nickend danebenstand, aber nie die Initiative ergriff.«

»Mit... ihm hatten wir weniger Probleme. Das stimmt.« Nachdenklich fixierte Vukelić einen Punkt

hinter Sandras Rücken. »Ja, wenn ich so darüber nach-
denke, war ihm das Ganze eigentlich scheißegal. Seine
Frau kreischte immer rum und er stand daneben, nickte
von Zeit zu Zeit oder sagte: ›Ja, ja, schon gut‹, wenn
ich schimpfte.« Wütend presste er die Lippen aufeinander. »Diese Dreckstücke. Wie sie mich und Valeria ver-
arscht haben. Sie haben Witzfiguren aus uns gemacht!«

22

Auf dem Weg zu Branimir Toićs Haus mahnte Sandra: »Nicht so viel reden, Danijel. Das macht alles nur komplizierter und wirft bei dem anderen neue Fragen auf. Man manövriert sich da in etwas hinein und muss sich dann mit Erwiderungen wie ›Aber Sie haben doch gesagt, dass…‹ auseinandersetzen.«

»Ja, du hast recht. Entschuldige.«

Sie warf ihm einen versöhnlichen Seitenblick zu. »Ist ja keine Katastrophe. Nur fürs nächste Mal.«

Branimir Toić war beim Holzhacken, als sie kamen. Er hörte das quietschende Gartentor, wandte den Kopf und rief missmutig: »Sie schon wieder?«

»Sie sind nicht gerade gastfreundlich«, zog Sandra ihn auf.

Mit einem Schwung ließ er die Axt auf den Baumstamm hinuntersausen. Die Schneide krachte direkt in die Mitte, und der Schaft blieb waagrecht stehen.

»Wow«, meinte Sedlar anerkennend. »In perfekt waagrechter Linie.«

Zuerst wusste Toić nicht, was er meinte, dann folgte er Sedlars Blick und sah auf seine Axt. »Ich habe schon als Kind meinem Vater beim Holzhacken geholfen.« Er zuckte die Schultern. »Na ja, so schwer ist das ja nicht.«

»Das sagt jeder über das, was er beherrscht.«

»Kann sein. Und? Was wollen Sie denn schon wieder von mir? Ich hab Ihnen gesagt, ich hab nur den Rücken gesehen.«

Sandra lächelte verkniffen. »Ja, das haben Sie schon mehrmals geäußert. Ist es denn möglich, dass Sie Matej Kosićs Rücken gesehen haben?«

Das Entsetzen in seinen Augen war nicht zu übersehen. »Matej? Was? Er soll Nika getötet haben?«

»Das habe ich nicht gesagt. Ich frage Sie nur, ob es möglich wäre, dass er es war, den Sie gesehen haben.«

»Keine Ahnung. Ich hab doch nur ...«

Sandra hob die Hände und führte die Finger zusammen. »Herr Toić, ich habe die Nacht nicht geschlafen und bin ziemlich gereizt. Wenn Sie noch einmal sagen, dass Sie nur den Rücken gesehen haben, dann werde ich verdammt sauer.«

Sedlar und Toić starrten sie an. Sie hatte das Gefühl, dass Sedlar überrascht und zugleich amüsiert war, während Toić auf eine Entschuldigung wartete. Den Teufel würde sie tun und sich entschuldigen. »Ich meine es ernst«, sagte sie stattdessen. »Ich habe es kapiert. Sie müssen es nicht ständig wiederholen. Aber Rücken sind nicht alle gleich, oder? Meine Frage ist, ob es der Rücken von Matej Kosić gewesen sein könnte. Wenn man jemanden lange kennt, dann kennt man auch seine Gesten, den Gang, die Art, wie derjenige sich bückt ...«

Toić traute sich offenbar nicht mehr, seinen Standardsatz aufzusagen, weshalb er hilfesuchend zu Sedlar blickte, ohne den Kopf zu bewegen.

»In Ordnung«, seufzte Sandra. »Haben Sie Ihre neue Aussage gemacht, Herr Toić?«

»Nein, wollte ich morgen machen.«

»Wie wär's mit heute noch?«

»Fahren Sie jetzt aufs Präsidium?«

»Ja.«

»Dann können Sie mich doch mitnehmen.«

»Und wie kommen Sie zurück? Mit dem Bus?«

»Bus, sehr lustig. Die Busse von Rijeka fahren nach Krk zum Flughafen und nach Krk rein. Den Weg nach Šilo kann ich dann zu Fuß zurücklegen, oder wie? Außerdem kostet die Fahrkarte fast siebzig Kuna.«

»Haben Sie denn kein Auto?«

»Nein, das ist mir zu teuer, und ich brauche ja auch keines.«

»Und wie kommen Sie nun zurück?«

»Ich hab mir gedacht, Sie packen mein Mofa in den Kofferraum.«

»Wie bitte?«

»Das ist winzig klein. Ist doch nichts dabei.«

Sedlar sah Sandra an und meinte: »Das können wir doch machen, oder nicht?«

Sandra blickte sich suchend um, bis sie das Mofa entdeckte, das im Eingang des Schuppens stand. »Winzig klein ist es wohl kaum, aber ... na, meinetwegen. Vielleicht bekommen wir das unter.«

»Gut, dann dusche ich mich nur schnell ab und ziehe mich um. Ich bin in fünf Minuten fertig.« Toić rannte ins Haus.

»Bleib du hier und pack schon mal das Mofa mit ihm

ins Auto, Danijel. Ich schaue kurz zu den Prendivojs rüber. Vielleicht haben sie, rein zufällig, etwas mitbekommen, was hilfreich sein könnte.«

»Ja, was die Leute nicht so alles rein zufällig mitbekommen, weil sie rein zufällig neugierig sind.«

»Inspektor Horvat, kommen Sie doch rein. Heute ganz allein?« Der alte Mann hielt ihr die Tür auf, und sie trat ein.

Seine Frau kam mit umgebundener Schürze aus der Küche. Sie hielt ein Geschirrtuch in der Hand, war also wahrscheinlich gerade beim Abspülen gewesen. »Oh, guten Tag. Nehmen Sie doch Platz.« Frau Prendivoj nahm die Schürze ab.

»Nein, vielen Dank. Ich habe nicht viel Zeit. Eigentlich wollte ich nur kurz bei Ihnen reinschauen und fragen, ob Ihnen aktuell etwas aufgefallen ist.«

»Ja, sehr aktuell sogar.« Dragutin Prendivoj nickte heftig. »Ich stand rein zufällig gerade am Fenster und habe gesehen, dass Matej abtransportiert wurde.«

»Ach, Dragi«, rügte ihn seine Frau, »der Mann ist doch kein Schlachtvieh. Das heißt *verhaftet*.«

»Wir wollen Herrn Kosić im Präsidium nur ein paar Fragen stellen«, erklärte Sandra geduldig. »Herr Kosić ist zum jetzigen Zeitpunkt nicht des Mordes überführt. Ziehen Sie bitte keine voreiligen Schlüsse.«

Das alte Ehepaar sah sie an und wartete auf weitere Informationen. Sandra musste sie enttäuschen, stellte stattdessen eine Frage. »Haben Sie sonst noch etwas beobachtet oder gehört? Zufällig, könnte ja sein.«

»Nein, leider nicht«, antwortete der alte Mann. »Die Leute sind verängstigt, kann ich Ihnen sagen. Ach, die Zeiten haben sich geändert. Früher hat niemand nachts seine Haustür abgeschlossen, und nie ist was passiert. Ein Mord, hier, bei uns, furchtbar. Man fragt sich, wann wird er wieder zuschlagen?«

Sandra lächelte beruhigend. »Wir gehen nicht davon aus, dass wir es hier mit einem Serientäter zu tun haben. Zumindest nicht in Šilo.« Die Angelegenheit mit Ena Pilić behielt sie für sich.

Einen Versuch war es wert gewesen, auch wenn sie diesmal nichts von den beiden Alten hatte erfahren können.

Sandra verabschiedete sich und ging zum Dienstwagen.

Sedlar saß hinter dem Steuer, und auf der Rückbank Branimir Toić in einem strahlend weißen Hemd und einer schwarzen Krawatte. Sie fand es irgendwie rührend, dass er sich so schick gemacht hatte. Als sie die Beifahrertür öffnete, sah sie die Jacke, die er sich über den Schoß gelegt hatte. Bei der Rückfahrt mit dem Mofa würde er sie brauchen, dachte Sandra.

Als sie sich setzte, fragte Sedlar: »Vielleicht möchten Sie fahren, Inspektor Horvat?«

»Nein, schon gut.« Sie war müde. Ihr fehlte Schlaf, und in diesem Moment beneidete sie Toić um die Dusche, die er gerade genossen hatte.

Sie fuhren schweigend Richtung Rijeka. Auf halber Strecke beugte Toić sich plötzlich vor und sagte: »Ich habe Ihnen doch gesagt, dass ich nur den Rücken gesehen habe.«

Sandra hatte den Kopf auf dem rechten Arm aufgestützt und sah gerade zum Fenster hinaus. Sie hörte, dass Sedlar leise in sich hineinlachte. Langsam drehte sie den Kopf und sah zu Toić nach hinten.

»Ja. Und?« Es klang unfreundlicher, als von ihr beabsichtigt, aber langsam nervte er sie wirklich mit diesem Satz.

Toić schüttelte in Zeitlupentempo den Kopf. »Ich hab jetzt so drüber nachgedacht und so. Mir ist noch was eingefallen.«

»Fahren Sie mal rechts ran«, wies Sandra Sedlar an. Bei der nächsten Möglichkeit fuhr er auf einen Kiesabschnitt. Er bremste, ließ aber den Motor laufen.

Als die beiden Beamten Toić abwartend ansahen, sagte er: »Eins sag ich Ihnen mit Sicherheit. Matej kann es nicht gewesen sein.«

»Warum sind Sie da so sicher?«, fragte Sandra.

»Der Kerl war schlank. Ich hab ja schon gesagt, dass er nicht dünn, aber schlank war.«

»Herr Kosić ist ebenfalls schlank.«

»Der ist aber kräftiger. Matej hat kräftigere Schultern als der Mann, den ich gesehen hab, ganz sicher. Außerdem ist mir eingefallen, dass ich eine Schuhspitze gesehen hab. Die Schuhe hab ich nicht gesehen, aber eine der Schuhspitzen. Weiß. Das waren Turnschuhe. Ich hab Matej noch nie in Turnschuhen gesehen. Der trägt bestimmt keine Turnschuhe.«

»Sind Sie sicher, mit dem was Sie sagen?«

Toić hob das Kinn. »Total und vollkommen sicher. Ich schwör's. Matej war nicht der Mann, den ich gesehen hab.«

Sandra seufzte. »Na gut. Fahren wir weiter.«

Kurz darauf klingelte ihr Handy. Zelenika. »Seid ihr auf dem Weg?«, wollte er wissen.

»Wir sind in zwanzig Minuten da.«

»Die Berichte von Perica und Sikirica sind da. Beeilt euch.«

»Machen wir. Wir müssen vorher nur noch Herrn Toićs Mofa aus dem Kofferraum laden.«

»Was?«

»Wir haben Herrn Toić dabei. Er macht seine Aussage noch mal neu. Wir schicken ihn zu Dragović, soll er den Bericht aufnehmen. Und irgendwie muss Herr Toić ja zurück nach Šilo kommen.«

»Ach so, ich dachte schon, ihr hättet dem armen Kerl das Mofa geklaut.«

»Sehr witzig. Bis gleich.« Sandra verstaute ihr Handy und sah zu ihrem Kollegen. »Die Berichte von Perica und Sikirica liegen vor.«

Toić meldete sich von der Rückbank. »Wer sind Perica und Sikirica?«

Etwas verwundert sah Sandra ihn an. »Gerichtsmedizin und Spurensicherung«, erklärte sie kurz und knapp.

»Aha. Was es alles für Berufe gibt.« Er lehnte sich entspannt nach hinten und sah die restliche Zeit zum Fenster hinaus.

Da bei Dragović im Büro gerade Matej Kosić auf die Kollegen von der Wirtschaftskriminalität wartete, machte Toić seine neue Aussage bei dem jungen Šmit.

Sandra saß über ihren Schreibtisch gebeugt und studierte die Berichte, die Zelenika und Milić bereits gelesen hatten. Sedlar saß neben ihr und las jeweils das Blatt, das sie zur Seite legte. Was Pericas Bericht betraf, so hatte sie bereits alles mündlich von ihm erfahren. Sikirica listete vieles auf, was am Tatort gefunden worden war. Touristen konnten es dorthin gebracht haben, die Hälfte der Bewohner von Šilo… Es konnte vom Vortag stammen oder aus dem letzten Sommer, besonders die Dinge, die in der Höhle gefunden worden waren. Fasern, ein paar Zigarettenstummel, Haare, ein Knopf…

Doch dann sah sie die Stelle, an der in Fettdruck *Wildkirschblüten (Prunus avium)* stand. Zerdrückte Blüten, die mit großer Wahrscheinlichkeit an einer Schuhsohle geklebt und sich im Kies von den Rillen der Sohle gelöst hatten. Die Blüten waren relativ frisch gewesen.

Der Täter hatte sie von einem anderen Ort an den Tatort gebracht, ohne dass er sich dessen bewusst war.

Sandra blickte auf. »Wildkirschbaum«, sagte sie.

Zelenika nickte. »Die können aber auch von dort stammen. Vielleicht gibt es in der Nähe einen Wildkirschbaum.«

»Geh doch bitte mal zu Šmit rein und frage Toić, ob es in der Nähe der Bucht einen Wildkirschbaum gibt.«

Zelenika machte sich auf den Weg in Šmits Büro.

Nach einer Minute kam er zurück. »Toić sagt, es gibt dort keinen Kirschbaum. Das weiß er mit Sicherheit.«

»Okay«, sagte Sandra. »Wie sieht denn so ein Wildkirschbaum aus? Was für Blüten hat er?«

»Weiße Blüten«, sagte Milić. »Meine Großeltern hatten einen im Garten. Der blühte immer im April und Mai. Also jetzt, um diese Jahreszeit.«

Sandra dachte nach. »Ich hab einen solchen Baum gesehen. Gestern oder vorgestern. Wo habe ich den nur gesehen?«

»Ich nicht«, sagte Zelenika. »Aber ich habe auch keinen Blick für Botanik.«

Milić schüttelte den Kopf, um zu zeigen, dass auch er einen solchen Baum nicht bemerkt hatte.

»Verdammt«, ärgerte Sandra sich über sich selbst. »Ich habe einen solchen Baum gesehen. Das weiß ich bestimmt. Aber wo? Mir wird es schon noch einfallen.« Sie stützte den Kopf auf ihre Hände und dachte nach.

»Ich glaube, ich weiß es«, sagte Sedlar plötzlich. »Mir ist der Baum ebenfalls aufgefallen, aber ich hatte ihn gleich wieder vergessen.«

Sandra wandte den Kopf. »Wo?«, rief sie.

»Er steht am Eingang des Mietshauses, wo Feliks Vidas wohnt.«

23

»Ich kenne mich da nicht aus, aber gibt es nicht verschiedene Bäume, die weiße Blüten haben?«, gab Zelenika zu bedenken.

»Möglich«, sagte Sandra. »Aber wir sollten trotzdem gleich zu Vidas.« Sie blickte auf ihre Armbanduhr. »Halb neun. Um diese Zeit wird er vielleicht zu Hause sein. Wenn nicht, dann warten wir auf ihn. Wenn's sein muss, schlage ich mir eine weitere Nacht um die Ohren.«

»Wenn auf seinen Sohlen Blüten sind, dann ist das noch lange kein Beweis«, kam es von Sedlar. »Wahrscheinlich werden wir zwangsläufig Kirschblüten auf seinen Schuhsolen finden, wenn wir nachsehen. Er verlässt ja jeden Tag die Wohnung, nehme ich an.«

»Ein Beweis für den Mord ist es nicht«, erklärte Sandra, »aber er hat einen solchen Baum vor der Tür und am Tatort wurden die entsprechenden Blüten gefunden. Es ist kein Beweis, aber eine Spur ist es auf jeden Fall.«

Eine halbe Stunde später klingelten sie bei Feliks Vidas. Laute Musik drang durch die Tür und war bis in den Hauseingang zu hören. Sandra erkannte das Lied der Band Parni valjak. *Sve još miriše na nju* – Alles

duftet noch nach ihr. Eine schöne, aber traurige Rock-
ballade über einen Mann, der seiner Liebsten hinterher-
trauert.

»Wie passend«, bemerkte Zelenika. »Aber ich will
keine voreiligen Schlüsse ziehen.« Er machte eine kurze
Pause, bevor er nachsetzte: »Obwohl ich es doch tue.«

Feliks Vidas öffnete die Tür. Er sah mitgenommen
aus, zerzaustes Haar und dunkle Ringe unter den
Augen. »Ja?«

»Wir möchten uns kurz mit Ihnen unterhalten«, erklärte Sandra. »Dürfen wir reinkommen?«

»Natürlich.« Er lächelte gezwungen und ließ sie eintreten.

»Möchten Sie noch etwas von mir wissen?« Er ging
Richtung Wohnzimmer, um die Musikanlage auszu-
schalten. Sandra und ihr Team folgten ihm. »Ich habe
heute über Nika in der Zeitung gelesen«, erzählte er.
»Es ist einfach furchtbar, was passiert ist. Immerhin
waren wir mal zusammen, so etwas tut weh. Der Mörder soll Handy und Sonnenbrille mitgenommen haben.
Weshalb? Und von den Nachbarn weiß niemand etwas,
steht da.«

»Besitzen Sie weiße Turnschuhe?«, fragte Sandra.

Vidas nahm ein Glas vom Wohnzimmertisch, dessen
Inhalt nach abgestandenem Bier aussah. »Ob ich…
was?« Er nahm einen großen Schluck und stellte das
Glas ab. »Ja, mehrere Paare sogar. Warum?«

»Ach, eigentlich ist das gar nicht mehr so wichtig,
Herr Vidas.«

Ihre Kollegen blickten sie verwundert an.

Vidas tat verwirrt. »Ich verstehe gar nichts.«

»Sie haben über den Mord in der Zeitung gelesen?«

»Ja.«

»In der Zeitung steht, dass das Handy der Toten fehlt. Die Information, dass die Sonnenbrille ebenfalls entwendet wurde, ging nicht an die Presse. Das können Sie gar nicht wissen, wenn Sie nicht der Mörder von Nika Vukelić sind.«

Vidas erstarrte. Einen langen Augenblick stand er einfach nur da und starrte Sandra an.

»Herr Vidas, Sie stehen unter dringendem Tatverdacht.«

»Ich ...«

»Sie sind vorläufig festgenommen.«

Vidas setzte sich nicht zur Wehr und blieb weiterhin in seinem Schockzustand.

»Ziehen Sie sich jetzt bitte etwas über«, forderte Sandra ihn auf. »Wo bewahren Sie Ihre Schuhe auf?«

»Im Flur, neben der Haustür.«

Sandra ging hinaus und sah sich die Sohlen an. Jede Menge weißer, zertretener Blüten.

Eine Stunde später saßen sie im Vernehmungsraum. Bevor Sandra hinzustieß, hatte sie sich noch mal Sikiricas Bericht gründlich angesehen. Unter *Haare* stand, dass zwei blonde Haare samt Wurzel gefunden worden waren. Die Haare waren etwa acht und zehn Zentimeter lang, wobei der Teil zur Wurzel hin mittelblond war und die Spitzen ein helleres Blond aufwiesen. Die Haare seien in gutem Zustand, hatte Sikirica vermerkt.

Vidas hatte die Arme um sich geschlungen, als ob ihm kalt wäre.

»Wollen Sie eine Decke?«, fragte Sandra.

Vidas schüttelte den Kopf.

»Im Bericht der Spurensicherung steht, dass zwei blonde Haare gefunden wurden. Der Teil zur Wurzel mittelblond, die Spitzen hellblond. Ich bin mir ziemlich sicher, dass die Haare zu Ihnen gehören.« Nachdem er darauf nicht reagierte, fragte Sandra: »Warum haben Sie es getan, Herr Vidas?«

»Ich wollte es nicht«, sagte er leise vor sich hin. »Ich wollte es wirklich nicht. Das war nicht geplant.«

»Aber der Mord an Ena Pilić war geplant, oder etwa nicht?«

In seinem Blick stand Überraschung. Mit offenem Mund schüttelte er den Kopf. »Nein, ich …«

»Herr Vidas, Sie können uns allen viel Arbeit ersparen, und ein Geständnis ist für Sie in jedem Fall von Vorteil. Wenn Sie hartnäckig leugnen und wir finden Indizien oder Beweise für Ihre Schuld, dann wirkt sich das negativ auf Ihr Strafmaß aus.«

Er lachte bitter auf. »Sie meinen, es macht einen großen Unterschied, ob ich fünfzehn oder zwanzig Jahre im Knast oder in der Klapse verbringe?«

»Nach fünfzehn Jahren würden Sie anders darüber denken, wenn der Tag gekommen ist.«

»Mir ist sowieso alles egal.« Er starrte vor sich auf die Tischplatte.

»Warum? Weil Nika nicht mehr lebt?«

»Ja. Weil Nika nicht mehr lebt.«

Diese Frau hatte Männer angezogen, die sie vergötterten, überlegte Sandra. Tin und Feliks hatten einiges gemeinsam. Beide waren wie eine Mischung aus *Nice Guy* und *Bad Boy*, eine Mischung aus Hörigkeit der Toten gegenüber und Autorität. Das war tragisch und traurig zugleich.

»Sie hatten die ganzen letzten Jahre über ein Verhältnis, nicht wahr? Nicht nur eine kurze Affäre vor acht Jahren.«

»Wir waren verliebt, dann wurde Nika schwanger und brach den Kontakt ab.« Er hob den Kopf und sah Sandra an. »Später habe ich ihr immer wieder Nachrichten geschrieben. Sie hat gesagt, dass sie mich unter Astra gespeichert hat, weil ihr Mann ihre Nachrichten liest. Ich hatte noch ein altes Prepaid-Handy. Vor ein paar Jahren war es einer alten Frau aus der Tasche gefallen, als sie in einen Bus stieg. Ich wollte es ihr geben, wirklich, aber da ging die Bustür auch schon zu, also habe ich es behalten. Dann kam mir die Idee, dass ich Nika damit Nachrichten schicken könnte. Als sie mir erzählte, dass sie mich unter Astra speichert, dachte ich, wie genial. So würde ihr Mann nie draufkommen, dass ich das war.«

»Ihr normales Handy hatten Sie nicht bei sich, als Sie nach Šilo fuhren?«, fragte Sedlar.

»Nein, nur das Prepaid-Handy.«

»Wo haben Sie in Šilo Ihr Auto geparkt?«

»In der Nähe der Kirche Sveti Mikul. Es haben mich nur wenige Leute gesehen, zwei davon waren augenscheinlich Touristen, und die anderen haben mich wahrscheinlich für einen solchen gehalten. Als ich schon im Auto war, hat mich sowieso niemand beachtet, warum auch.«

»Lassen Sie uns in der Zeit noch mal zurückgehen. Die Affäre war beendet, und Nika Vukelić wurde schwanger«, fasste Zelenika zusammen. »Sie haben gesagt, dass sie sich danach nicht mehr bei Ihnen gemeldet hat. Aber Sie haben sich später wieder getroffen, oder?«

»Nika und ich, wir sind noch zwei- oder dreimal zusammengekommen, aber immer nur kurz. Sie begehrt mich, hat sie gesagt, aber sie will mit mir keine Beziehung führen, weil ich mein Leben nicht im Griff hätte. Ich habe scherzhaft gesagt: ›Hey, ich bin ein Rockstar‹, aber sie sagte: ›Du bist kein Rockstar, du schreibst nur Songs für Rockstars‹. In diesem Moment hab ich sie gehasst.« Bei diesem Gedanken zitterten seine Lippen. »Ja, dafür habe ich sie wirklich gehasst.«

»Das war das letzte Mal, dass Sie Nika gesehen haben?«, fragte Sedlar.

»Nein. Ich habe ihr verziehen, wie ich ihr alles verziehen hätte. Sie hat mich immer wieder angeschrien, durchs Telefon, ich soll sie endlich in Ruhe lassen, weil sie mit allem, was mit der Vergangenheit zu tun hat, abschließen will. Dann habe ich unter dem Stadtturm auf sie gewartet, in sicherer Entfernung zur Bank. Ich wusste, dass sie dort vorbeigeht. Es blieb mir ja nichts anderes übrig, als sie dort abzufangen, wenn sie meine Anrufe ignoriert.«

»Wann war das?«, fragte Sandra.

»Vor ein paar Tagen.«

»Und wie ging es weiter?«

»Sie wollte nicht in ein Café gehen, also sind wir zum Delta-Parkplatz und haben uns in mein Auto gesetzt. Ich habe darauf gedrängt, dass sie ihren Mann für mich verlässt. Sie hat gesagt, dass sie ihn verlassen wird, aber nicht für mich, sondern für sich selbst. Ich habe nicht kapiert, was sie meint. Wir haben gestritten und haben uns alles Mögliche an den Kopf geworfen. Dabei habe ich erfahren, dass das Kind von mir war. Da ging mir ein Licht auf. Sie war noch mal schwanger geworden, von ihrem Mann. Da haben sie mein Kind getötet, weil sie nun ihr eigenes Kind haben würden. Ihr Ehe-Kind. Mein Kind war ja der Bastard.«

»Hat Nika irgendetwas in dieser Form geäußert?«, fragte Zelenika, obwohl jeder wusste, dass die Antwort Nein lauten musste. Dieses Szenario schien einfach zu absurd und abscheulich.

»Das musste sie gar nicht. Ich wusste, dass es so war. Natürlich hat sie es abgestritten.«

In diesem Moment wurde Sandra endgültig klar, dass Vidas sich in seinem Wahn in eine aberwitzige Theorie verrannt hatte. Die Wut war größer und größer geworden, bis nur noch blanker Hass übrig war.

»Glauben Sie wirklich, dass Nika oder ihr Mann ihr Kind getötet hätten, weil ein anderes unterwegs war?« Zelenika schien es ebenfalls nicht fassen zu können.

»Oh ja, so war es. Das haben die beiden zusammen geplant.«

Zelenika warf Sandra einen Blick zu, der verriet, dass er Vidas für verrückt hielt.

»Und dann sind Sie zum Strand nach Šilo?«, fragte Sandra.

»Ich musste! Nika war weinend aus dem Auto gestiegen, lief quer über den Delta-Parkplatz und verschwand in der Menge. Panisch habe ich nach ihr gesucht, aber ich konnte sie nicht mehr finden. Ich habe sie immer wieder angerufen, bis zu dreißigmal am Tag, aber sie ging nicht ans Handy. Sie wollte mich loswerden, einfach so, als ob es ihr nichts bedeutete, was zwischen uns war. Also bin ich nach Šilo gefahren, um dort auf sie zu warten. Es sollte eine kleine Überraschung sein. Ich dachte, vielleicht freut sie sich dann doch, mich zu sehen. Nika hatte mir vor langer Zeit erzählt, dass sie um diese Zeit die Bucht immer ganz für sich allein hat.« Er lächelte für eine Sekunde, dann wurde er schlagartig wieder ernst. »Aber sie freute sich nicht. Sie kam aus dem Wasser und sah mich voller Abscheu an. Dann blieb sie stehen und fragte, was ich will und… Dann ging alles so schnell. Ich verlor die Kontrolle und schüttelte sie, dann hab ich sie gegen den Felsen geknallt. Ich weiß nicht mehr so viel darüber. Es ist, als ob ich betrunken gewesen wäre und mich nicht mehr daran erinnern kann.«

Milić klopfte mit den Fingern auf der Tischplatte herum. Das tat er häufig und trieb Zelenika damit manchmal in den Wahnsinn. »Warum Sie das Handy mitgenommen haben, leuchtet mir ein, aber was wollten Sie mit der Sonnenbrille?« Milić bemerkte Zelenikas Blick und hörte sofort zu klopfen auf.

»Ich hatte kein einziges Andenken von Nika. Nichts.

Ich wollte doch wenigstens etwas, das mich an sie erinnert.«

»Und was haben Sie mit dem Handy gemacht?«

»Ich habe es auf dem Weg nach Rijeka mit einem Stein zertrümmert und die Einzelteile ins Meer geworfen.«

Zelenika stand auf und schenkte sich ein Glas Wasser ein. »Jetzt wüsste ich aber doch gern, was Ena Pilić Ihnen getan hat.«

Vidas ließ sich mit seiner Antwort Zeit. Sandra erwartete, dass Ena vielleicht entdeckt hatte, was Nika am Arbeitsplatz wirklich trieb und überrascht über das Ausmaß des Betrugs war – und dass Vidas Nika vor den Konsequenzen hatte schützen wollen.

»Das hat sich so ergeben«, sagte Vidas plötzlich.

»Wie bitte?«, fragten Zelenika und Milić gleichzeitig.

»Ich bin zu Ena in die Wohnung, um mit ihr zu reden. Ich wollte sie zur Vernunft bringen, aber da fing sie an zu schimpfen und sagte, ich soll gehen, weil sie Angst vor mir hat. Ja, und da lag das Seil, und noch bevor ich wusste, was ich tat, habe ich es genommen und sie erdrosselt.« Er blickte auf und kicherte.

Sandra lief ein Schauer über den Rücken. Der Wahnsinn saß ihr direkt gegenüber. Dieser irre Blick war unheimlich.

»Sie hatte jede Menge Seile zu Hause rumliegen, aus denen sie Halterungen für Blumentöpfe und solchen Kram geflochten hat, Makramee nennt sich das wohl. Davon hat sie mal erzählt, als ich mit Nika und ihr im Café zusammensaß. Was für ein idiotisches Hobby.« Er schüttelte den Kopf über diese, seiner Meinung nach, verrückte Frau. »Ich habe das Seil vierfach ausgelegt, als ich sie aufgehängt habe, damit es nicht reißt.«

Mehrere Sekunden vergingen, bevor Sandra fragte: »Und warum haben Sie Ena Pilić besucht – und getötet? Hat sie herausgefunden, was Nika an ihrem Arbeitsplatz tat?«

Er betrachtete Sandras Gesicht. »Was hat sie am Arbeitsplatz denn getan?«

»Sie wissen nichts davon?«

Vidas schüttelte kurz und hektisch den Kopf. »Nein. Hat sie Geld gestohlen?«

»Das ist momentan nicht wichtig. Wenn Sie es deshalb nicht getan haben, weshalb dann?«

In seinem Gesichtsausdruck spiegelte sich Wut. »Na, weil sie Nika gegen mich aufgehetzt hat. Dieser verdammte Therapeut und dieses Luder Ena. Nika wollte mir nie sagen, wie der Therapeut heißt. Vielleicht hatte sie Angst, dass ich dann in seiner Praxis auftauche, was weiß ich. Und Ena hat auch gegen mich gehetzt. Die beiden haben Nika immer wieder eingeredet, dass ich nicht gut für sie wäre.«

»Das haben Sie sich selbst eingeredet«, stellte Zelenika fest. »Der Therapeut wusste nur, dass sie vor Jahren eine Affäre hatte. Sie erwähnte zwar, dass sie bedrängt wurde – und ich würde hier eindeutig von Stalking sprechen –, aber sie hatte noch nicht offen von Ihnen gesprochen. Bei Ena Pilić hat es sich vielleicht ähnlich zugetragen. Möglicherweise hat die Frau mal zu Nika gesagt, dass sie Sie nicht mag oder dass sie nichts von

außerehelichen Affären hält. Aber Sie haben sich verrannt und einen Doppelmord begangen. Ich bin mir
sicher, dass Sie den Therapeuten auch noch getötet hätten, und wahrscheinlich auch Nikas Mann.«

Langsam wandte Vidas sein Gesicht Zelenika zu.
»Wenn Nika mich nicht ignoriert hätte, wäre niemand
gestorben.«

24

Sandra hielt den Hörer in der Hand und blickte auf die Tastatur. Sollte sie anrufen? Sie blickte hoch und sah auf Sedlars leeren Stuhl. Die Ermittlungen waren gestern abgeschlossen worden und den heutigen Vormittag hatten sie in Mandićs Büro verbracht. Nika Vukelićs Eltern und der Ehemann waren über die Ergreifung des Mörders bereits informiert worden.

Zelenika hatte vor fünf Minuten seinen Kopf durch die Tür gesteckt und gefragt, ob Sandra und Sedlar Lust hätten, die Mittagspause mit Pizzaessen zu verbringen.

»Geht ihr schon mal vor, ich komme später nach«, hatte Sandra gesagt.

Sedlar war hinausgegangen und hatte die Tür offen gelassen.

Sie blickte wieder auf den Hörer. Was soll's! Sie wählte Tin Vukelićs Handynummer, dann drehte sie sich mit dem Schreibtischstuhl zur Wand.

Schon bei den ersten Worten merkte sie, dass er sich zusammennahm, um nicht zu weinen. »Brauchen Sie denn noch eine Information von mir?«, fragte er.

»Nein, Herr Vukelić. Ich wollte nur ... Wissen Sie, es steht mir nicht zu, Ratschläge zu geben. Der Fall ist abgeschlossen, und Ihr Privatleben geht mich nichts an.

Ich wollte Ihnen nur sagen, falls Sie die Sache mit Ihrer Frau und der Spielsucht angehen möchten, wäre möglicherweise ein Termin bei Herrn Šprem keine schlechte Idee. Er ist wirklich sehr nett. Und es könnte von Vorteil sein, dass er Ihre Frau kannte.«

»Mhh ... Ich weiß nicht.«

»Das wollte ich Ihnen nur sagen.«

»Finde ich nett, dass Sie mich deswegen anrufen.«

»Kein Problem. Na ja, vielleicht denken Sie mal darüber nach. Es ist natürlich Ihre Entscheidung.«

»Ich bin heute Morgen früh aufgestanden«, sagte er unvermittelt. »Das tue ich nicht oft. Habe mir zwei Tage freigenommen. Als ich so durchs Fenster schaue, denke ich, was für ein wunderschöner Tag heute ist. Also gehe ich nach draußen, da sehe ich Valeria auf der Terrasse sitzen. Sie starrt geradeaus, und ihre Schultern zucken, da merke ich, dass sie weint. Sie wird mich wahrscheinlich fortjagen, denke ich, aber ich habe es auf einen Versuch ankommen lassen. Ich gehe also zu ihr und sage, dass mir das mit ihrem Mann leidtut für sie. Dann sieht sie mich verblüfft an, und dann meint sie, dass ihr das mit meiner Frau auch leidtut. Sie hat mich auf einen Kaffee hereingebeten, und wir haben uns lange unterhalten. Trotz allem liebt sie ihren Mann, sagt sie, und sie wird ihm verzeihen, aber das Vertrauen sei für immer zerstört. Ich habe ihr gesagt, dass sie von mir aus mit ihren Autos über das Grundstück fahren sollen, mir egal. Nikas Eltern werden mich sowieso bald hier rausschmeißen.«

»Was werden Sie jetzt tun?«

»Jetzt geht die Touristensaison los, und bis September wird mir schon was einfallen. Alen, der bei mir als Aushilfe arbeitet, hat angeboten, dass ich vorübergehend bei ihm wohnen kann. Irgendwie wird es schon weitergehen. Mein Recht über den Anteil des Hauses klage ich ein. Nicht, weil ich ein geldgieriges Arschloch bin, sondern weil ich mit Nika einiges mitgemacht habe, außerdem habe ich das Haus instandgehalten, habe viel repariert und investiert.«

»Wenn Sie es für richtig halten und es Ihnen zusteht«, sagte Sandra neutral. »Nun gut, ich muss weiter, Herr Vukelić.«

»Danke, Inspektor Horvat.«

»Nichts zu danken. Gut übrigens, dass Sie sich mit Ihrer Nachbarin ausgesprochen haben.«

»Hmm, ja. Und vielleicht… mache ich den Termin bei Šprem. Ich kann es ja mal versuchen.«

»Alles Gute.«

»Das wünsche ich Ihnen auch. Wiedersehen.«

Sandra drückte den roten Knopf und drehte sich wieder mit dem Stuhl zum Schreibtisch. Sie erschrak und zuckte zurück, weil direkt davor jemand stand. »Großer Gott, Dragović!«

Er trug einen schwarzen Anzug, der perfekt an ihm saß. An dem weißen Hemd waren die zwei oberen Knöpfe geöffnet und gaben einen makellosen Hals frei. Das dunkelbraune Haar war tadellos frisiert, und jede Strähne war an ihrem Platz. Seine grasgrünen Augen sahen sie direkt an. »Entschuldigen Sie, Inspektor Horvat. Ich wollte Sie nicht erschrecken.«

»Schon in Ordnung, die Tür stand ja offen.«

»Ich will Sie auch nicht lange aufhalten.«

»Okay, was ist denn?«

Mit seiner schlanken Hand und den manikürten Fingernägeln legte er einen weißen Umschlag vor ihr auf den Schreibtisch. »Das ist für Sie.«

»Ach, Dragović. Das haben Sie doch gar nicht nötig. Mandić hält große Stücke auf Sie. Es braucht es nicht, dass ich mich für Sie einsetze.« Als Dragović nicht reagierte, wollte Sandra vorsichtshalber Klarheit schaffen. »Ihnen ist schon klar, dass das eben ein Scherz war, oder?«

»Ja, ich weiß.«

Sandra lächelte verunsichert. »Gut. Also, was ist das?« Sie nahm den Umschlag, drehte ihn hin und her und wartete auf seine Erklärung.

»Es ist eine Einladung.«

»Einladung?«

»Zu meiner Hochzeit, Anfang Juli.«

Es vergingen mehrere Sekunden, bis sie reagieren konnte. »Sie laden mich zu Ihrer Hochzeit ein?«

»Ja.«

»Kommt sonst noch jemand von unseren Leuten?«

»Nein.«

»Und wie komme ich zu der Ehre?«

Dragović hob kurz den Arm und ließ ihn gleich wieder sinken. »Ich mag Sie.«

Durfte das wahr sein? Sandra hatte immer den Eindruck gehabt, alle hier wären ihm egal, und er nähme die Leute nur in Kauf, damit er seine Arbeit erledigen konnte.

»Mit Begleitperson selbstverständlich«, erklärte er.

»Hätten Sie denn etwas dagegen, wenn die Begleitperson jemand aus dem MUP ist?«

»Danijel?«

»Äh ... zum Beispiel, ja.«

»Nein, natürlich hätte ich nichts dagegen. Ich sollte aber noch etwas erwähnen«, setzte er an, klang dabei jedoch selbstbewusst und kein bisschen verhalten. »Ich heirate nicht eine Frau, sondern einen Mann.«

Wie gut, dass sie das schon wusste, denn so blieb Dragović eine überraschte Reaktion von Sandra erspart. Sie beschloss, darauf nicht einzugehen, sagte stattdessen: »Vielen Dank für die Einladung, Dragović. Ich komme gerne zu Ihrer Hochzeit.«

Dragović lächelte, zum ersten Mal.

Sechzehn Tage später

Sandra lehnte sich wohlig im Beifahrersitz nach hinten. Sedlar fuhr über die Krk-Brücke, und sie sah aus dem Fenster, hinaus auf das tiefblaue Meer. Es war Samstagnachmittag, Sandra und Sedlar hatten nach einem freien Wochenende gefragt. Sedlar hatte Bedenken gehabt, ob das nicht auffällig war, aber Dragović und Tamara hatten zufällig auch die letzten beiden Male parallel Urlaub gehabt, und darüber hatte sich schließlich auch niemand gewundert.

Sandra wandte den Kopf und sah ihn an. »Du kannst wirklich gut kochen. Ich bin beeindruckt.«

»Ja?« Danijel lächelte. »Schön, dass ich dich beeindrucken konnte.«

»Warum hast du deine Wohnung eigentlich so grauschwarz eingerichtet? Das hat so etwas Deprimierendes.«

»Sie war schon möbliert, als ich eingezogen bin. Aber ich finde es gar nicht schlecht. Mir ist es ganz recht, denn ich kann keine Farben kombinieren.«

»Du kannst keine Farben kombinieren? Ich wusste gar nicht, dass Farben kombinieren eine Fähigkeit ist. Oh, jetzt verstehe ich, warum du immer nur Schwarz und Grau trägst.«

»Braun trage ich auch, zu Jeans.«

»Ja, richtig.«

»Vielleicht können wir mal zusammen shoppen gehen und richten meine Wohnung farbenfroher ein.« Er lächelte und zeigte seine perfekten Zähne.

»Klar, warum nicht. Das könnte mir sogar Spaß machen.« Sandra sah wieder zum Fenster hinaus und sagte plötzlich, weil es ihr auf der Seele brannte: »Meine Freundin Jelena wird nach München zurückgehen.«

»Sie ist dort aufgewachsen, richtig?«

»Ja. Aber eigentlich stammt sie aus Rijeka, und vor ein paar Jahren hat sie sich hier im Urlaub in einen Typen verknallt, ihn zu schnell geheiratet und es auch ziemlich schnell bereut. Jedenfalls hatte sie hier schon Fuß gefasst, arbeitet aber seitdem als Kellnerin, obwohl sie eine Ausbildung zur Visagistin hat.«

»Ist sie nicht Kellnerin im Restaurant *Mornar*? Dort sind wir doch hin, als Mandić dieses Eisbrechen-Kennenlern-Essen für mich arrangiert hat, als ich damals neu ins Team gekommen bin.«

»Ja, genau. Jelena hat jetzt ein Jobangebot in München. In den nächsten zwei Monaten will sie sich endgültig entscheiden. Deshalb gibt sie auch die Wohnung hier noch nicht auf.«

»Du hoffst, dass sie zurückkommt?«

»Ich hoffe, dass sie glücklich wird, egal, wo. Das meine ich ganz ernst.«

Sedlar legte kurz seine Hand auf ihre. Viel zu schnell nahm er sie wieder weg, um sie aufs Lenkrad zu legen.

»Bevor wir uns nach Baška zum Parasailing aufmachen, hättest du etwas dagegen, wenn wir einen Abstecher nach Njivice machen?«

»Und was willst du dort?«

»Ich will wissen, ob Suzanas Onkel noch das Fischrestaurant hat, und ich will wissen, wie es Suzana geht und ihr Grüße ausrichten.«

»Ja, sicher, kein Problem. Auf die halbe Stunde Umweg kommt es nicht an.«

»Schön, danke.«

»Alles, was du willst.«

Sandra war über diesen Satz so gerührt, dass es ihr beinahe die Tränen in die Augen trieb. Das hatte schon lange kein Mann mehr zu ihr gesagt. Sie dachte kurz darüber nach. Nein, es hatte noch nie ein Mann zu ihr gesagt.

Sie traten in das Restaurant, das Sandra sofort an ihre Kindheit und Jugend erinnerte. Es waren nur zwei Tische draußen besetzt, weil das Mittagsgeschäft bereits vorbei und es fürs Abendessen noch zu früh war.

Sandra sah sich um. »Ein bisschen hat es sich verändert, aber nur ein bisschen«, sagte sie lächelnd. »Die Dekoration ist anders.«

»Na ja, wäre ja schlimm, wenn der Besitzer jahrzehntelang dieselbe Deko hat.«

Ein junger Mann stand hinter der Theke und grüßte.

»Ist Onkel ... äh ... Ivan da?«

»Ivan ist hinten im Separee. Er hat vorhin Besuch von seinen Verwandten bekommen. Wenn es eine private Angelegenheit ist, dann kann ich ihn holen.«

»Ja, ist es«, sagte Sandra und lächelte in freudiger Erwartung, Suzanas Onkel wiederzusehen.

Der junge Mann ging um die Theke. »Gut. Er mag es nur nicht, wenn er von Gästen wegen einer Tischreservierung von seiner Familie weggeholt wird. Das kann nämlich auch ich machen.«

»Nein, nein. Es geht nicht um eine Tischreservierung. Wir kennen uns.«

Der junge Mann verließ den Raum und verschwand um eine Ecke. Sandra erinnerte sich, dass im hinteren Teil des Restaurants ein separater Raum war, wo manchmal Hochzeiten und Geburtstage gefeiert wurden.

Als Ivan in den Gastraum trat und fragend Guten Tag sagte, erkannte Sandra ihn sofort. Er war etwas grauer und dicker geworden, und die Fältchen in seinem Gesicht hatten sich in Falten verwandelt.

»Guten Tag, Onkel Ivan. Ich war gerade in der Gegend und dachte, ich schaue mal vorbei und frage, wie es euch allen so geht.«

Ivan runzelte die Stirn, kam einen Schritt näher und betrachtete kurz ihr Gesicht, dann rief er: »Sandra!« Mit großen Schritten ging er auf sie zu und legte seine kräftigen, behaarten Arme um sie. »Sandra, das ist doch nicht möglich, oder?« Er trat einen Schritt zurück, hielt sie an den Schultern fest und betrachtete sie von oben bis unten. »Du bist ja richtig erwachsen geworden.«

»Tja.« Sie hörte Sedlar lachen.

»Warte hier.« Ivan drohte ihr mit dem Zeigefinger. »Du rührst dich nicht von der Stelle, hörst du?«

»Gut.«

Er rannte aus dem Raum, und sie hörte, wie er rief: »Suzaaanaaa. Komm doch mal her. Sofort!«

»Suzana ist hier?« Sandra sah Sedlar an, als ob er eine Ahnung davon gehabt hätte. Ihr Herz klopfte. Sie war auf einmal so nervös, Suzana wiederzusehen.

Zuerst kam der lachende Ivan um die Ecke. Dann tauchte eine Frau in Sandras Alter auf und sah sie an. Suzana war keine Jugendliche mehr. Seltsamerweise war sie in Sandras Erinnerung nie gealtert, war für immer jung geblieben.

Suzana sah sie ernst an, beinahe gelangweilt. Sandra spürte einen Anflug von Peinlichkeit. Aber dann legte Suzana ruckartig die Hände vor den Mund, wie es Leute taten, die von etwas überwältigt waren. »Sandra?«, rief sie lachend. Dann lief sie auf ihre Schulfreundin zu, umarmte sie, so fest sie konnte, als wollte sie nie wieder loslassen. So standen sie lange, und als sie einander losließen, hielten beide die Tränen zurück, aus Freude und wegen der süßen Erinnerung an die unbeschwerte Zeit.

»Ich wollte fragen, wie es dir geht«, sagte Sandra, »was aus dir geworden ist und überhaupt.«

»Gut geht es mir. Ich habe drei Kinder, und ich führe mit meinem Mann eine Reiseagentur. Und du?« Suzana hielt die ganze Zeit Sandras Hände in den ihren, während sie voreinanderstanden.

»Ich bin nicht verheiratet, habe keine Kinder und bin bei der Polizei.«

»Polizei? Wirklich? Trägst du Uniform?«

»Nein, ich bin bei der Kriminalpolizei.«

»Woah!«, entfuhr es Suzana. »Hör doch auf!« Dann drehte sie sich um und rief ihrem Onkel, so laut sie konnte, zu: »Sandra ist bei der *Murija*[18]! Ich fasse es nicht, aber du hast schon immer ein bisschen eine kranke Ader gehabt.«

»Du bist immer noch so bescheuert wie früher.«

»Nein, noch bescheuerter.« Sie lachte, dann sah sie zu Sedlar. »Und das ist dein Freund?«

»Äh ... das ist ein Kollege und guter Bekannter.«

Suzana prustete in sich hinein. »Ja, nein, ist klar. Ihr seid in der Anfangsphase, das merkt man doch sofort. Muss euch nicht peinlich sein, da muss man schließlich durch.« Sie gab Danijel die Hand. »Freut mich. Suzana.«

»Danijel.«

»Kommt«, forderte Suzana sie auf und umarmte Sandra ein zweites Mal. »Meine Eltern werden sich freuen, dich wiederzusehen. Wir haben so oft von dir gesprochen.«

»Wir können nicht lange bleiben. Danijel hat so ein Parasailing für uns reserviert ...«

Drei Stunden später saßen sie auf der Terrasse und aßen gefüllten Tintenfisch mit gebratenem Gemüse und Kartoffeln, dazu gab es feingeschnittenen Weißkohlsalat mit dickflüssigem grünem Olivenöl. Es hatte keinen Zweck, sich gegen die Gläser Žlahtina zu wehren, denn Onkel Ivan schenkte immer wieder nach. Der Weißwein kam aus dem entzückenden und fast tausend Jahre alten Ort Vrbnik, der für diesen Wein bekannt

---

18 Bullen

war – und für Klančić, eine der engsten Gassen der Welt.

Das von Sandra und Danijel hervorgebrachte Argument »Wir müssen heute noch Auto fahren« überzeugte Ivan in keiner Weise. »Blödsinn, ihr schlaft einfach hier, ist doch genug Platz.« Sandras anfänglichen Einwand, sie müssten zum Parasailing, hatte er abgeschmettert mit den Worten: »Was wollt ihr in der Luft herumfliegen, wo wir doch hier schön essen und trinken können. Suzana, siehst du denn nicht, dass Sandras Glas leer ist? Schenk ihr nach!«

Irgendwann legte Onkel Ivan den Arm um Danijel und fragte: »Ich werde langsam vergesslich. Wie ist noch mal dein Name?«

»Danijel.«

»Aaah, ein bodenständiger, kroatischer Name.« Er klopfte ihm herzlich auf die Schulter, als sei das Danijels Verdienst.

»Also eigentlich ist der Name international.«

»Und woher kommst du, Danijel, aus Rijeka?«

»Ich bin seit letztem Jahr in Rijeka. Ich komme aus Pula.«

»Ah, ein Istrijan. Und wie gefällt es dir bei uns auf dem Kvarner?«

»Sehr gut, danke.«

»Wenn du aus Istrien bist, dann weißt du ja, was gutes Essen und Trinken wert ist. Gut für den Körper und gut für die Seele. Komm, ich schenke dir noch nach.«

»Schon wieder? Ich ...«

»Dass du mir Sandra immer gut behandelst, hörst du?«, forderte Ivan, während er Sedlars Glas bis zum Rand füllte. »Ich kenne sie, seit sie so klein war.« Er zeigte mit der Hand von der Tischkante etwa zwanzig Zentimeter an, was wahrscheinlich mehreren Gläsern Žlahtina geschuldet war.

Als die Sonne langsam unterging und an den Tischen die Kerzen brannten, rutschte Sandra näher an Suzana heran und fragte: »Was ist eigentlich aus Petar geworden?«

Suzana lächelte bei dem Gedanken an ihn. »Petar lebt in Zagreb, macht irgendwas mit Computern, keine Ahnung. Er kommt aber immer im Sommer für ein paar Wochen hier in das alte Haus seiner Großeltern.«

»Hat er Familie?«

»Er war mal für ein paar Monate verheiratet und hat mit dieser Frau ein Kind. Ich weiß nicht, wo die beiden leben. Er hat aber Kontakt zu seinem Kind.«

Sandra nahm sich von dem in kleine Stücke geschnittenen Schokoladenkuchen. »Ich habe mal nach dir gesucht, dich aber wegen des neuen Nachnamens nicht gefunden. Und deine Eltern waren unter der alten Telefonnummer nicht mehr erreichbar.«

»Sie sind umgezogen und haben jetzt nur ein Handy und kein Festnetz mehr. Ich habe dich auch mal gesucht, aber nicht gefunden.«

»Ich habe natürlich eine Geheimnummer«, erklärte Sandra. »Du weißt schon, wegen meines Berufs.«

»Ach so, ja.« Suzana nahm ihre Hand. »Es ist so schön, dass du hier bist, Sandra.«

»Ja, finde ich auch.«

Während der weiteren Unterhaltung fragte Suzana: »Sag mal, du kennst nicht zufällig jemanden, der gut Deutsch und Englisch spricht und in einer Reiseagentur arbeiten würde? Unsere Mitarbeiterin hat geheiratet und zieht nach Karlovac.«

Sofort fiel ihr Jelena ein. »Doch, meine Freundin und Nachbarin.«

»Ist sie freundlich und zuverlässig?«

»Jelena ist die Beste. Und sie spricht fließend Deutsch und sehr gut Englisch. Ich bin mir allerdings nicht sicher, ob das Timing perfekt ist oder das Gegenteil davon.«

»Wie meinst du das?«

Sandra erzählte in groben Zügen von Jelenas Leben und ihren Plänen.

»Wann geht sie denn nach München?«

»So genau weiß ich es nicht, aber ziemlich bald.«

»Du kannst ihr sagen, dass sie gerne am Montag in der Agentur vorbeikommen kann. Ich gebe dir später die Adresse.«

»Das mache ich sehr gern.«

Ivan stand vom Tisch auf, und Sandra nutzte die Gelegenheit, um zu Sedlar zu gehen. Sie setzte sich neben ihn, auf Ivans Platz. »Es tut mir leid. So war das natürlich nicht geplant.«

Er lachte, dann schüttelte er ungläubig den Kopf. »Was für ein ungewöhnliches erstes Date. Und ich habe mir monatelang das Hirn zermartert, wie es aussehen sollte. *Darauf* wäre ich natürlich nie gekommen.« Er streckte den Arm aus, strich ihr über die Wange und sagte: »Es ist doch ein wunderschöner Tag gewesen.«

»Ja, das stimmt.«

»Und es wird noch viele freie Tage und Wochenenden für uns geben. Dann fahren wir dorthin, wo uns niemand kennt.«

Falsche Versprechen, unbändiger Hass und die Gier nach dem großen Geld: der zweite Fall für die sympathische Ermittlerin Sandra Horvat.

352 Seiten. ISBN 978-3-7341-0572-2

Der bekannte Wunderheiler Damjan wird auf seinem Anwesen, in der Nähe von Rijeka, ermordet aufgefunden. Ein heikler Fall für Sandra Horvat, die so gar nichts fürs Handauflegen oder ähnliche Heilmethoden übrig hat – im Gegenteil zu vielen anderen, die fest an Damjan geglaubt haben. Die Liste der Verdächtigen ist lang, denn auf Damjans falsche Versprechen sind einige hereingefallen, bei einem Patienten haben sie sogar zum Tod geführt. Die Journalistin Mirta Car stürzt sich auf den Fall, Sandra gerät immer mehr unter Druck und stellt fest, dass Glaubensfragen komplizierter sind, als sie je vermutet hätte. Doch nicht nur die ungewöhnlichen Ermittlungen, auch ihr attraktiver Kollege Danijel Sedlar sorgt bei ihr für Verwirrung …